士兵如何修理留声机

Wie der Soldat das Grammofon repariert

[德] 萨沙·斯坦尼西奇　著　史敏岳　译

Saša
Stanišić

上海人民出版社

献给我的父母

目　录

跑一百米需要心脏停止跳动多久，蜘蛛的一条生命有多沉重，
为什么我的伤心汉要给那条恐怖的河流写信，
作为魔法师的"未完结"领导同志能有什么法宝

斯拉夫科爷爷用奶奶的晾衣绳测量了我的脑袋，于是我就有了一顶魔法帽：一顶用硬纸板糊成的尖尖的魔法帽。斯拉夫科爷爷说："其实我还没有老到可以陪你这么瞎胡闹，而且你也长大了，不该这么胡闹了。"

我拿到了一顶魔法帽，上面点缀着黄色和蓝色的星星，星星还拖着黄色和蓝色的尾巴。我又剪了一片镰刀似的小月牙和两枚三角形的火箭。一枚火箭上坐着加加林，另一枚上面是斯拉夫科爷爷。

"爷爷，戴上这顶帽子，你就在哪儿都看不到我了！"

"我倒希望这样！"

在那个夜晚，爷爷去世了。当天清晨，他用树枝给我做了一根魔法棒，他说："帽子和手杖里藏着一种魔力。戴上帽子，挥一挥手杖，你就成了不结盟国家[1]里最强大的实力派魔法师。只要

---

[1] 指参加不结盟会议的国家。1956 年，南斯拉夫领导人铁托、埃及领导人纳赛尔和印度领导人尼赫鲁在南斯拉夫提出不结盟的主张。迄今有一百多个国家加入不结盟运动。——译者注，下同

和铁托思想一致，遵守南斯拉夫共产主义者联盟的章程，你以后就能让许多事情发生彻底的变革。"

我不相信魔法，但我不怀疑爷爷。给我戴上帽子的时候，爷爷严肃地说："最珍贵的天赋是创造，最大的财富是幻想。亚历山大，你记住这句话，你要把这个世界想象得更美好。"说着，他把魔法棒递给了我。这一刻，我的一切怀疑都烟消云散。

因逝者而感到悲伤是一件很普遍的事。在我们这儿，当周日、雨天、咖啡和卡塔里娜奶奶碰到一起的时候，悲伤也就来了。奶奶最喜爱的是那个把手上有裂缝的白色杯子。她从杯子里啜饮着咖啡，哭泣起来，回忆起所有逝去的人和他们生前做的一切好事。今天，家人和朋友们都陪着奶奶，因为我们怀念两天前去世的斯拉夫科爷爷。但他只是暂时去世，等我找到魔法棒和魔法帽，他就会回来。

在我们家里，还没有去世的有爸爸妈妈，还有爸爸的兄弟——博拉叔叔和米基叔叔。法蒂玛外婆是我妈妈的妈妈，身体还算硬朗，她身上只有耳朵和舌头死了——她聋得像大炮，哑得像落雪。戈尔达娜婶婶也没有去世，她是博拉叔叔的妻子，而且怀孕了。戈尔达娜婶婶天生金发，在我们家族的黑发海洋中，她就像一座金色的孤岛。大家都叫她"台风"，因为她的活力是普通人的四倍，跑得比普通人快八倍，说话比普通人急促十四倍。从马桶走到盥洗池，她就像冲刺一样飞奔；在商店收银台前，收银员还根本没来得及录入金额，她就早已算清了所有账目。

因为斯拉夫科爷爷的去世，他们都来看望奶奶，聊着台风婶婶肚子里的新生命。大家都相信，最晚在周日，或者再晚一点，在周一，婶婶就会生下宝宝。这比正常情况早了几个月，但孩子已经和九个月时一样成熟了。我建议叫这个孩子"飞毛腿冈萨雷斯" [1]。台风婶婶摇着头，她金色的卷发也随之摆动："难道我们是墨西哥人吗？女孩又不是老鼠！她应该叫埃玛。"

"斯拉夫科，"博拉叔叔轻声地补充说，"如果是个男孩，就叫斯拉夫科。"

今天，那些穿着黑衣、在卡塔里娜奶奶家喝咖啡、不时偷偷望一眼沙发的人都对斯拉夫科爷爷怀着极大的善意，对他的爱无处不在。当卡尔·刘易斯在东京创造世界纪录的时候，爷爷正坐在沙发上。在 9.86 秒之后，爷爷去世，他的心脏和卡尔·刘易斯进行了一次并驾齐驱的赛跑——心脏停止了跳动，卡尔像一个疯子一样停了下来。爷爷喘着气，卡尔把双臂甩向空中，奋力挥舞着一面美国国旗。

吊唁的客人们带着夹心巧克力糖、方糖、科涅克白兰地和烧酒。他们想用甜蜜来抵消奶奶的哀痛，用酒精来麻痹自己的悲伤。男人的悲伤闻起来像须后水，他们在厨房里站成一圈，把自己灌醉。悲伤的女人和奶奶一起，围着客厅的桌子坐着，为台风婶婶肚子里的新生命叫什么名字而出谋划策，讨论着孩子在出生后头几个月最健康的睡姿。提起爷爷的名字时，女人们切着糕点，互

---

[1]《飞毛腿冈萨雷斯》（*Speedy Gonzales*）是 1955 年美国上映的一部动画片，讲述了素有飞毛腿之称的老鼠冈萨雷斯在墨西哥边境线上与恶猫希尔维斯特对战，最终大获全胜的故事。

相递给对方。她们给咖啡加糖，用看起来像玩具餐具的勺子搅动着杯子里的液体。

女人们总是在夸赞糕点。

太奶奶米列娃和太爷爷尼古拉没在这里，因为斯拉夫科爷爷——他们的儿子，要去维勒托沃，回到父母的家：他应该葬在自己出生的村子里，叶落归根。在哪里出生和在哪里埋葬，我不太明白这两者之间有什么关系。也许，人也一定可以死在他长期生活和喜欢生活的地方吧。比如我爸爸可以死在我们的地下室里，他称之为"画室"，而且几乎从没离开过那儿，也许他可以死在他的画布和画笔下。奶奶无所谓葬在哪里，最重要的是，她要和女邻居们在一起，而且还得有咖啡和夹心巧克力糖。太爷爷和太奶奶百年之后可以葬在维勒托沃，在他们李子园的下面。对了，我妈妈经常去哪儿，喜欢在哪儿呢？

至于斯拉夫科爷爷，可以安葬在最好的故事里，或者在党务办公室的下面。没有他的生活，我也许还能忍受两天，到那时，我的魔法用具一定还会出现。

我很期待再次见到太爷爷和太奶奶。自从我留心观察以来，他们身上就从来没有散发过甜美的味道。他们平均大概有一百五十岁了。尽管如此，在整个家族里，他们却是和死亡距离最远的，也是最有生命力的，台风婶婶除外。但是台风婶婶不能算，因为就像博拉叔叔有时候说的，她并不属于人类，她属于自然灾害，而且屁股上有个螺旋桨。博拉叔叔这么开玩笑的时候，会亲吻婶婶的后背，这是属于他的自然灾害。

博拉叔叔的体重和我曾祖父母的年龄一样。

我家族中仍旧健在的还有卡塔里娜奶奶。在那个夜晚，爷爷伟大的心脏得了世界上发作最迅速的病。卡塔里娜奶奶恸哭："斯拉夫科，你走了，我一个人该怎么活！我的斯拉夫科，我好惨！"

比起爷爷的死，更让我害怕的是奶奶的悲恸，那种顺着膝盖陡然跪下去的巨大悲恸："一个人，我现在一个人可怎么活！"奶奶捶打着自己的胸口，在爷爷遗体的脚边苦苦哀求，唯愿自己也不在人世了。我的呼吸变得更快了，却没有变得更轻松。奶奶非常虚弱，我似乎觉得她的身体要完全瘫软在地上了。电视里，一个高大的女人跳到沙坑里，兴高采烈。奶奶喊来邻居们，大家解开爷爷衬衣的扣子，他的眼镜滑落下来，他的嘴巴斜奔着——而我和往常一样，在不知道该怎么办的时候，就剪一些小东西出来，给我的魔法帽剪出更多的星星。刚经历过一次死亡，在之后这么短的时间里，我感到害怕。我看见奶奶放在电视机上的陶瓷狗已经翻落下来，而装着晚饭剩下的鱼刺的餐盘还躺在钩织出来的桌布上。我听着奔进奔出、忙忙碌碌的邻居们说的每一句话。在奶奶的啜泣和号啕之中，我还是听懂了一切。他们扯着爷爷的双腿，爷爷从沙发上滑下来，往前倒了下去。我躲在电视机后面的角落里。但是，即便躲在一千台电视机后面，我也躲不开奶奶变形的脸庞，躲不开从沙发上跌下的、肢体扭曲的爷爷，躲不开这样一种想法：我的祖父母从来没有比现在更加丑陋。

我多么希望自己当时把手放在了奶奶颤抖的背上——她的上

衣已经被汗水湿透，我多么希望自己当时对她说：奶奶，别这样！一切都会好起来的！爷爷是党员，党是遵守共产主义者联盟章程的，我只是刚好找不到魔法棒了而已。一切都会好起来的，奶奶。

但她伤心得发狂，让我说不出话来。她大声喊着"别管我！"，她喊得越大声，我就躲在角落里，越没有勇气。邻居们离开爷爷，走向奶奶，想安慰这个伤心欲绝的女人，就像要把一些她完全不需要的东西卖给她。邻居们越这么做，奶奶就越恐惧地反抗。沾湿她面颊、嘴巴、下巴乃至渗进她的哀号的眼泪就像平底锅上的油一样，眼泪越多，我从客厅剪出来的细节也就越多：书架上放着马克思、列宁、卡德尔[1] 的书，左下角摆着《资本论》，客厅里弥漫着鱼的气味，糊墙纸上贴着几根树枝，墙上挂着四张织花壁毯——乡间小道上玩耍的孩童，彩色花瓶里的绚烂插花，波浪起伏的湖面上的船，森林边上的小屋——在船只和小屋的上方悬着一张照片，照片的中央是相互握手致意的铁托和甘地，还有那句话："我们怎么能把这一切和他分开？"

来的人越来越多，熙熙攘攘，相互挤占着座位，好像要补上什么没有做的事，至少像是不要再错过什么似的，要在死亡的附近尽可能地表现出生命的活力。爷爷的死太过突然，让邻居们感到恼怒，或者让他们有负罪感，低头看着地面。没有人能理解爷爷的突然去世，包括奶奶："我好惨，为什么，为什么，为什么，斯拉夫科？"

---

[1] 卡德尔（Edvard Kardelj，1910—1979），南斯拉夫政治家，"二战"时协助组织抵抗德国的活动，在党派斗争中支持铁托，是南斯拉夫不结盟运动的先驱。

三楼的阿梅拉阿姨倒在了地上，有人大叫：耶稣的心啊！另外一个人马上诅咒耶稣的母亲，大喊圣母玛利亚，顺带扯上了耶稣的几个家族成员。奶奶硬拽爷爷的裤腿，冲着两名带着箱子刚出现在客厅的卫生员乱打，哭喊着："把手拿开！"卫生员在白大褂里面穿着伐木工人的格子衫，从爷爷的腿上拉开奶奶，仿佛从一块石头上扯一只附着在上面的螺。对于奶奶来说，好像只要她不放开爷爷，爷爷就不会死去。她不肯撒手。白大褂们在爷爷的胸口听着什么，其中一个在爷爷面前拿着一面镜子，说："没了。"

　　我大喊大叫，我说："爷爷还在，爷爷的死不符合共产主义者联盟的目标。你们走开，拿我的魔法棒来，我证明给你们看！"

　　没人看我。那两个伐木工人兼卫生员用一支笔往爷爷的眼睛里照。我拔出了电源插头，电视机沉默了。在插座的角落里，挂着松松垮垮的蜘蛛网的断丝。一只蜘蛛的死比一个人的死轻了多少呢？蜘蛛夫人会抱住它丈夫哪条死去的腿呢？我决定，以后再也不把蜘蛛关到瓶子里，慢慢地往里面注水了。

　　我的魔法棒哪儿去了？

　　我不知道自己在角落里站了多久，直到爸爸出现在客厅。他立刻抓住我的手臂，好像要把我抓起来。他把我交给妈妈，妈妈又拖着我经过楼梯间，到了院子里。空气里弥漫着杏子酒的气味，火焰在梅格丹[1]燃烧。从梅格丹眺望四周，几乎可以看到整个城市，也许可以看到院子，看到院子里一个黑色长发、棕色眼睛的

---

[1]　梅格丹（Megdan）是作者的故乡维舍格勒城中心的一个居住区。

年轻女人对着一个同样发色和杏仁眼的男孩弯腰。女人吹掉男孩额头上一绺一绺的碎发，她的眼里饱含泪水。在战场上听不见女人对男孩耳语了些什么，也许也看不出男孩点了点头。在这之前，女人死死地抱住他，久久不肯放开。而男孩的点头就像在许诺些什么。

斯拉夫科爷爷去世之后第三天的晚上，我坐在家里，在厨房里翻着相册。我把斯拉夫科爷爷所有的照片都从相册里拿出来，但我还不知道该拿这些照片怎么办。院子里，樱桃树正在和风搏斗，一场风暴。将来，我给了斯拉夫科爷爷复活的能力之后，下一个恶作剧就是给所有人捕捉声音的能力。我们可以把樱桃树叶之间的风、隆隆的雷声、夏夜的犬吠放到一本用声音做成的相册里。我在这儿劈柴，给壁炉烧火——我们就这样把声音组成的生活展示出来，就像展示在亚得里亚海岸度假的照片一样自豪。人不可能把声音攥在拳头里。我想把妈妈在美好时光里的笑容贴在她脸上，盖住她面容上的忧愁。

这些泛黄的照片带有宽大的白色边框，闻起来就像塑料桌布，照片上的人穿着奇怪的裤子，顺着裤腿的方向逐渐变大。一个穿铁路巡道工制服的小个子男人站在未完工的维舍格勒之前，目光直视前方，僵硬呆板得如同一名士兵：他是拉菲克外公。

拉菲克外公是我妈妈的父亲，他早就不在了，而且确实真的去世了，他是在德里纳河里淹死的。我几乎不认识他，但我能想起来和他一起玩过一个简单的游戏。拉菲克外公指着一个物体，我说出物体的名称、颜色，还有我看到这个物体时首先想到的东西。他指着小刀，我说：刀，灰色，火车头。他指着一只麻雀，我说：鸟，灰色，火车头。拉菲克外公指着窗外的黑夜，我说：梦，灰色，火车头。外公给我盖上被子，说："晚安，愿你睡得像铁一样沉。"

我的灰色时期就是我看眼科医生的那段时间。医生什么也没诊断出来，只是发现我记东西太快，比如我可以很快地记住他广告上大小字母的顺序。医生对我妈妈说："克尔斯马诺维奇女士，您必须让孩子纠正这个毛病。"说着，他给妈妈开了些滴剂，因为妈妈的眼睛总是红红的。

那个时候，我非常害怕火车头和火车。拉菲克外公曾带我去看已经停运的铁轨，他用手划着老机车头上正在剥落的颜色，咕哝着"你们让我心碎"，并把掉下来的黑漆放在手心里搓碎。在回家的路上——铺路石，灰色，火车头，我的小手放在外公那被鲜明的油漆碎片染黑的大手上——我出于对自己心灵的忧虑，决定友善地对待火车。如今，我们的城市早已没有火车经过。几年以后，头发很长的达妮耶拉——我没有回应的初恋告诉我，真正让我明白心碎的意义的是她，而不是火车，而我却一直在害怕火车伤我的心，这是多么幼稚。

剥落的油漆碎片，灰色的游戏：这是我对拉菲克外公唯一的回忆，除非老照片也能算回忆。我们缺少关于拉菲克外公的回忆。尽管一家人在喝咖啡时会讲述自己和其他家庭，也讲述自己家逝去的人和其他家庭逝去的人，但大家这时很少会想到拉菲克外公。

从来没有人会看着咖啡渣叹道:"唉,拉菲克,我的拉菲克,你要是能经历这些该多好!"也从来没有人会猜测拉菲克外公如果活着,此时此刻会说些什么。外公的名字很少被提起,既没人感谢他,也没人责备他。

没有一个逝者比拉菲克外公去世得更彻底。

死去的人在地下已经够孤独了,为什么还要让我们对拉菲克外公的回忆也变得这么孤独呢?

妈妈来到厨房,打开冰箱。她把黄油和奶酪放在桌子上,准备抹带去上班吃的面包。我看着她的脸,在她脸上寻找着拉菲克外公的影子。

当妈妈在桌边坐下,打开面包袋子的时候,我问道:"妈妈,你长得像拉菲克外公吗?"她正在切西红柿。我等着她回答,又问了一遍,这时候妈妈才停下来,刀刃正好停在西红柿的表面上。我又问:"拉菲克外公是个什么样的外公?为什么没人说起他?我该怎么知道我有一个怎样的外公呢?"

妈妈把刀放到一边,停下手头的活计。妈妈抬起眼睛,看着我。

"你没有外公,亚历山大,你只有一个伤心汉。他为自己的河流和土地感到哀痛。他跪在地上,双手挖着自己的土地,直到指甲断裂,手指渗出血来。他抚摸着青草,闻着青草的味道,在草丛里像个最小的孩子一样哭泣——我的土地,你受到怎样的蹂躏,怎样地任人摆布啊!你没有外公,你只有一个蠢人。他终日酗酒。

他吃土，艰难地咽下去，四肢着地，爬到河岸上，用河水漱口。你的这个伤心汉多么爱他的这条河！多么爱他的白兰地——你的这个蠢人，他只会去爱他看到的受奴役和受屈辱的一切。他只有酗酒，才能去爱。

"他从一家酒馆踉踉跄跄地出来，有一次把眼镜架弄变形了，另外一次尿得满裤子都是，那个臭！这时候，他喊道：德里纳河，这是怎样一条被忽视的河流，怎样一种被遗忘的美好！他跌了一跤，倒了下去，他想在河边站住，为了不让别人发现。这时候他哭了：年岁是一种怎样轻浮的怪癖啊。我们曾多少次在夜晚，在第一个桥洞下发现他，肚子朝下，手指紧紧地抠着，插入水面。肿胀的双手，青紫色，半握着拳头。他拿着花走进河里，拿着石头，有时候拿着白兰地的酒瓶。这样的事情已经很多年了，自从不再有火车经过城市，自从这个伤心汉不再能够为火车调整铁轨、设置信号、抬起路障，他就开始走进河里，年年如此。他失去了工作，对此一言不发，没什么事可做了，也没什么话可说了。他被迫退休，没日没夜地酗酒来消磨退休的日子，最先是偷偷地在火车站喝——火车站也已经不是火车站了，只有原来的火车头还在那里。后来，他在河边喝，在城里喝，对河水与河岸充满了突如其来的、愚蠢的爱。

"你没有外公，你只有一个痛苦的人。他喝啊，喝啊，把自己喝得了无生气，虚弱不堪。要是他像爱他的火车、他的河流，特别是爱他的白兰地那样爱下棋、爱党或者爱我们，那该多好！要是他听我们的话，而不是听那条深不可测的德里纳河的话，那该多好!

"死去的那天晚上，你的这个受了刺激的人把字母刻进了河岸。他喝了三升酒，一个摔碎的瓶颈是他的笔，他给这条河写了一封漫长的信。我们抓着他的脚，把他从烂泥里拖出来，他冲着河流呜咽，喊叫：我该怎么救你！我一个人该怎么挽救这么伟大的东西！

"这么悲伤的事情竟然这么臭！当他的叫喊声和歌声变得令人无法忍受的时候，有人来叫我们。爸爸把他扛回了家，连人带衣服地放到浴缸里。在浴缸里，你的这个醉汉又愤怒地吐了两次，一边咒骂所有钓鱼人：但愿你们的武器对准你们自己的嘴！因为你们用钩子在河流的胃里捅来捅去，撕裂了鱼儿们的嘴唇——这是一种多么沉默的痛苦！但愿有人用钝刀子剥了你们的皮，你们这些罪人！但愿深水、小船、肮脏的汽油、所有堤坝、所有涡轮、所有挖泥船带走你们的生命！一条河只应该有水、生命和力量，别的什么都不能有！

"到了半夜，我帮他洗了头发，洗了他像乌龟一样的脖子，也清理了耳后和腋下。他吻了我的手，说他知道我是谁。尽管泪眼婆娑，他还是认得自己在摸谁的指节，回忆起了一切：爱是怎样一种珍宝，命运是怎样一个粪坑。

"我说了三遍：我是你女儿。在这个夜晚，他所度过的最后一个夜晚，他给了我三个承诺：干净的衣服，不再喝酒，活着。他只做到了一个。人们在第一个桥洞下发现了他的扳道工制服帽，发现了白兰地酒瓶，但没有看见他。我们用草叉在德里纳河岸边的水里搅动，为了找到他。他为什么要又一次离开？五月的这个夜晚还有什么值得爱的东西吗？我给他洗了澡，他许下了诺言，然后我就给他盖上了被子，那时候所有乌烟瘴气的下等酒吧早就关门了。天晓得，偏偏是个钓鱼人在河下游的芦苇丛里找到了尸体。他的脸埋在水下，脚搁在岸边——他亲爱的德里纳河给了他一个吻，一吻至死，这是你的这个伤心汉的婚礼，他只遵守了一个诺言——为了这场婚礼，他把自己打扮得漂漂亮亮：他穿着制服，戴着铁路的徽章。一个又一个夜晚，他都在寻找死神，但直到那一刻，他却始终没有勇气去死，从未能把头埋在水里足够久，让德里纳河成为他唯一的泪水，也是最后的泪水。

"当我在三个生命的承诺里把他洗干净之后，只过去了十二个小时，就开始准备操办他的丧事了。又是我，拿了能找到的最硬的海绵，又是我，帮他擦干净瘦骨嶙峋的上身。就像刷地毯一样，用肥皂在他长满皱纹的黄色肚皮上摩擦，洗刷他松弛的腿肚子。我没有碰他的脸和手指。这个伤心汉的手在河岸上挖过土，我要是把他指甲里的泥土刷掉，我还算什么女儿？他曾经要求过，说我要是死了，不要棺材！你的这个伤心汉是多么热爱他那条恐怖的河流，多么热爱岸边的柳树，热爱河底的游鱼和烂泥！你没有外公，亚历山大，你只有一个笨蛋。只是你那时候还太小，想不起来他的愚蠢。他对一切都说灰色灰色灰色，你那时候还很喜欢他这样，不知道为什么，你觉得这样很有意思。只有在面对他那条河的时候，他才能发明最绚烂的颜色，他只会仔细地看着德里纳河，你的这个伤心汉只有在河水里观察自己倒影的时候才会笑。

你没有外公，亚历山大，你只有一个伤心汉。"

我带着千万种疑问看着妈妈。她为我歌唱了那个伤心汉，仿佛自从他淹死的那一天起，妈妈就学唱了这首歌谣。她唱了，仿佛这个淹死的人不属于她，但她又唱得如此温婉而愤怒，我甚至害怕自己只是点点头就会把他从妈妈那里偷去。妈妈现在对于看不见的东西都是摇摇头，她把面包片排成一排，放在桌上。

在那千万个疑问之中，我只提了两个。外公在河岸上写了什么？为什么你们没有救他？

我的妈妈是个小个子的女人。她用手指当作梳子，捋了捋头发。她冲着我的脸吹气，仿佛我们在玩游戏。她解开黄油和奶酪的包装，把黄油抹在面包上，放一片奶酪到黄油上，再把西红柿放到奶酪上，用食指和拇指捏起一撮盐，洒在西红柿上，一片面包放在手掌上，把第二片面包压在上面。压紧。

樱桃树通过抗争，从风暴中赢得了一切，它在自己周围抽打枝条。最初就像储蓄罐里硬币碰撞的声音，然后越来越快，敲打着我们的顶棚，一阵冰雹。妈妈离开厨房以后，我打开窗户，把我和斯拉夫科爷爷的一张合影放在外窗台上。冰冷的风冲我的脸扑来，我关上窗户。在其他泛黄的照片上，人们穿着横条纹的泳衣，站在德里纳河齐脚踝深的河水里。今天，这样的泳衣已经没有了，照片上的那条母狗和四只狗崽大概也没有了。当时还年轻的斯拉夫科爷爷戴着帽子，抚摩着狗崽，看起来很高兴。哪张是他最后的照片？狗能活多久？我认不认识其中一只狗崽？不知从何时起，就不再有狗和人的新照片了，因为他们的生命完结了。怎样拍摄一个生命的完结？如果我的生命结束了，我会对所有人说，请给在尘土里的我拍照。七十年以后，这会实现的。拍照，拍我的指甲如何疯长，拍我如何变得瘦小，拍我的皮肤如何逐渐消失。

一切终结的东西，每一种死亡，对我而言都是不必要的、不幸的、不应该的。夏天变成秋天，房屋被拆掉，照片上的人变成墓碑上的照片。有这么多东西不应该终结——周日不该结束，为了周一不再到来；大坝不该完工，为了河流不受阻拦；桌子不该上漆，我闻油漆味就头疼；假期之后不该是开学，动画片之后不该是新闻。即便是我对长着很长头发的达妮耶拉的爱，本来也不应该变成一份没有答复的恋情。永远都不应该和爷爷把魔法帽做完，而应该和他无穷无尽地讨论为共产主义者联盟服务的魔法师的生活有什么好处，以及用星星尾巴的粉尘来给面包调味会发生什么。

我反对终结，反对毁坏！一定要阻止事情的完结！我是赞成不断继续的领导同志，我支持不要结束，继续进行。

在最后一本相册里，我找到了一张照片，上面是一座横跨德里纳河的桥。这座桥和以前没什么两样，就是它的十一个桥洞被脚手架围了起来。人们站在脚手架上，他们招着手，好像这座桥就是一艘轮船，正要出发，沿河而下。尽管搭着脚手架，这座桥看起来还是像已经完工了。它是完整的，脚手架对它的美丽和实用毫无影响。对我来说，我们这座桥巨大的完善的状态并不重要。因为德里纳河是湍急而迅速的：危险而宽阔的德里纳河——一条年轻的河！

当你流得很快的时候，就像是在大声疾呼。

今天，德里纳河只是缓慢地向前流淌，更像是湖泊，而不是河流，河水的力量已经被拦河坝消解了——缓慢的德里纳河，河边漂满了浮木和脏东西。我小心翼翼地把桥的照片从相册里拿出来。照片表面冰凉且光滑，正如曾经狂野不羁的德里纳河今天的样子。我把照片放到裤兜里，它将被压皱，出现折角。

我想造出不会终结的东西。但我并不是造房子的人，而且数学很差，除了口算还行。我不知道怎么造砖头。但我会画画。绘画的才能和大耳朵来自我的艺术家爸爸，从他身上，我还学会了大喊："现在不行，你没看我正忙着呢嘛！"我会成为美好的不会终结之物的艺术家！我要画没有核的李子，没有堤坝的河流，还有穿着短袖的铁托同志！艺术家必须创造出深思熟虑的系列作品，我的家庭艺术家爸爸把这个称作成功的秘诀，并且在他的画室里把这个秘诀透露给了我。在爸爸的工作室里，除了画布和颜料以外，还堆放着装满酸菜的腌菜桶、放着旧衣服的箱子、我已经没法睡的儿童床。爸爸会在工作室里度过整个周末。当我因为足球和自行车胎又没了气而敲他工作室的门的时候，爸爸总会喊道："一个画家永远都不能满足于自己的所见——模仿现实就等于向现实投降！"当戴着贝雷帽的爸爸给足球打气的时候，就会说："艺术家必须会改造，也必须会创造，艺术家是改变世界和创造世界的人！"他不是对我说的，他也没期待我回答。工作室里飘荡着法国的香颂，在夜深的时候会传来平克·弗洛伊德[1]的歌曲，而门则是紧锁着的。

深思熟虑的系列作品才是解决方案。别人要开飞机，在动物园里给鹈鹕除虱子——我却要成为一个踢足球的、钓鱼的、画着永不完结的系列作品的艺术家！我的画作没有一张是画完的，每幅画都要缺些重要的东西。

我拿来自己画画的东西，颜料盒和纸是从爸爸那里借的。我把水倒进一个果酱瓶里，把画笔浸湿。一张白纸在我面前铺开。第一幅不会完结的作品必须要画德里纳河，那条还没有建起堤坝的顽劣不驯的河流。我在调色板上挤出蓝色和黄色的颜料，在纸上涂抹了第一笔绿色，绿色太苍白，我小心翼翼地加深绿色的色调，画出一道曲线，我又把颜色调亮，太冷，再加上赭石色。绿色，绿色，但是像德里纳河那种绿色，我一百年也画不出来。

我们活着的人再如何孤独，都没有死去的人孤独。他们不能透过棺材和泥土听到别人说话。活着的人来到墓地，在坟上种花。花的根伸入泥土之中，穿透棺木。总有一天，棺材会长满根，充满死者的头发。那时，他们连自言自语都不行了。如果我死了，我想葬在集体墓穴里。在这样的坟墓里，我就不怕黑了，而且只会因为我的孙子思念我而感到孤独，就像我思念斯拉夫科爷爷

---

[1] 平克·弗洛伊德（Pink Floyd），英国摇滚乐队，1965年在伦敦成立，代表作有《月之暗面》《迷墙》等。

一样。

我没有了爷爷，眼泪堆积在我额头的下面。斯拉夫科爷爷曾经很聪明地说道，这个世界上一切重要的东西，都在《晨报》里，在《共产党宣言》里，或者在那些让我们哭泣和欢笑，最好同时让我们又喜又泣的故事里。当我和他一样老的时候，我就会拥有他那样聪明的句子，有爸爸小臂上那样粗大的筋脉，有奶奶的菜谱和妈妈那种奇怪而快乐的眼神。

在爷爷去世之后第四天的清晨，爸爸叫醒了我，我立刻明白了：爷爷的葬礼。我做了一个梦，我梦见我们家里所有人都死了，只有我活着。我觉得自己好像突然到了很远很远的地方，再也找不到回来的路。

"整理好你的东西，我们要走了。"

只有在发生灾难的时候，爸爸才来叫醒我，平时都是妈妈来亲吻我的头发。爸爸基本上不亲我。在男人之间，亲吻是很困难的。

爸爸坐到床的一角，似乎还要说些什么。我直起身来。我们就这样坐在那里。爸爸，我看着你，就像一个人听别人说话时那样看着别人，你看，我不起床，如果你把我已经知道的讲述一下，把我已经懂的解释给我听，那就好。有些东西，我虽然已经知道，也已经懂得，但是只有当父亲向儿子讲述和解释之后，才是完整的。爸爸说："我不说。"然后确实什么也没说。我们就是这样说话的，而且经常这样交谈。爸爸干活，下班之后就消失在他的画室里，整晚都待在里面。周末的时候，他会睡很久。他看新闻的时候禁止我们说话。对此，我没有怨言，因为相对于跟我说话，他和别人说话更少。我很满意，妈妈也很高兴自己可以一个人管我的教育。在这方面，我和爸爸从不干涉她。

爸爸的沉默让他今天看起来像一个没有肌肉的人。自从爷爷去世，他就留在奶奶身边。头一天很晚的时候，奶奶打来电话，问我过得怎样。她以为接电话的是妈妈。我没有说话。告别的时候，奶奶说："我们现在要给斯拉夫科洗洗了。"我想象着人们怎样清洗爷爷的身体，怎样给他穿上衣服。我看不到脸，我只看到一双双的手拽着爷爷。这些手也把床上的衣物从卧室扔出去，把床单放到水里煮了。当附近有一个死人的时候，大家就会这么做。如果你去清洗你过世的父亲，你眼睛里的血管就会爆裂，你的手会变小，你得一直看着自己的手。我那沉默寡言的父亲坐在床角，红着眼睛，双手放在膝盖上，手心朝上。如果我变得和他一样老，我就会有他那样的皱纹。皱纹表明一个人过得怎么样。我不知道更多的皱纹是不是意味着一种更好的生活。妈妈说不对，但我也听过相反的说法。

我起床了。爸爸把床单拉平整，把枕头拍干净。他问我：你有黑的东西吗？

他没有说：爷爷。

他没有说：爷爷走了。

他没有说：亚历山大，你爷爷不会再来了。

他没有说：没有生命会像心跳突然停滞那么快。

他没有说：爷爷只是睡着了——如果他这么说，我会更加责怪他，比他现在打开窗户，把被子挂到外面去透气还要糟糕。

我从衣架上拿了一件黑色的上衣。在这一刻，我终于明白，爸爸是指望我的。他认识到，魔法是我们最后的机会，但他不能承认这个事实。我说，我们马上就可以出发了，不过我得先从爷爷家里拿一点东西。一点重要的东西。

汽车行驶在路上，在车上，他说：叔叔和奶奶已经先出发了。

从爸爸那里，听不到半个关于葬礼的字，而我也坚决不透露自己是不结盟国家里最强大的孙辈魔法师。我沉默，因为我突然觉得，做一个孩子是多么困难。

我深深地吸一口气。厨房。煎洋葱，没有爷爷的任何东西。卧室。我紧紧地把脸贴在衬衣上。客厅。我坐上沙发。爷爷曾经也坐在沙发上。什么也没有。我走到电视机后面的那个角落。什么也没有。只有蜘蛛网还挂在那里。我透过窗户往院子里看。什么也没有。我们的优格车[1]发动机还在转，爸爸已经下车了。魔法帽在玻璃柜上。我爬上一把椅子，爱惜地把魔法帽叠到一起，藏到背包里。那个背包！我在里面翻找——魔法棒。我想到，要把魔法棒给我最好的朋友埃丁看，而且出于展示的目的，还要给我们历史老师看，打破他的一些不重要的东西。历史老师跳过了几乎所有和游击队有关的课，但是在这个世界上，没有比民族解放斗争和贝尔格莱德红星队的比赛更好的战斗了。这是我最喜欢

---

[1] 优格（Yugo），1978年南斯拉夫投产的小汽车，曾出口美国，可以说是南斯拉夫的国民小汽车。

的球队。我们几乎总是能赢，如果我们输了，那就是悲剧性的。爷爷的去世暂时救了历史老师。

我和大家一样，穿着一身黑，但在一场葬礼上，并不是只要身着黑衣就万事俱备了，于是我交替地模仿着爸爸和博拉叔叔。当博拉叔叔低下头，我也低下头。当爸爸和谁说几句话，我就记住他的话，再向另外一个人重复这些话。我抓抓自己的肚子，因为博拉叔叔也在他那大肚子上抓了一下。天气很热，我解开衬衣的扣子，因为爸爸也解开了他上衣的扣子。这是斯拉夫科的孙子，人们这样窃窃私语。

台风婶婶跑得比抬棺的人还快，大家不得不叫她往回走。她问大家有什么能帮得上忙的。她说，走得像虫子爬一样慢，真不如杀了我算了。

太奶奶和太爷爷走在棺材后面。太爷爷没有戴帽子，白色的长发裸露在头顶。我本来很想把自己的魔法计划告诉他，因为他本人就是个魔法师，可惜我找不到合适的机会。有一次，斯拉夫科爷爷在维勒托沃的一个节日里说，太爷爷曾经在一夜之间把全南斯拉夫最大的牲口棚里的粪土清理干净，这牲口棚的主人为此而答应把自己的女儿嫁给他——也就是我今天的太奶奶。斯拉夫科爷爷不确定这一切发生在什么时候。"两百年前！"我喊道。米基叔叔用手指敲打着自己的脑袋："那时候还没有南斯拉夫呢，你这小矮人，那时这儿还是'一战'之后国王的马厩呢。"我更喜欢米基叔叔的改编，他的故事让太奶奶变成了一位公主。斯拉夫科爷爷说，在那个夜晚，太爷爷不仅清理了那个巨大的牲口棚，还帮两头牛接生了小牛，从全城最厉害的洛梅牌[1]玩家那里赢来了一笔巨款，而且还给岳父家修好了一只电灯泡。我觉得，只要想一想这个世界上能有什么东西比一个坏掉的电灯泡更坏，就会发现修灯泡是最难的事。如果没有魔法，这一切都是不可能完成的。对此，作为公主的太奶奶没有表态，只是意味深长地微笑着。她说，你们一定要看看他的大胳膊，一个人眼睛的颜色能和大胳膊这么配，只有我那蓝眼睛的尼古拉了。

我站在坟墓前，我知道魔法是可能的。毕竟我曾经用魔法让卡尔·刘易斯跑出了世界纪录。不是所有的美国人都是资本主义者，至少刘易斯同志不是，我的魔法棒和魔法帽只按照党的意思来施魔法。我站在坟墓前，站在爷爷——维舍格勒本地党委会曾经的主席——就要被放进去的坟墓前，我知道：魔法会有用的。

太爷爷爬到墓坑里，用双手从坑壁上扯下石头和植物的根。"这里怎么样？"他喊道，"我的儿子，我的！"

很难想象斯拉夫科爷爷是儿子。儿子最老也就六十岁。比如今天来告别斯拉夫科爷爷的人，几乎都是六十岁左右。把头发罩在黑纱下面的女人们喷了很多香水，因为她们想改变死亡的气味。但在这里，死亡闻起来像刚刚割过的草地。男人们窃窃私语，黑色外套的口袋旁边带着五颜六色的小标志，双手交叉着放在背后，我也交叉着双手。

---

[1] 洛梅牌（Rommé），欧洲的一种纸牌游戏，类似扑克。

爸爸扶着太爷爷从墓坑里爬上来，然后站在我的身后。他的手沉重地压在我的肩上。讲话开始了，讲话持续着，讲话永远不会停止，但我不想用魔法仪式打断别人，这很不礼貌。我在出汗。太阳火辣辣地照着，蟋蟀唧唧地叫着。博拉叔叔用一块浅蓝色的手帕从脸上擦去汗水。我用袖子擦着额头。

　　我曾经偷偷地观察过一次葬礼。在那次葬礼上，没有漫长而无聊的讲话，只有一段简短而难懂的演说。一个留着胡子的男人穿着女人的裙子，唱着歌，晃动着一根拴着一个金球的链子。烟从金球里冒出来，死亡散发着绿茶的气味。后来，我得知这个男人是教区的低级教士。我们这儿没有教士。在我们这儿，说话的是许多胸前戴着勋章的六十岁的人。没有人是诙谐的。大家都赞美爷爷，人们往往都说着一样的话，好像他们都是相互抄袭似的。这些话听起来就像女人们在夸奖点心时说的一样。死去的人在地下什么也听不见了，所以他在地上听到的最后的话应该让他感到舒服。但是像我爷爷这么严谨的人，如果他活着，一定会立刻改正每一句美化的说辞。他会说，波廖同志，我没有每天都在改革我们的国家，我上周五就没有为降低通货膨胀率做一丁点事情，而周六，我睡了很久，没有推进本地不同集体计划的执行。每个周日我都和孙子，也就是这里的魔法师，一起去散步。我们总是走不一样的路，编些故事出来。在我们维舍格勒，好处就是路和故事从来就用不完——小故事、大故事、滑稽的故事、悲伤的故事、我们的故事！孙子知道的故事比爷爷还多，哪里还有这样的事？在他还小的时候，爷爷会抬起拇指、食指和中指，他想过玛丽·波平斯[1]后续的生平。波平斯同志受够了她那愚蠢的女王，把名字改成了马里察，搬到了我们南斯拉夫的高楼里，嫁给了五楼的音乐教授彼得·波波维奇先生。这位波波维奇先生虽然已婚，又对雨伞过敏，但钢琴弹得一流，让马里察无法抗拒。马里察则用歌声和束得很紧的靴子诱惑波波维奇。她撑着大伞飞过城市，不再关心任何照顾孩子的事情，而是在"游击队员兵工厂"[2]的总装部找到了一个工作。此后，月复一月，兵工厂的产量比计划要求的多了两倍。说到这里，斯拉夫科爷爷一定会打个响指说，但我又扯远了，我本来还想纠正一些内容，说我把煤拖到不知哪个老寡妇的地下室去，这是不对的！我不怎么喜欢老寡妇！爷爷还会说，但有一件事你们没说错，就是我会拿起奶奶的手，用拇指摩挲她的手背。我会帮我的卡塔里娜洗碗，给房子除尘，喜欢带着爱意做饭。只要我还能站着，卡塔里娜就永远不必整天地站着干活！为什么男人不能做饭？我最喜欢给孙子和我骄傲的爱人同志做鲇鱼。放点柠檬，大蒜和撒了香菜的土豆。而且，波廖同志，所有事情当中最重要的一点是：亚历山大是从这里到多瑙河最棒的钓鱼人，没错，他是爷爷的太阳。

　　我沉浸在思考里，站在爷爷的棺木之前。我不知道这样过去

[1]　玛丽·波平斯（Mary Poppins），英国作家特拉弗斯（P. L. Travers）作品中的人物，英国家喻户晓的魔法保姆，她撑着一把大伞从空中飘落，与孩子们一起经历了探险，又撑着大伞飘去。
[2]　"二战"期间，南斯拉夫被纳粹占领。抵抗者在南斯拉夫王国的国家银行地下为继续战斗制造武器和军服，即游击队员兵工厂。

了多久。我不知道自己什么时候脱离了爸爸沉重的双手，也不知道什么时候开始绕着墓穴走。现在，墓穴已经散发出湿润泥土的气息了。在我的魔法帽上，黄色和蓝色的星星绕着一弯新月转动。那个夜晚，爷爷压倒了一切魔法，还是去世了。就在那个白天，他还跟我解释，不是星星绕着月亮转，而是月亮绕着星星转。我是什么时候戴上这顶魔法帽的呢？我用魔法棒指着棺材一头的五角星，指了多久？当他们要把我扛走的时候，我挣扎了多少次？我咒骂了什么？我哭泣了多少回？卡尔·刘易斯为了跑出世界纪录，用光了我所有的魔力，一点都没给爷爷剩下，我该怎么原谅他？1991年8月25日那9.86秒的一切，在那个夜晚的夜晚，在梅格丹听不到一位母亲如何在她儿子耳边轻声说道：你有一个有爱的爷爷，他现在永远不会再回来了。但是他对我们的爱是无穷无尽的，他的爱永远都不会消失。亚历山大，你现在有了一个无穷无尽的爷爷。

　　妈妈，我们许下了一个用许多故事做成的诺言——儿子坚定地点点头，闭上眼睛，好像在施魔法，没有魔法帽和魔法棒——一个非常简单的诺言：无穷无尽地讲故事，永远都不要停止。

暗红色有多么甜蜜，一面墙需要几头公牛，
为什么克拉尔列维奇·马尔科的马和超人有亲戚关系，
一场战争如何在庆典的时候来临

我现在撑不住了，我要让自己掉下去，我现在就躺着，躺在稀碎的果肉那嗡嗡作响的甜蜜中间。小苍蝇在我脑袋边嗡嗡地飞着，李子的暗红色的甜蜜粘在我的嘴里，挂在唇边，留在手上，我在喂苍蝇，仿佛它们就是小鸟。我们像鸟接喙一样亲嘴。

维勒托沃的李子丰收时节：太奶奶米列娃和太爷爷尼古拉请大家去村子里过丰收节。整个家族都聚集起来了。因为斯拉夫科爷爷，有些人还穿着黑色的衣服。黑色是夏天的对头，受了侮辱的太阳热辣辣地炙烤着穿黑衣的人们的后背。"这个记仇的杂种。"太奶奶说，一边用手背擦去额头上的汗水。

和夏天最不能相容的，是爷爷的去世。

我对李子的饥渴遗传自妈妈。最近，当她看到我为李子丰收而那么高兴时，她告诉我，她在怀孕的最后几个月只看了花样滑冰，还吃了无数的李子：整个白天都是李子，晚上是巧克力肉末，偶尔有萝卜，如果渴了，就一升一升地喝咖啡。

"时不时地还抽根小烟，不是吗？"爸爸补充道，眼睛都没有从报纸上挪开。

那天，爸爸睡过头了，错过了我的出生。

就李子和肉末而言，我和妈妈很像。我给自己和妈妈画了一个没有核的李子，包裹在肉末里面。今天，妈妈脸上也泛着甜蜜和暗红，就像长着胡子。

妈妈站在梯子上警告我："如果你还要吃午饭的话，就慢点吃！"

"少吃点！"也许是个更好的建议，因为我刚刚吃了世界纪录那么多的李子。我现在拥有了两个胃痛的世界纪录，我就躺着，让苍蝇围着我嗡嗡地飞。

李子是一种布满灰尘的果子。

妈妈说："亚历山大，你第一次笑，就是在我们说起李子丰收的时候。"爷爷去世以后，她再也没有这么说过。

"这是混蛋的路，不是车开的路！"昨天早上，爸爸在去维勒托沃的路上这样骂道，一边骂，一边摇着头，看着我们黄色优格车的引擎盖底下。

"优格车只能坐四个人，不能坐六个。"妈妈答道，给自己点了一根烟。

"是因为这车的质量！这不是车，这是安在轮子上的破驴！"爸爸踢着轮毂。

"一头驴……"妈妈开始说话。不过幸亏她下了车，走到一旁，站在路边的蕨类旁抽烟。

其实，第一次去维勒托沃的时候，我们那时候还崭新的优格车就在弯弯曲曲的路上抛锚过，但发动机还响着，好像它只是想稍微欣赏一下风景：灌木丛挂满成熟的黑莓，溪水在枞树林下奔流，妈妈烫过的卷发闪着红色的光泽，映照着路边的蕨类。爸爸的手已经从方向盘上拿开，再踩油门也无济于事，他只好耸耸肩。每次去太奶奶和太爷爷家，总有一小段路要用腿走。但在返回的路上，优格车一下就发动了起来。唯一还不能适应这种情况的人，就是爸爸。

昨天，爸爸在一旁修理发动机，连手指都染黑了。在这个时候，我试着告诉叔叔们，玩洛梅牌的时候，不一定要让我赢。"吮大拇指就有特权的时代已经一去不返了！"我喊道，"我只是装装样子，好像一只手拿不下十四张牌，其实只是为了让你们安心！"

我用力地把牌甩到我们蹲着的那方石头的中央，牌的轨迹划出一条漂亮的弧线。我这么做，是为了让自己显得更有分量，但又不需要更大声地说话。妈妈是做这种姿态的行家里手。她可以离开桌子，摇着头，手臂向两边一撑，眉头猛地一皱，仿佛要发出很大的响声。每到此时，我就不由自主地想堵上自己的耳朵。

"至于你，叔叔，"我用食指敲打着博拉的肩头，"如果你已经看到了我的牌，想把本来能自己用的杰克留在手上，而不是打出来给我喂牌，那你就看吧！我可不是什么失格的家伙！"

"失格"这个词是我从爸爸那里学来的。当电视里在播放政治内容，或者当他和米基叔叔为电视里的政治内容而争吵时，他就会用这个词。"表示同情"是另一个重要的词，而且已经很多次使他们兄弟之间的谈话发展成"送我回房间"或者"整天不说一句话"的结局。如果我有一个兄弟，我们肯定刚好和爸爸以及米基叔叔相反。我们会严肃地谈话，但没人需要对我们说话的音量感到害怕。

失格的意思是：尽管对某件事情一无所知，但还是要做，比如治理南斯拉夫。

. 博拉叔叔说："没问题。"说着，他收牌洗牌。下一轮我们让法蒂玛外婆赢。在我们身后，爸爸"砰"的一声把引擎盖关上，博拉马上把烟盒递给他。我们上路了，步行。

我爸爸只在维勒托沃是个烟民。他这辈子抽过的烟都在这段路上——从抛锚的优格到太爷爷太奶奶的家。昨天也是：两小时抽了两包烟。因为博拉叔叔喘得不行，我们不得不停下来休息。就在这个空闲，我把我们的优格车画了下来——没有排气，在开往维勒托沃的路上。很早的清晨，露水在青草上绚烂地闪烁着，鸟雀鸣啭，亲戚们的优格车永远不会抛锚，鸣着喇叭超过我们的车。

成熟的果实压弯了枝头，漫山遍野，就像布满了天空。在这挂满果实的天空下，我因为肚子疼而弯下了腰，急切地要上厕所。很快，我越过山丘，跑过檐廊。博拉叔叔正在那儿把塑料桌布钉到桌子上。今天早上，当大家要决定谁留在这儿摘果子、谁在檐廊搭建节日设施时，博拉叔叔是唯一一个在选择步行的时候如此慢腾腾的男人。台风婶婶在他背后喊道："稍微爬爬山对你的健康有好处！"她的舌头有多快！词语从她嘴里蹦出来，先超过了她自己说的句子，然后超过了大家的听觉，所有人甚至都来不及听！

"爬上去对我也许会有好处，但是你想想那些可怜的树！"博拉叔叔喊道。他挥挥手，拖着三百斤的身体努力地向上爬。他似乎想针对一般的李子发表自己的看法，用袖口擦了一下苹果，用力咬了一口，苹果瞬间爆裂成两半，果汁顺着他那双下巴流了下来。这个大块头泰然自若地抽动着面部，享受地闭上眼睛。

"这真是够了！这真是够了！"台风婶婶拉扯着自己的头发。我们目瞪口呆地看着博拉叔叔这个蒸汽压路机和他那怀了孕的自然灾害。太奶奶抹去眼角笑出的泪水，叹着气说："这么美好一定是爱情。"

我的婶婶说话就像德国的高速公路那么快。多年以来，博拉叔叔在德国用蒸汽压路机把沥青轧实，筑成世界最快的高速公路，台风婶婶则在服务区做招待工作。如果有人问起我叔叔的职业来，我不会提到压路机。我会说，他是客工。我颇惊讶于竟然存在客人必须干活儿的地方，因为在我们这里，没人会让客人干活儿，哪怕是洗洗涮涮，但我们的邻居韦塞林叔叔曾经管博拉叫蒸汽压路机，他说："这个肥胖的吝啬鬼根本不需要开机器，他只要躺到地上滚来滚去就可以了。"我求妈妈教博拉叔叔节食，这样他就不会继续像吹了气一样圆起来，人们也不会这么恶意地说他了。当时，我妈妈觉得自己太胖，就吃李子和肉末当减肥餐。她说："人们对博拉刻薄，并不是因为他胖，而是因为他们相信，博拉有一个鼓鼓囊囊的钱袋子，里面装满了德国马克。"

客工只有在自己家里才受待见。

现在，博拉叔叔正以慢动作把桌布钉在桌子上，而台风婶婶在山下呼啸于果树之间，摇动着树枝：我们不要休息，继续继续继续！博拉从喉咙里吹着口哨，就像爸爸的圆锯在快要停下来之前发出的那种声音。

太奶奶把塑料桶放到桌上那一大摞盘子旁边，砰的一下，塑料桶里的餐具叮咣作响。她叉开两腿，挡在我的路中间，和她的偶像——绰号公鸡的警长，一切牛仔的领导同志[1]——一模一样，唯一的区别是，太奶奶腰间挂的不是左轮手枪，而是一堆叉子："罪犯，去哪儿？"她甚至还戴了公鸡警长的独眼眼罩。每次我们在维勒托沃做客的时候，我都一定要和太奶奶一起看那个闷闷不乐的醉汉公鸡怎样和罗丝小姐大吵大闹。

"我以前长得和她一模一样，除了皮肤泛红一点。"太奶奶指着罗丝小姐，叹着气说。太奶奶在播放片尾字幕时流下眼泪，檐廊上接着就是"正午"[2]。当冬天来临，蟋蟀不再鸣叫，太奶奶就接过了蟋蟀的角色。她把嘴唇抿到一起，发出阴森的唧唧声，让人感到害怕。她用手指当手枪，总是把枪藏得很深，但拔枪总是快过那个永远的小毛头。太奶奶比风还快，她戴着眼罩注视别人的时候，比约翰·韦恩还要轻蔑。

---

[1]　指 1969 年上映的美国西部片《大地惊雷》(*True Grit*) 中绰号 "公鸡" 的独眼龙警长，由约翰·韦恩饰演。
[2]　指 1952 年上映的美国西部片《正午》(*High Noon*)。

很老的人都过着两种生活。在第一种生活里，他们咳嗽、驼背走路、叹气：唉，唉，唉！在另一种生活里，就是戴着独眼眼罩的生活，他们和荨麻一起对邻居说长道短，觉得自己是个警长，并且会爱上檐廊下的椅子或者蜜蜂。

"罪犯，去哪儿？"太奶奶的手滑到髋部，大拇指挑开叉子，好像在打开手枪的保险。我装作要向右跑，却飞一样地向左跑过她身边，奔到房里。"天哪，太奶奶！这是肚子里在上演《正午》！这短短的几秒决出了拉裤子的世界纪录，快闪开！"

新厕所。室内厕所。那半面墙是太爷爷和四头公牛一起撕开的。"要拆墙，四头公牛很好使，但两头也许更好，这样事后就不用考虑怎么处理太多的孔洞和倒下的栏杆了。"太奶奶说。太爷爷很快就想到了办法，他把新厕所装到了阳台上——现在，阳台确实变小了，但厕所变大了，而且大家从阳台穿过一道帘子就可以进入厕所，还附带通风功能。同时，露天厕所这个统治了四百年的沙皇被推倒了，大家再也不用站着上厕所了。几年以前，太奶奶家有了村里的第一台电视机。黑白，只有两个频道，第二个频道还是满屏乱跳的雪花，太奶奶在睡觉前就盯着看。现在又有了村里第一个室内厕所——在维勒托沃，我的曾祖父母总是领先时代四十公里。

我们给新厕所搞了一个落成典礼。我的客工叔叔说，在国外，人们以为我们总是搞庆祝活动。这其实不全对，我们总有时候要把庆祝过后的东西收拾干净。另外，这样一场庆典需要花费各种各样的劳动，父母要为此干上整整一天的活儿。但对我曾祖父母来说，每一种由头确实都可以是庆祝的契机。有一次，他们连续庆祝了两个晚上，就因为太奶奶在菜地的众多萝卜中间发现了一个拳头大小的陨石。当时，新电视机里演完超人才过去一个小时。太奶奶用陨石、三公斤萝卜和七种秘密调料煮了一锅汤。大概在半夜的时候，她睁着浑浊的眼睛，把全村的人都叫来，试着用一个柔道的招式拔起一棵橡树，整个村子都散发着氪石[1]的味道！

在厕所庆典的时候，邻居们都来了。甚至住在高山上，连电都没见过，只和自己养的鸡说话的拉多万·本达都来了。在维勒托沃，人们对邻居的理解和在维舍格勒不一样。在维勒托沃，连佩希奇家族都算是邻居，尽管他们来我曾祖父母家得走上半天。这并不是因为他们穷，买不起车——他们虽然也穷，但主要是因为他们那儿没有路，别说车了，什么东西都没法开。佩希奇家族的人都有两米多高，老人小孩也这么高。很久以前，我曾经到过他们家。我还能想起来他们家里带点酸味的山羊奶，还有木头做的玩具。我那时问自己，既然他们的个子都这么高大，为什么不把房顶做得更高一点。在佩希奇家族那儿，或者在我们这儿，只要有孩子出生或者有人结婚，大家就会互相走动。人们互相做教父教母，见证洗礼。我妈妈说，佩希奇家没有来做我的教父和教母，这和妈妈自己有关，和她的家族有关。"没关系。"妈妈说。她问我："你喜欢洗礼吗？"

"洗礼是什么？"我回答说。

---

[1] 超人故事中的一种虚构矿物。

"你看。"她说道。

在新厕所前排起的长龙里，邻居们手舞足蹈，既是迫于压力，也是出于期待的喜悦。太爷爷可以第一个上。他穿着黑色的小礼服，拍打着自己的肚子，扯着嗓子高声炫耀："我四天没上了！"嗒嗒——嗒嗒——用马桶盖拍出开火的节奏。

包括我在内的一些人跟着一起拍手。"室内厕所前的最佳气氛，十六位观众，五人小乐队，完美的如厕氛围。"我学着主持人的样子说。太奶奶递给太爷爷一个烧酒瓶，郑重得好像在传递神圣的青年接力棒。太爷爷把烧酒杯像一顶帽子一样扣在瓶子上，在马桶上足足坐了四十五分钟。外面，邻居和亲戚们已经开始大声地叽叽喳喳，这样就不用听到新厕所里风卷残云的翻腾呼啸之声。当太爷爷没有在呻吟和叫喊，同时像摩托车一样发出嗒嗒声的时候，他就会唱歌。为了听到他深沉的声音，我把耳朵贴在门上。门是怎样地在震动！太爷爷的声音就像贝斯上最粗的那根弦！有个叫克拉尔列维奇·马尔科[1]的人从他的歌声里跳出来，骑在一匹喝着葡萄酒的骏马上，越过德里纳河，去屠杀土耳其人。土耳其人的数量多到我数不过来。但我觉得，比起那些可怜的土耳其坏蛋，"是不是所有喝葡萄酒的马都会飞"这个问题要更有意思。当太爷爷在四十五分钟之后从里面出来，胜利地握着拳头的时候，烧酒瓶已经空了一半，而那个玻璃杯已经永远地消失了。

"冲水！你这头蠢羊！"太奶奶厉声"夸赞"道，往马桶里看了

---

[1]　克拉尔列维奇·马尔科（Kraljević Marko，约 1335—1394），中世纪塞尔维亚国王，南斯拉夫民族文学中的英雄。

一眼，六十岁以后第一次在胸前画了个十字。然后，大家把那美好的梨形烧酒瓶里剩下的酒都喝了，五人小乐队演奏起了华尔兹。

现在，邻居们也能试试新厕所了，男人们先上。"我好激动，心跳加快了。"有个人在关上厕所的门之前说。拉多万·本达在队里排最后一个。他越来越不淡定，开始自言自语，一会儿向前，一会儿向后地忍耐着。快轮到他的时候，他大叫起来："嚯，看看你们是怎么折磨我这远道而来的人的！你们这些摩登的流浪汉！"说着，他疾风骤雨一般冲向露天厕所，跑的时候就迫不及待地解开了自己的裤子。

"哪个露天厕所？"拉多万当时肯定问了这么一句——因为两头公牛早就把那间小屋像拔杂草一样，从地上连根拔除了。"我不要小便池，不要水箱，不要瓷砖铺地！我甚至连一个洞都不需要！"后来解脱了的拉多万大概会这样为自由干杯。

这一切都是我在室内厕所里想到的。我在里面待了三十分钟，几乎和太爷爷待得一样久，因为我当时被自己吃李子的世界纪录折磨得死去活来。终于出来了，但我立刻感觉到后背已经被公鸡警长的手指枪抵住了——"去把桌子擦干净，你个红皮[1]！"在门边潜伏多时的太奶奶吩咐道。

我无精打采地用抹布擦着桌子上的污渍，问她为什么米基叔叔要离开了，我们还要为他庆祝。我也许更愿意为他有朝一日从军队里回来而庆祝。

---

[1] 太奶奶在模仿"公鸡警长"对印第安人的称呼。

太奶奶长着末端呈褐色的黄牙，她笑着点头："没错，没错，那边那个。"她指着一团泛绿的东西说："那个是氪酒——氪石放在李子烧酒上。那个你是擦不掉的。这东西虽然能弄出一大堆的金子，却会发出强烈的臭气。"太奶奶冲我眨眨眼。为了把脸上的眼罩挪正，她把手指从我脖子后面拿开。

太奶奶从来不跟我说起斯拉夫科爷爷。当我们到达维勒托沃的时候，她跟爸爸说："你们都是我的孩子，我不好受。你生下来的，你不会愿意埋。我是在埋葬自己的快乐。"

爸爸没有回答。

太爷爷回答了，但他只是在找话说。

"我也想念他。"我现在小声地说道，把抹布放到一边。太奶奶摘下眼罩，棕色的大眼睛，脸颊上的一块胎记上生出一根纤细的毛发。带花纹装饰的围裙罩在黑衣服外面。我悄悄地从她的忧郁心情里逃出来。太阳照耀着。我爬上一棵李子树。爸爸忘我地唱着歌。妈妈笑着。法蒂玛外婆脱下了靴子。台风婶婶装满了一个又一个桶，抚摸着自己的大肚子。米基叔叔拎着一只鸡的脚，把鸡拖到院子里去。

桌上有混着辣椒和大蒜的生香肠，有烟熏火腿，有烟熏咸肉，有山羊奶酪、绵羊奶酪、牛奶酪，有葱煎土豆，有煮鸡蛋；有牙签，牙签插在生香肠上，插在火腿上、奶酪上和鸡蛋片上；有白面包，有金黄色的玉米面包，面包都是掰开的，从来不是切的；

有大蒜黄油、肝酱、卡伊马克[1]，有白菜汤和土豆汤，鸡汤上漂着拇指大小的油星，面包要放到汤里蘸湿；有豆糊，简直恐怖！有煎豆子，有豆类沙拉；有包着大米和碎肉的圆白菜卷，有包着肉的辣椒，碎肉上堆着的碎肉，碎肉和李子，我和妈妈面面相觑，她要巧克力；有巧克力，有童子鸡，有黄瓜沙拉，我还从未见过比这黄瓜沙拉更受人忽略的食物；有巴克拉瓦[2]，用糖、肉桂、蜂蜜和丁香做成的糖浆从手指上滴下来，滴到裤子上，滴到碎肉上。"好甜！"有人叫道，"好甜！"这是博拉叔叔，他因为这纯粹的甜蜜享受而站起来——他站着，闭着眼睛舔手指，"好甜！受不了！停下！再来点！"李子上面堆着李子，有覆盖着香草糖末和糖渍李子的李子卷，有裹着糖衣的烤李子；有香瓜，五人小乐队偏偏为香瓜而停顿了一下。为什么在厕所演出失败以后还要请他们来？这对我来说是个谜，但他们就在那儿，冲向一块块的香瓜，咻溜咻溜、吧唧吧唧、稀里呼噜地啃着香瓜，吸着汁水。一下子，大家都在咻溜咻溜、吧唧吧唧、稀里呼噜。小乐队休息过后演奏的第一支乐曲是《在那美丽的老城维舍格勒》。"啊！"——太爷爷在演奏期间冲到前面，因为兴趣，也因为愤怒。他向吹号的方向炮轰似的吐了一颗瓜子："啊呀！这样不行，这么柔和的曲调和香瓜根本不搭，你们这些半吊子！"正说着话，他早已在吃羊肉了——左边一片小船似的香瓜，右边一个羊腿，咬一口瓜，啃一口羊腿。

---

[1] 卡伊马克（Kajmak），塞尔维亚的一种奶酪酱。
[2] 巴克拉瓦（Baklawa），甜点，由很薄的酥皮一层一层裹起烤制而成，中心部分常为核桃、杏仁、开心果之类的坚果。

没错，还有羊肉，灰色的肉像塔一样高高地堆在印花的盘子上，马上就会有烤乳猪了：台风婶婶转动着烤肉钎，把啤酒浇在烤猪的背上，葡萄酒浇在烤猪的肚皮上，她自己则因为热气和劳累而红了脸颊："我不需要坐！"她那金色的头发在脑袋周围飞舞。台风婶婶激烈地用双手转动着烤肉钎，烤猪底下火槽里的灰都飘舞起来，"转太慢就烤得不均匀！"有煮过的、放了盐的、压紧的猪油里熬剩下的油渣，有煎过的猪肠，有猪脚和猪耳朵，抹了晶亮的肉汁，应有尽有。

我拖着一桶瓜皮到猪圈里去，向里面的猪扔瓜皮。这些猪丝毫不受影响，它们的皮很厚，啃着瓜皮，用柔软的口鼻在烂泥里翻来翻去。我砸中了最肥的那头母猪的肚子。它哼哼唧唧地叫了几声，只管啃瓜皮，我的牙印还在它的食物上，这就是猪的生活。下次我们杀猪的时候，我也可以和大人们一起追猪，一起把猪按倒在地上，把它用铁钎穿起来——从后面插进去，沿着脊柱的下方，穿过猪嘴。太爷爷今天同意我下次和他们一起干。虽然大人们也允许我掏洗猪肚，但我完全不愿意把手伸到那里面去，那里面可能还有瓜皮。至于操刀的活儿，我最好也让爸爸和叔叔去做。爸爸说："切断喉管最快。"但博拉叔叔却摇头说："心脏在哪儿，刀插到哪儿就最快。"而米基叔叔觉得怎样都无所谓，只要这头猪最后规规矩矩地死了就行。

如果按照太爷爷的做法，我能干的还有更多，可不止杀猪。我想吃什么，就吃什么，而且还不用上学。太爷爷说："男孩在城里变不成男人，在全是傻子的学校里也成不了慷慨无私的人。在城里，鼻子会变差，而且看东西都要少看两米。"

太爷爷只学完了字母"t"就不上学了，因为再往后就没什么重要的东西了。他只离开过村子三回：两回是打仗，一回是为了征服一个女人。他三回都胜利了。骄傲，不气馁，永远唱着歌，永远情感充沛，要么濒临流泪，要么接近大笑。对每个客人，家里人都喜欢说太爷爷去年复活节——永远都是去年复活节——怎样抓着公牛的两只角，一只手压得公牛跪倒，另一只手给太奶奶摘下那一年的第一朵铃兰，然后在四天之内把所有的田地都翻耕了一遍。据说，他曾经轻拍着公牛的鼻孔说："一头能被人这样欺负的公牛，它的蹄子不配在我的土地划拉。"如果有人问他多大岁数，太爷爷会说："我还年轻，我还没见过轮船，还从来没让一个骗子学会诚实。"

如果我和太爷爷尼古拉一样老，我也许已经扬过一次帆，也许已经把骗子变成过诚实的人，也许已经说服过一头驴，让它走我的路，也许已经像太爷爷一样唱过歌，用一种像一条山脉、一艘轮船、一种诚实和一头驴子合在一起那样有力的声音。

回到餐桌，因为现在到了咖啡时间。太奶奶从咖啡渣里预言每个人的未来。她预测说我在未来三个月里会有一种无法满足的渴望和三次恋爱。其间，妈妈大笑起来，叫道："他还太小啦，远没有到年龄。"于是太奶奶就斥责我，说我这么小就喝咖啡，同时修改了她的预言：把恋爱减到两次，另一次只是暧昧——但对方是个天真的女艺术家。"你肯定没见过这么绿的眼睛！"

她预测任何人的未来都不会花超过两分钟的时间，但在米基叔叔的命运上，她却要用三十分钟，颠来倒去地想，说不完一句囫囵话。然后，桌子上就有了布雷克卷[1]，有了皮塔饼[2]，有土豆馅儿的、荨麻草馅儿的、南瓜馅儿的。给我吃的有核桃蛋糕和一口红酒。没有顺序，没有先后，不断地有人说自己吃饱了，一口都咽不下去了，有不断摇摆、表示拒绝的手，但是没有人拿拒绝当回事儿，没有退路，只有当听到谁严肃地威胁说再吃半只鸡就要死的时候，另一个人那受了侮辱的脸色。太奶奶说："葡萄酒会让你的血液变得更黏稠。"然后在没人看着的时候，再给我倒上一杯。任何东西都有白面包来搭配，博拉叔叔把热的白面包放在冷的白面包上，说："我在白面包天堂，再过去就到了苹果酒天堂。"不过，在李子丰收节上，这样说是成问题的，博拉叔叔自己也知道，就笑起来。而当时太爷爷正把李子烧酒径直杵到他脸上，问道："你想怎么喝？自愿喝，还是用鼻子喝？"有啤酒，葡萄烧酒，有科涅克白兰地，冰块在玻璃杯里叮当作响。从来没有过空盘子。但是有娜塔莎，有这个穿碎花连衣裙的娜塔莎，打着赤脚，脸颊红红的，像发了烧一样。娜塔莎整晚都在，她在我身后追呀追呀追。"来亲一下！"她一直这样喊着，"来亲一下！"她能找到我躲藏的每一个地方。她有缺牙，把嘴唇噘到一起，"来亲一下！"我逃到桌子底下，决定在那里躲一千年，直到她放过我。但偏偏是那正直的公鸡警长卑鄙地出卖了我："他在桌子底下，逮他出来，城里的男孩就是这样，他们怕我们，非要爬到桌子腿中间

---

[1] 布雷克卷（Börek），一种用面皮包裹馅料的面包卷，在巴尔干地区很受喜爱。
[2] 皮塔饼（Pita），一种起源于中东及地中海地区的烤制馅饼。

去!"娜塔莎俯下身来，匍匐着爬向我，她匍匐的样子让我不得不想起佩塔克，太爷爷的牧羊犬，想起它今天冲向那头流着血尖叫的猪仔的样子。"来亲一下，来亲一下！"旁边是嘹亮的号声和唱歌的家人们，可竟然就是没人来踹娜塔莎一脚。我一直在往后退，后背都靠到了妈妈的腿上，就在这时，我听到一声吼叫。突然，音乐没有了，有的只是一个咆哮的男子的声音。歌声没有了，有的只是一阵寂静。

娜塔莎在我身边呆住了。我们两个人脑袋靠着脑袋，从桌布下面往外偷看，是米基叔叔最好的朋友卡门科。他把手枪的枪管插到号管里，怒吼起来，愤怒使他的脸颊更红了，红到仿佛多了两张暴怒的脸，而他的头也胀得更大了，好像宽了两个头："这是在干吗？竟然在我的村子里搞这种音乐！我们是在维勒托沃还是在伊斯坦布尔？我们到底是人，还是吉卜赛人？你们应该歌颂我们的国王和英雄，歌颂我们的战役和大塞尔维亚国家啊！米基明天就要去战斗了，可你们竟在这最后一个晚上往他耳朵里塞这种土耳其的吉卜赛垃圾？"

"要逮住一头小猪，可不容易！因为猪不仅跑得快，还很善于转弯，而且因为猪还会跟着你思考！"爸爸在节日刚开始的时候这样说。他的讲话让我们很惊讶，这是我们所有人听他说过的最长的话了。他继续说："猪会看着磨好的刀，知道下一步是什么。它对自己说：没关系，但现在唯一要做的就是离开这儿。难道猪会预知未来？"爸爸问道，把目光投向听众，"许多年来，猪都没有找到逃离猪圈的出路，为什么它在下一个二十秒里就不一样了呢？它可以闻到屠夫的味道。在猪的脑袋里，恐慌和本能比邻而居，门靠着门。在共同的花园里，稀稀落落地绽放着思考的花朵：明亮的花为明白的时刻而开放！猪摘下了这样一朵花，吱吱地叫着，狂奔而去！最后的屠夫还没有关上身后的门。最后的屠夫是博拉。他看着猪从自己两腿之间的隧道钻过去，问道：'莫非跑过去的是那头猪？'是的，就是那头猪，我的博拉，它早就呼啸着从院子跑出去，到了草地上了。我们跟在后面，那头挣脱了束缚的动物正在草地上，一路小跑地奔向自由！你们猜怎么着？这样一头狡猾的猪，一头这么飞速和优雅的猪，一头能预见未来的猪，我愿意赐它自由！从集体的愚钝和猪圈的腐烂气息中出来，向个性出发！爸爸这样喊道，张开双臂，"森林就在那头猪的前面，那里还有它那些野生的同伴，再往上是群山，而这儿——我们的草地：只有德里纳河才有比这草地更健康的绿色，看着这样的绿色，任谁都想跪下去吃草。那头猪尖叫着，而我要告诉你们，这是最纯洁的欢乐的呼号！那头猪在为自己的革命而欢呼！博拉第一个站住了，他真的跟在后面追了吗？很快，我也放弃了，只有米基还在追。"爸爸往米基坐着的地方看了一眼，说："我的小兄弟米基，大家都看出来了，他也要当兵了。那头猪领先了五十米，也许有六十米，但米基不管，大声叫着，声音传过草地，传到森林里，传到高山上：我不管！可是，正当它在脑筋和速度上都不可战胜的时候，这头猪却突然停了下来。它把头转向我的小兄弟。这是怎么回事？这头猪站在那里，看看群山，看看米基，又看看群山，再看看米基。直到米基快要追上它的时候，它才又飞奔起来，但这次不再是跑向森林和自由，而是转头跑回了院子里。它在猪圈和粮仓之间撞来撞去，发出短促的响声，躲在后面，空间越来越小，它被堵在了那里。后面的事情，大家都看到了，我们用缆绳和拖拉机才把它从里面拖出来。"

爸爸举起了酒杯。我的爸爸，那个屠夫，他的眼睛是浑浊的，喊道："为我兄弟干杯！"大家都为米基而碰杯。"杀一头小猪可不是什么乐子！"爸爸嚷道，"因为猪会跟着思考，但博拉大概不会。因为博拉不愿意捅喉咙，非得捅心脏。因为他忘了把佩塔克拴上。在宰牲口的时候，你只会犯两个错误：忘记拴狗，狗一嗅到血，就会精神失常；或者刀捅偏了，牲口就失去控制了，要等它咽气，真要等到地老天荒了。"

"我想，要等痛苦大到生命无法承受，牲口才会死。"

这两个错误，博拉叔叔都犯了。

"去他娘的神圣的猪脚，博拉，那里大概是肾，但绝不是心脏！"米基叔叔冲博拉叫道，同时用全身的重量压在猪身上，用膝盖把它按在地上。鲜血向四面八方喷涌。狗的叫声越追越近。佩塔克箭一样地飞过院子，比它自己的舌头都快。"博拉，天哪！"米基叫起来。佩塔克在男人们和喷血的猪旁边跳来跳去。它不再短促而连续地吠叫，而是一声声地号叫起来，口涎从它露出的牙齿间流出来，顺着狗嘴往下滴。米基还不能把猪放开，因为博拉又把刀拔出来了。"佩塔克，出去！出去！"博拉喊道。爸爸踢了那狗一脚，它哀号起来，博拉捅了第二刀。

"停下！把音乐停了！"那个卡门科怒吼道，尽管当时那些业余乐手已经完全没在演奏，而是被他的手枪吓得缩到了后面。只有号手纹丝不动，小号还靠在他唇边，似乎还停留在上一个欢快的音符上，而这欢快的音符似乎还飘在空气里，只是已经不再欢快。枪管在号管里晃动，卡门科拿枪的手臂在颤抖，号手也在颤抖，一阵冷风袭来。卡门科的怒吼和佩塔克的狂吠把这风磨砺得异常料峭，就像博拉叔叔为了刺中猪心而将那把最长的杀猪刀磨得锋快。

"叫吧，叫吧。"卡门科目光呆滞，咕哝道，慢慢地把枪管从号管里抽出来。

"你就待在下面。"妈妈悄悄地对我说，把我的脑袋推到桌子下。尽管这样，我还是看到了一切。我看到卡门科的手臂怎样抽搐了一下，有枪声，有尖叫声，有小号掉落在地上发出的咣当声。娜塔莎抱住我的脖子，跳到我的怀里，她没有咬我，也没有亲我，只是对我耳语："刚才那是什么？"

那是某种非常响亮的东西，让佩塔克都沉默了。那是某种非常恐怖的东西，让妈妈的腿都颤抖了。那是某种非常重要的东西，让群山都在重复它——就像遥远的雷声在回荡。号手的脸因为痛苦而扭曲，他双手都贴在右耳上，身子蜷缩，仿佛肚子上被人打了一样。"手枪太近了，为什么这么近？"——我想喊出来。娜塔莎把头靠在我的背上，拥抱着我。"不要这样。"我本来很想抗拒，但恰恰是现在，在这个时刻，却不得不这样。

"停下！把音乐停了！现在我命令你们演奏什么，你们就得演奏什么！"卡门科命令道，把小号踢开，"难道我们的民族赢得了战役，就是为了让吉卜赛人在我们的歌曲上拉屎吗？"

只有太爷爷的鼾声打破了卡门科发出质问之后的寂静。在这个世界上，任何枪响、狗叫或命令都没法影响这样旋律优美的睡眠。当卡门科突然冒出来，打断那首赞美漂亮的埃米娜[1]的歌曲时，太爷爷已经唱完了第一节，唱着唱着，他就睡着了，脑袋靠在桌子上。

卡门科把号手逼到墙边，用手臂压住他的脖子，抵在下巴上。卡门科靴子上的皮革已经磨损到了金属的位置。那个号手从被压迫的喉管里发出了呼吸困难的咕哝声，这时，太奶奶用一片生菜叶轻轻擦了擦嘴角，戴上眼罩，大步流星地走到卡门科的背后。"烈日当空，牛仔！"她向卡门科喊道，手里拿的是两把叉子，"我数三下！一，卡门科，我正常的卡门科，你知道我喂过你爷爷科斯塔，因为他妈妈没有奶水吗？你爷爷吃着我的奶，长得高大健壮，至于他那大脑袋，我也没办法。他和我的斯拉夫科一起玩耍，在我们的节日里跳舞。每一曲唱完，你爷爷科斯塔就会背上手风琴，像个男人一样自己弹奏起来，连那些乐手都跟不上他！二，卡门科，我漂亮的卡门科，你现在留着这样的头发和胡子，到处挥舞手枪，在自己的帽子上缝一个徽章。缝得不好，歪了，但缝纫可以学。可你知道你爷爷科斯塔曾经为了反抗这种帽子和帽子

---

[1] 《埃米娜》（*Emina*）是波黑地区民间传统情歌的经典曲目。歌曲讲述诗人爱上了邻家一位叫埃米娜的穆斯林女孩，但是由于宗教背景不同，女孩始终没和诗人说一句话。

上的双头鹰，到前线去打仗吗？你知道他两次在同一个肩膀和同一个腿肚子上负伤吗？三，卡门科，你这疯狂开枪的匪徒，你凭什么噼里啪啦地开着枪闯进我们的房子？我们用自己的双手挖下地基，让它拔地而起，高耸入云，而你却用子弹打中它的喉咙，打中它灵魂所在的地方！"

卡门科把号手从自己面前推开，转向太奶奶。"没错，没错，房子……"在卡门科的背后，父亲们立刻站起身来。"我可以把这堆钢筋混凝土的钱给你，可谁来补偿我那被这帮垃圾玷污了的耳朵？"卡门科用手枪指着太奶奶和那些在角落里缩成一团的乐手之间的地方。在裙子里，太奶奶的手指已经不耐烦地在叉子上游走了。要对抗公鸡警长和全维勒托沃最快的左轮手枪，卡门科是绝对没有胜算的。"米基是我的结拜兄弟，他的家族就是我的家族，向歃血为盟的兄弟情谊致敬！"卡门科说，并且让小臂向外，因为在说到血和兄弟的时候，人们一定会想到手腕关节。米基直直地凝视着前方，拳头里捏着面包。他把袖口卷了起来，死死地咬住面包，下颌的肌肉都紧绷着。父亲们忽然向卡门科冲去，我爸爸是最快的那个——但卡门科抬起手枪的速度更快，他转过身来，在半圆范围内用枪口对着每一位父亲，威胁着给每个人一枪。"砰，砰，砰。"他说道。

我把耳朵堵住，父亲们站在那里。我爸爸还保持着向前迈步的姿态，手臂弯曲着，身子向前倾，就像在那头逃跑了的猪面前一样。

"但是，但是，但是！"卡门科拿着手枪开始转第二圈，但速度更慢了，手枪在摇摆，仿佛他自己在摇头。他说的每一个"但是"都是针对一个父亲的，第四个"但是"是对太奶奶说的："但是，我爷爷牺牲了自己的肩膀和小腿，不是为了自己的国家和民族吗？当我们坐在这儿的时候，乌斯塔沙[1]正在掠夺我们的土地，他们在驱逐和屠杀我们的人民！难道我爷爷不是也和乌斯塔沙战斗过吗？他战斗过，克尔斯马诺维奇夫人，他战斗过！我不会再任由吉卜赛人让乌斯塔沙的破歌和土耳其人的鬼嚎在我面前横行！我要给米基听我们的音乐！给他听那曾经有过，而且还会再来的辉煌时代的歌曲！"卡门科用空手捶打着自己的胸膛，"马上就听！我来这儿不是说话的，是跳舞的！快来，快，快，快！"

但那个肥胖的业余歌手并没有马上动起来，反倒是太爷爷在这个时候醒了。他冷不丁地从桌上抬起头来，接上了那首关于美丽的埃米娜的歌儿，而且刚好从被卡门科用枪声打断的那个地方开始，带着粗声粗气的悲伤，仿佛那虚荣的埃米娜就站在太爷爷的檐廊前面，却没有回应他的问候——

　　　　……我对她说"色兰"，但以我的信仰，

　　　　美丽的埃米娜，她听不到我说话……

——太爷爷的声音翻滚起来，佩塔克也呜呜地号叫着，进入了节奏。卡门科不知所措地看着这个白发苍苍的歌者。埃米娜的头发

---

[1]　乌斯塔沙（Ustascha），活跃于"二战"前后的法西斯组织，该组织奉行克罗地亚民族主义和法西斯主义，旨在把克罗地亚从南斯拉夫分裂出去。

编织成辫子，闻着像风信子的味道，臂下抱着一个银罐，歌曲中，
她站在茉莉花下，在维勒托沃，她站在李子树下——

> ……她从她那银罐里舀水，
> 绕着花园，浇灌着玫瑰……

——太爷爷张开双臂，仰着头。卡门科和我的注意力都被歌曲吸
引了，当我再一次朝卡门科看去的时候，他已经被父亲们放倒了，
我爸爸跪压在他持枪的手臂上，直到他松开那只拿着枪的手——

> 一阵风从枝头吹过她可爱的香肩
> 吹散了她那些粗粗的发辫……

——微风耍弄着埃米娜浓密的秀发。此时此刻，只有一个人的声
音比太爷爷的歌声、佩塔克的号响，以及卡门科被父亲们掀翻，
肚皮朝下，面孔贴地的时候那充满痛苦的喊叫还要响——米基叔
叔。这并不是因为他抬高了声音，而是因为他从手枪插进号管那
一刻开始，终于第一次说了些什么——

> ……她的头发散发着蓝色风信子的芳香，
> 已经让我彻底迷狂……

埃米娜散发着风信子芳香的头发正让坠入爱河的太爷爷意乱神迷，

这时候米基说："马上放开他！"

"天哪，米基，这个家伙已经疯了！"娜塔莎的爸爸——一个没刮胡子、眉毛浓密的农民，正把卡门科的手臂扭到背后。我爸爸用食指和拇指小心翼翼地拾起手枪——

> 我以自己的信仰发誓，我已跌跌撞撞，
> 但美丽的埃米娜，没有来到我身旁。

——埃米娜的香气多么迷人，在她身边连站都站不稳。

"我说了，放开他！"米基叫道，向他朋友俯下身躯，"卡门科，你大概没有真的对谁开过枪吧？"

但当时哪有时间问答呢？父亲们相互对视了一下，"走——"一下子把卡门科抬起来，按到墙上，卡门科的下巴上还沾着唾沫和血，脸被怼在墙上，上气不接下气："好了……放开……好了！"

太爷爷不需要音乐，而那些业余乐手现在也确实没法为他演奏，他们正满心忧虑地看着他们号手同事的耳朵。太爷爷站起来了，唱出了最后一节——

> ……她只向我投来蹙额一瞥，
> 淘气的女孩，毫不在意我已为她疯癫。

——并跳起舞来：埃米娜留给太爷爷的只有一道阴郁的目光，她不关心他的爱。太爷爷绕着桌子手舞足蹈，从我爸爸身上顺走了卡门科的手枪。他跳到牲口棚那儿，举起手枪，对着大粪堆就是一通射击，直到子弹打空，扣动扳机只能发出"咔嚓咔嚓"的声音。他一靴子把空枪踢进粪堆，直到手枪完全消失在里面，然后他伸展伸展背部，说："啊呀……"

有些事情是没有解释的，对这些事情，只有"啊呀"。在小城维舍格勒的上方，有一片群山，群山之中有一个渺小的村庄，村庄里有一条渺小的檐廊，檐廊上有一个愤怒的卡门科；有一个长发的卡门科，他正扶着疼痛的手臂，人们把他从檐廊里带走，把他的迷彩服丢到地上；有一个呼吸沉重的卡门科，他在牛粪里翻找自己的手枪；有一个咆哮的卡门科："现在我在屎里翻腾，但有朝一日，我们的时候到了，叛徒就要吃屎！"有一阵骤雨，夏天的雨，下了两分钟。有那个肥胖的业余歌手，他向太爷爷尼古拉要了双倍的报酬，太爷爷把手放到胖子的脸上，说："要是你明天清晨叫醒我的风信子，用……"——他向胖子的耳朵里不知说了些什么——"就能拿双倍的钱。"太爷爷给了自己的风信子一个吻，吻在眼罩下面。有米基叔叔的军队。在春天里，爸爸和儿子、叔叔和爷爷之间曾经有一场争吵，有一声禁止："米基，现在不是加入军队的时候，这事儿没商量！"有隔壁房间里的我，但已经没了斯拉夫科爷爷。我不会把这场争吵告诉任何人，没人会告发自己家里人。曾经有一场庆典，曾经有许多威胁，有一阵厮打，有一声枪击。也许，如果要加入军队，就永远都得这样：人还没到军队里，战争就已经来了这儿。有一种忧虑，担心米基会被送到那个地方，在那儿，开枪不仅仅是冲着粪堆。有和米基的伤心告别，有为米基流下的泪水，也有给米基的一个耳光："你个不知羞耻的混账！"之所以有这个耳光，是因为这个明天的士兵说："卡门科说得确实没错，我们不能再逆来顺受，是时候反抗乌斯塔沙和圣战者了！"因为这个，才有了这记耳光。有偷偷地看过我妈妈和法蒂玛外婆的目光，有又聋又哑的法蒂玛外婆，她望向人群，仿佛听懂了每一句话、每一个手势、每一声枪响：羞愧又悲伤。有一种属于和不属于，檐廊突然变得和学校一样，在校园里，武科耶·武尔姆曾经问我："你究竟是什么？"我从这个问题里听出了愤怒，却不知道正确答案。檐廊下已经没有了卡门科，他没有找到手枪，离开了，但是他的威胁却留下了。有卡门科的手枪，太爷爷从靴子里拔出手枪来，"一切都很干净，"他对米基说，"但你刚才胡扯的那些，不过是些漂亮的垃圾。"当然也有羞耻，有感到羞耻的我，但我的羞耻不是因为米基叔叔认为那个无耻的人说得有道理，而是因为我自己，因为我觉得自己的叔叔为朋友而站出来很勇敢。也有妈妈的羞耻，她抚摩着法蒂玛外婆的后背，就像抚摩一只猫。她隔着桌子——我认为米基根本就没有听见——非常小声地对米基说："天啊，米基，这是怎么……"有我爸爸，他和往常一样什么也没说，我几乎要注射青霉素才能抵御他那种脸色。有乌斯塔沙，有历史书，书上写着，游击队员杀掉了这些乌斯塔沙，就像他们杀死纳粹、切特尼克[1]和墨索里尼军队，杀死一切反对南斯拉夫和反对自由的人。有圣战者，他们骑马穿过荒漠，把床单穿在身上。曾经有武科耶·武尔姆在校园里提出的问题，我把他的问题当作是一种胁迫，把妈妈的解释当作一个笑话。我是个混血。我是个不纯的人。我是南斯拉夫人——所以也就像南斯拉夫那样分裂。曾经有这样一片校园，校园里的人惊讶于我竟然能够是这样一种不确定的东西。曾经有过许多讨论，话题是谁身体里的血液更加强壮，是男性还是女性。曾经有这样一个我，希望自己的身份能变得更确定一些，或者希望自己是武科耶·武尔姆不知道的什么编造出来的东西，或者是什么他没法嘲笑的东西，比如一条德国高速公路，一匹喝酒的飞马，一颗射向房子咽喉的子弹。

我以后要画一个没有手枪的节日。娜塔莎在旁边，她的碎花连衣裙，她的脚，脚底板脏脏的，她的辫子编得和太爷爷歌里唱的埃米娜一样。这个到处追着要我亲亲的娜塔莎，"我的英雄，"她对我说，"我的我的英雄，闭上眼睛，来亲一下，来亲一下。"我就这样坐着，就在娜塔莎的吻带来的甜蜜中间，这是达到世界纪录的甜蜜，嗡嗡作响，娜塔莎的吻就像小苍蝇一样绕着我的脑袋嗡嗡地飞，吻的暗红色的甜蜜亲在额头上，亲在脸颊上，亲在脸颊上，又亲在额头上。

---

[1] 切特尼克（Tschetnik），"二战"时期活跃在南斯拉夫的抗德武装，主要由塞尔维亚人构成，代表塞族民族主义力量，正式名称为"南斯拉夫祖国军"。

当海象吹哨的时候谁会赢，一支管弦乐队闻起来像什么，
人从什么时候开始不再能穿透雾气，
一个故事如何变成一个约定

曾经令人谈之色变的三分球射手米伦科·帕夫洛维奇，因为鼻子下面的胡须蓬乱而翘起，两颊下垂，人称海象。在职业生涯结束之后，他每周六都要去南斯拉夫最高级别的篮球联赛当裁判，直到第二天返回，吃午饭的时候才到家。在他执哨的六十场比赛当中，主场球队赢了五十五场。

1991 年 4 月末的这个周六，他的儿子佐兰陪他去斯普利特[1]参加一场比赛。佐兰建议玩过宾果以后就回家。赛后，父子二人在全城最贵的酒店里玩宾果，吃排骨杂豆一锅烩。海象的杂烩，分量中规中矩，因为他在赛场上吹哨也中规中矩。在离终场吹哨还有四秒的时候，海象吹了进攻犯规，观众有节奏地齐声高喊："海象！海象！海象！"竟然不喊自己球员的名字。东道主的胜利十分勉强，不那么勉强的是海象在宾果游戏里赢到的奖金。

---

[1] 斯普利特（Split），克罗地亚港口城市。斯普利特篮球俱乐部在 1989—1991 年连续三次蝉联欧洲篮球联赛冠军。

"我受不了在副驾驶座上睡觉的人，"海象说，"要是你睡觉让我走神，我就把你丢在罗曼尼亚[1]山区。"他一边说，一边把自己刚拿过排骨的手指舔干净。这位规矩的裁判规规矩矩地啃完了排骨上的肉，只剩下骨头。这道菜算在酒店账上，梨子蛋糕算在酒店账上，梨子烧酒也算在酒店账上。海象把第三杯酒灌下肚，和酒店经理喝起第四杯，庆祝斯普利特队的胜利。"海象！海象！海象！"侍者和贵宾们齐声喊道。

"海象！送海象一首歌！"酒店经理含糊不清地叫道。这是一个肥胖的匈牙利人，叫阿戈什顿·绍博尔奇。匈牙利人松了松自己的领带，一阵轻快的手风琴曲调从厨房滑到了屋里，宛若游动的蛇。厨师踢开房门，摇摇晃晃地穿过大厅。"在这儿，我就是乐队！"他把红色的手风琴扯开，手风琴下面是他那规模可观的肚子。一把油腻的肉叉挂在他腰间，晃来晃去，汗水滴进了他的微笑里。他粗短的手指在琴键上滑动，前奏听起来像牛肉，像大蒜，像金属。很快，这首歌里面住进了二十个吃饱了的男人，二十个志得意满的声音。随着每一节歌词和每一个清澈的乐音，歌曲变得越来越破碎，越来越自得，越来越陷入热恋。厨师在那儿龇牙咧嘴，仿佛承受着折磨。厨师吹着口哨。厨师滴着汗。为了支住手风琴，厨师把脚架在椅子上，好像那脚是死的一样。"哟咿——"厨师满怀痛苦，点了烧酒，把一瓶烧酒灌进了自己的喉咙。当他从琴键上抬起手的时候，歌曲并没有戛然而止。"我是乐

---

[1] 罗曼尼亚（Romanija），波斯尼亚和黑塞哥维那东部的山区。

队！"他喊道，喉咙里仿佛还有烧酒流动的声音，"我！"

侍者们接下了厨师的单子，但厨师点多少烧酒，他们就给自己点上双份。他们用指尖转动着托盘，相互拥抱，随着一首首歌曲有节奏地摇摆着，宛若穿着黑衣的水手。

"第八杯，"海象叫道，把第七个玻璃杯丢到身后，"第八杯是为我儿子喝的，只是他还小，不能喝酒，我一直管着他。"

"你说的小，是指比我还小，我可以喝。"佐兰反驳说。他从每一个杯子里吸掉杯底的最后几滴，脸上的表情都不带变化。阿戈什顿·绍博尔奇也和佐兰一样地喝，但他喝的是满杯。终于，在喝下第十杯以后，绍博尔奇睡着了，手肘抵到了烟灰缸。里面的烟灰装得太满，几乎要漫出来。"所有人都闭嘴！"厨师呵斥道，手风琴正在这位酒店经理耳边轻轻地唱着一首感人的查尔达斯舞曲。男人们站起来，寻找自己的位置，合围成一个圈。他们手挽着手登场了。玻璃杯碰到了墙壁，却没有碎，阿戈什顿·绍博尔奇还没有清醒就站起来跳舞了。米伦科也参与到了轮舞之中，脑袋向后仰着，与其说他是海象，倒不如说他更像一头狼。

在最初那一百公里，佐兰还是清醒的——只要旁边有他父亲唱歌，是根本不用想睡觉的。两个小时以后，他喝了保温瓶里的咖啡。快到萨拉热窝的时候，在吃了第三包葡萄糖之后，他已经感到有些不舒服了。当汽车在罗曼尼亚山区行驶的时候，他父亲叫醒他："看看，佐兰，这雾气厚得和水泥一样！"一听到父亲的话，佐兰揉着眼睛，立刻叫道："我一点儿也没睡过！"

"对，对，你就是稍微闭了一下眼睛，和我一样。我们两个都要赶紧睁大眼睛了，下一次，也许草地就救不了我们了。"车子有很大一部分开进了田里，右手边地形陡峭，向山下延伸，但看不到通向哪里。凌晨5点，雾气像水泥。

在罗马尼亚山区，黑夜、清晨、寒冷和春天是合为一体的。父亲和儿子下了车，这个大个子的男人伸展了一下肢体，抓了抓上唇的胡须。佐兰打着哈欠，捡起一块石头扔进浓雾里。草丛和鞋子上都挂着露珠。他们在一棵枞树的左右撒尿，尿液从山上洒下去，穿过水泥一样厚重的雾气。他们各自吹着口哨，各自都很快活。海象倚靠在温热的引擎盖上，一只手插在裤兜里，另一只手上夹着一支烟。佐兰采摘着蒲公英、雏菊，以及一些他不认识的淡蓝色花草，把这些扎成一捆花束。他把剩下的排骨拿出来，用空出来的铝箔纸把花束的茎干包起来。他对花一向不太在乎，他扎的这束花看起来也确实差点意思。"这束花就像屎一样，"他父亲这么夸他，"但花毕竟是花，你妈妈会高兴的。"

妈妈并不高兴。房门开着，佐兰的妈妈披头散发。她并不高兴，她光着身子。"为什么说雾气厚得跟水泥一样？"佐兰问道。从来没有什么东西比那个星期天罗马尼亚山区的雾更柔软。在这个星期天，佐兰和他父亲——人称海象的米伦科，清晨就进了屋，比计划早了六个小时。门是敞开的，同样敞开的是烟店老板博戈柳布·巴尔万裤子上的拉链。

佐兰坐在斯坦科夫斯基师傅理发店的台阶上，盯着自己手上的一张照片。佐兰喜欢女孩们中间的公主——她们一定要有长头发，一定要苍白、修长、高傲，就像照片上这个女人一样。就像安基察一样——属于佐兰的，有着黑色卷发的安基察。

我坐到佐兰的旁边，递给他一包葵花子。佐兰比我大三岁，有时候，他允许我为他做些事情。今天，我要和他的安基察谈谈。我必须替他向安基察道歉。

尽管今天理发店关门，佐兰还是要来。斯坦科夫斯基师傅要去度几天假，佐兰得帮他收拾。当我今天早上第一次碰到他的时候，他用食指把眼睛下面的皮往下一拉，做了个鬼脸，说："度假——当然了。"

"当然。"我说，也做了个和他一样的动作。

平时，佐兰把头发扫到一起，擦干净镜子，用很小的刷子清理那两个帕纳萨米格牌的刮胡刀。斯坦科夫斯基师傅声称，那两个刮胡刀比松下[1]的刮胡刀更好——更锋利，也更便宜，而且说良心话：日本人怎么会知道什么对胡子好？他们根本就没有胡子。

"我的这个奥地利小女孩不像安基察吗？"佐兰问道。当时，我正把葵花子递给他，而他正在擦拭那张皱巴巴的黑白照片上看不见的微尘。

"我看她的眼睛，觉得有点眼熟。"我点点头，更仔细地观察着照片上这个留着长卷发，穿白色连衣裙的年轻女人。我很熟悉这张照片，每当佐兰对奥地利和姑娘们想入非非的时候，就会给我看这张照片。

---

[1] 松下（Panasonic）和帕纳萨米格（Panesamig）在原文中发音相似。

"在那儿，所有人都这么看人，"佐兰说，"公主会严厉地打量我们，你能想象一个国家里所有姑娘都这么看人吗？太疯狂了！"

"嘿，佐兰，"我说，"她们看人的样子好像李小龙……"

"没错，"他毫不惊讶地答道，仿佛沉浸在梦幻里，"奥地利女人都像李小龙那样看人。但她们的头发很漂亮，你看这脖子……"

我们两个都沉默了，都看着照片。"这脖子！"佐兰闻着葵花子的味道说。和佐兰一起保持沉默不难，因为反倒是和他聊天并不容易。他感兴趣的只有书本、公主们，当然主要是安基察，还有奥地利以及他爸爸海象。佐兰的牛仔裤屁股兜里永远都插着一本书，牛仔裤已经洗得发白，运动鞋上有一颗白色的星星图案。

"问猴（候）上帝。"[1] 他悄悄地对照片说，亲吻了一下照片的一角。在那个角落里，用花体字写着"Hissi"或是"Sissi"[2]。"问猴（候）上帝，温（吻）手，飘（漂）亮女人！"当佐兰说奥地利德语的时候，他的嘴唇就轻微地向前拱，嘴尖做出轻吻的动作，"温（吻）手，飘（漂）亮女人，温（吻）手！功夫！"

佐兰向后一倒，靠着椅背，紧紧地闭上眼睛。太阳已经很低，街上几乎看不见人了。和佐兰一起沉默之所以不难，还有一个原因，那就是你永远不会知道该如何给他提问题。

"你刚去哪儿了？怎么这么久？"他问我，朝街上吐了一个葵花子壳，抛出一条高高的弧线。

---

[1] 原文"Grissgott"，即奥地利及德国南部地区礼貌用语"Grüß Gott"，此处表现佐兰发音不标准。下文佐兰的话也是如此。

[2] 指茜茜公主，奥地利皇帝弗兰茨·约瑟夫一世的皇后。

"在家待了一会儿。我们家老头老太吵架了，我贴在门上偷听。"

"是谁不对？"

"和他们自己没关系。他们吵的是所有人都坐车跑了。还有形势。形势，形势，形势……出现了什么苗头，应该怎么办什么的。"

"呃，"佐兰在牙缝间嗑开一颗葵花子，把照片放在台阶上，用手梳着自己的头发，"出现了什么苗头？"

"不知道，说到那儿的时候，老头老太就猛地把门推开了。"

"呃。"

和佐兰说话的时候，我管自己父母叫"老头老太"。说完，我们又沉默了，只听得到嗑葵花子和吐壳的声音。一只麻雀落在了地上的葵花子壳前面。

当本就寂静的周围变得太寂静的时候，我开口了："我转告了她。"佐兰眯缝着眼睛，看着太阳。"就像你吩咐的，我告诉她的时候，没有第三个人听见。然后我就跟她说，事情就是这样。"

"事情就是这样。"佐兰重复了一遍。

"没错，我说了你很抱歉。你向她说对不起。对，我还说这样的事不会再发生了……"

"她当时看起来怎么样？"

"什么？"

"我的安基察当时看起来怎么样？"

"哦对，嗯，就和平时一样，卷发和眼睛，还有一切都和往常一样。她说了，你在第一次和第二次的时候都保证过以后不会这样，但根本没用。她说，她恨你，再也不想见你。她说，如果你想和她谈谈，最好不要打发小矮人去她那儿，这几乎比你的冲动还要糟糕。我觉得她这样说不太好。"

"她不会说冲动。"佐兰摇摇头，用手指弹开一个葵花子壳。

"她说了耳光，对，她说了。她说，你真的够了，你让她不再开心了。"

佐兰打过他的安基察，扇过她耳光，已经是第三次了。他的安基察，每个人都知道，这是他的安基察，而佐兰是安基察的佐兰。据说，第一次打她的时候，佐兰说过："这一耳光是因为别人夺走了我再也拿不回来的东西。"

"你真的应该亲自去跟她道歉，佐兰，"我说，"要我说那些话，我觉得很尴尬。我在一部电影里听过类似的话，但在电影里，这些话听起来要好一千倍，里面讲的是一个侦探长年跟踪一个女人，但他跟错了人。"

佐兰站起来，舒舒服服地靠在扶手上。他又开始看着手里的照片。

我问他："说实话，你打她的真正原因是什么？"我不敢跟他说要遵守和安基察的约定，不能动手。

"不读书以后，"佐兰对着照片说，"我就要去这个奥地利。明天，安基察会收到玫瑰。亚历山大，你记住一点：花可不仅仅是花。安基察会跟着我来的，那我就不需要奥地利女人了，她们可以随便像李小龙一样看着别人，只要她们愿意，想看多久，就看多久。您好，年轻的消（小）姐，您好……"佐兰把照片藏到上衣口袋里，说，"从第一天起，你就一定要吃定你的女孩，如果这样，我爸爸碰见的事情，就永远不会发生在你身上——"

什么时候花是花，海明威先生和马克思同志如何站在一起，
谁是真正的俄罗斯方块大师，
博戈柳布·巴尔万的围巾为什么要替他的脸受罪

　　"——那个星期天，我和爸爸清晨就回家了，比计划早了六个小时。门是敞开的，同样敞开的还有烟店老板博戈柳布·巴尔万裤子上的拉链。我妈妈跪在博戈柳布的跟前，头发乱糟糟的，好像刚醒来的样子，但如果是刚醒，那她至少应该穿着睡衣才对。她抚摩着烟店老板的大腿，脑袋一来一回地动着，活像一只鸡。

　　"那束花夹在爸爸的手和运动包之间，花茎已经被压扁了，但花毕竟是花。我看着爸爸，希望他能给我解释一下这只鸡和这个烟店老板是怎么回事。爸爸手里的花束掉在了地上，运动包掉在了花上，他把裁判的哨子放到嘴边，吹了一下。房间里的那两个人吓了一跳，妈妈把牙齿咬到了一起，博戈柳布疼得大叫起来。她从烟店老板的怀里挣脱出来，擦了擦嘴角，跟跟跄跄地朝爸爸跑过来。'上帝救我，米伦科！'她哀求道，额头上还是散乱的一缕一缕的头发。她扯下外婆钩的桌布，把自己裹起来。桌布一扯，桌上的花瓶倒了，水流满了桌面，花毕竟是花——那是博戈柳布

香烟店里的玫瑰。

　　"'等会儿。'爸爸嘟哝了一句，向她跳过去。他有力地伸出一只胳膊：进攻犯规。爸爸用拳头指给她看——就到那儿，不要再过来一步。在博戈柳布脚边的地上，躺着两本书。'等会儿，那儿并排放在地上的是马克思和海明威的书吗？'

　　"博戈柳布·巴尔万睁开眼睛。'玛利亚，圣母啊！'他呜咽道，在《资本论》和《老人与海》之间急促地跑着，努力地拉上裤子的拉链。'圣母啊，'他尖叫着，一边跑，一边呼呼地吹着他那个还在隐隐作痛的地方，'玛利亚，我的救恩，可千万保佑，不要让拉链卡住啊！'

　　"但是，拉链还是卡住了。于是，博戈柳布诅咒着圣母的名字，诅咒着一切拉链的圣母。而爸爸除了大发雷霆之外，别无选择，这一闹，不光是左邻右舍，连半个城市都听见了，而且永远都不会忘记：'你怎么不去操太阳，德拉吉察！我亲手造了这座房子，就为让你在里面做皮肉生意？我亲手打了这个书架，选了书，就为了让某个卖香烟的屁眼在马克思同志和海明威先生身上摩擦？你听着，立马把桌布给我放下！你在玷污你亲生母亲的辛勤劳动！还有你，博戈柳布，我们自打做少先队员的时候就认识，就为让你在我屋里摔烂少先队员的友谊誓言？就为让你用那玩意儿塞满我老婆德拉吉察的嘴，把她弄成通奸犯，用这个羞辱我，激怒我？我当年借钱给你开香烟店，没要你一分钱利息，就为让你在我屋里搞反动，装神弄鬼，让你带着你的鸡巴欠下这辈子都还不清的孽债？操你那神圣的烟店老板的妈！滚出去！你们俩都给我滚出

去！要是你们还惜命的话，就把地上的书给我放回架子上去！'

"妈妈颤抖着把经典放回去，捡起自己的衣服。博戈柳布的双手仍然忙得不可开交，没有帮助她。这个男人耸起双肩，抽泣的声音让人几乎听不见：'我本来完全不想……我们只是……'

"'等会儿！'爸爸扯下自己的衬衣，看着闪烁的电视机屏幕。我们的康懋达 64 电脑[1] 躺在地上，电线乱作一团，旁边是两个游戏操纵杆，咸脆饼条和插着牙签的小块奶酪放在爸爸最喜欢的盘子上，就是那只画着小篮球的盘子。话音未落，爸爸就用海明威的书给了博戈柳布一记重击，打得这个烟店老板天旋地转，重重地撞在了书架上。这回掉出来的是《铁托和党·第二卷》和《查拉图斯特拉如是说》，这两本掉在一起倒不算是什么大悲剧。妈妈一边啜泣，一边整理好这些名著，爸爸判了电视机一个技术性犯规：'等会儿……你们玩儿了俄罗斯方块？'

"高分榜单还在那儿：博戈柳布拿到了第一到第三的名次，游戏结果上还有他名字开头的三个字母'BOG'——上帝——爸爸的手伸到了书架后面，给猎枪上了膛，'你们在我屋里破了我的纪录？'他闭上左眼，准星放得很低。妈妈和烟店老板惊恐地逃离了房子。上好保险之后，他把猎枪放了回去，让它靠着书架。他抬起自己的手，放在面前，转动着双手，仔细地看着，好像在为自己长着拇指、指甲或者掌纹而感到惊讶。然后，他坐到电视机前，玩起了俄罗斯方块，穿着衬衣，一直玩到深夜，没说一个字，也

---

[1]　康懋达国际公司于 1982 年 1 月推出的家用电脑，曾在全球热销。

没有洗手。平时，他在吹完比赛回家之后，或者在拥抱妈妈和我之前，总是会洗手的。

"我吃了剩下的排骨，味道和泥巴没什么两样。我把花朵撕碎：安基察爱我，不爱我，爱我，不爱我。爸爸没有回答我的问题。我开始大吃咸脆饼条和奶酪。爸爸不吃，也不说话，只是堆着俄罗斯方块，中间起来擦过猎枪，擦得枪管的铁都发亮了。到午夜的时候，他一共得了74360分，全部消除——前三名的位置上是'MIL''MIL''MIL'——爸爸的名字米伦科的前三个字母。

"'上帝,'爸爸说,'死了。'

"'佐兰，把所有东西都拿过来，不要杯子。'他脱光了衣服，只剩内裤，我把烧酒、白兰地和葡萄酒递给他，在旁边一直看着，很久——酒瓶子倒进去，放下来，倒进去，放下来。这世界上最无聊的事情莫过于喝闷酒了，没有歌曲，没有陪伴，所以我不知道自己什么时候就在沙发上睡着了。

"爸爸一直喝到外面的麻雀开始叽叽喳喳，接着扛起了猎枪，溜达着穿过马路，在晦暗的晨光里向麻雀开枪，却一个都没打中。他摁响了博戈柳布家的门铃，喊道：'滚出来！让我们像兄弟一样亲吻！'房子里什么动静也没有，爸爸射穿了所有的窗户，射开了门，进屋撂倒书架，用猎枪砸了电视机，但屏幕没碎。爸爸插上博戈柳布的康懋达64电源，把猎枪横在怀里，第一次试着超越博戈柳布玩俄罗斯方块的高分。然后，他点燃了博戈柳布的《马克思全集》，当火苗蹿得高高的时候，他就在地毯上拉屎。

"我是被第一阵枪响吵醒的，随后就跟着爸爸穿过城市，刚开始是一个人，后来和几个在这个时候去钓鱼的维舍格勒人一起。他们都有些年纪了，嗑着咸南瓜子，打着赌。赌电视机会赢的人最少，而我在爸爸玩俄罗斯方块的天赋上押了一万第纳尔[1]——妈妈在匆忙之中没带走钱包——赢了四万五千第纳尔。正当爸爸脱了裤子，在博戈柳布·巴尔万的门厅里努力的时候，来了两名警察——波科尔和科德罗，睡眼惺忪、脸色苍白、胡子拉碴。他们的制服散发着烤肝的味道。他们抽着烟。爸爸没有想到要带厕纸，但是博戈柳布的围巾长度刚好合适。爸爸把用完的围巾缠在电视机上，警察则求他先洗洗手。'这是不行的。私人财产。故意。火。罚款。跟我们走一趟。'

　　"爸爸认真地听着波科尔和科德罗要说的话，用猎枪支撑着自己，承认他们说的都有道理。然后，他诚实而悲伤地告诉他们，自己家里出了什么样伤风败俗的事情，为什么信任破裂在胸腔里引起的疼痛比肋骨断裂还要严重，自己因为麻雀是一种饱受折磨的生灵而放过多少只麻雀的命，以及自己唯一的儿子那漂亮的眼睛竟然不得不看到这样的丑事，这让他感到多么羞耻，终生的羞耻。

　　"警察们摘下帽子，用帽檐蹭了蹭脖子，一会儿点头，一会儿摇头，头上的头发都没有梳过。最终，爸爸耸起肩膀，摊开双手：'现在，你们再告诉我：这是不行的，这是私人财产！每一笔

---

[1]　南斯拉夫货币单位。

66

罚金，我都会付，但在这笔账两清之前，我不会跟你们走。他从我身上夺走的东西，我再也拿不回来了，就算拿回来，也不是原来的样子了。而我在他这儿毁掉的，都是可以赔偿的，所以我要多砸。'

"波科尔和科德罗退到了博戈柳布的厨房里，一边吃早饭，一边互相出主意。那些钓鱼人拿出了马扎，给我喝苹果汁，罐装的苹果汁，上面没有标签。当看到波科尔和科德罗再次戴上帽子，不打招呼就出去喝咖啡时，那些老人赞许地点点头。警察赌输了——他们没有带走爸爸。

"博戈柳布预感到有什么好事在等着他。他是个彻头彻尾的烟店老板，永远穿着同样的深红色工装裤，不管是什么东西，他立刻或者最晚到后天就能搞到。他从自己的香烟店里把能搬走的都搬走了。剩下的，是被我爸爸清空的。爸爸打破了玻璃窗，把里面的所有东西都一件一件地从桥上扔进了德里纳河，一支笔都不剩。包括抽屉、货架、书报架——一切，只要不是钉死拆不掉的，都沉到了河里，后来，连那些拆不掉的也无一幸免。没人去阻拦他，现场有二十多个男人，就这么看着他把店里的最后一个物件——店门，从门框的合页上硬扯下来，扔进了河里。

"我们家碰上的事很快就传遍了全城。人们给爸爸递上烧酒和葱，阿梅拉给他带来热面包和盐，她烤的面包是全世界最好的。老男人们抚摩着我的脑袋，看起来似乎又要哭出来，又要哽咽。爸爸把我拉到身边，烂醉如他，却只告诉我：'佐兰，我现在要走了。你住在德莎婶婶家里。我会回来的，但一切东西，我都得重新搞来，给自己弄本《资本论》，给你带回一个妈妈。'他在我的上衣口袋里塞了两百德国马克，搂着我的脖子，和我告别。他开着车向香烟店撞了两回，然后才鸣着喇叭，离开了城市。"

"然后呢？"我问佐兰，尽管我知道后来怎么样了：就在他爸爸离开城市的同一天，佐兰的妈妈和博戈柳布一起溜去了萨拉热窝。佐兰的妈妈给了德莎婶婶一点钱，要她转给佐兰。但德莎管钱的方式和佐兰的爸爸在斯普利特管佐兰喝梨子烧酒一模一样：反正佐兰不能碰。佐兰住在他婶婶家的阁楼里，每天起床之后和睡觉之前都要揍他的两个堂弟，但他打得狠的，只有那个真正该打的。他打那两个堂弟，是因为他俩满嘴跑火车；他打埃丁，是因为埃丁跳芭蕾，但知道埃丁没有父亲之后，佐兰道了歉。佐兰父母的房子被德莎租给了修大坝的季节工。德莎离了婚，总和那些从大坝下来的疲惫男人待上很长时间。男人们总是夸赞她，米基叔叔说："德莎是我们的玛丽莲·梦露。"

"现在，"佐兰说着站了起来，分散了我原先在他那总是散发着蜂蜜味道的婶婶身上的注意力，"现在就是这样，我没办法忍受雏菊和蒲公英了——屎一样的花就是屎一样的花。我妈妈更喜欢垃圾玫瑰。花不仅仅是花。"

"没错，我可以证明，长头发的达妮耶拉收到我的雏菊时，就发出了一阵让人害怕的嘲笑声。"

佐兰拖过扫把，把台阶前面的瓜子壳扫成一堆。他和他爸爸一样是个瘦高个儿，笨手笨脚的，手臂和腿都很长，上身紧凑。

厚厚的头发梳在耳朵上面。他爸爸那件磨得发白的牛仔衫，天气再热，佐兰都不愿意脱下来。扫把上干枯的细枝在沥青地面上的划动，是午后寂静之中唯一的声响。

"妈妈和我打过电话了，"佐兰说，拿着扫帚挥舞了一下，"她说，她不能回来了。因为人们。因为全城都在说的事情。她说，一切都不对，我应该去萨拉热窝，搬到她那儿去。"

"那你说了什么？"

佐兰把痰吸到喉咙里，发出一种生涩的、抓挠一样的声音，然后吐到了地上。"我说：好的，妈妈，就像你想要的那样，但是，我要对你说的，比人们说的还要糟糕。所以我永远不会去你那儿，所以你也永远不会来我这儿——因为我每天都会对你说这些，直到生命的尽头，我每天都不得不看到你在回答我的时候，你那母鸡一样的脑袋是怎么在动的。"

理发店的门铃丁零丁零地响了，斯坦科夫斯基师傅的光头在门缝中间一闪。"佐兰——你是休息，不是休假！"

"来了。"佐兰把扫帚靠在扶手上。可以听到蹄子的"嘚嘚"声。穆萨·哈萨纳吉奇骑着花椰菜——他的那匹母马，拉着缰绳，穿过广场。佐兰和他握了个手，穆萨摘下礼帽，佐兰摸着母马额头上的那块白毛。

佐兰知道的故事并不多。这是因为他的生命里发生了这么难以置信的事情，使他不再需要去编造些什么。他可以不断地讲述他那遭到背叛的父亲怎样向博戈柳布·巴尔万报复。有时候，他的讲述不超过两分钟——玩了俄罗斯方块，什么都没被扔到水里，佐兰的爸爸一整天都在擦拭猎枪，趴在猎枪上哭泣，擦掉眼泪，再哭，再擦掉眼泪。故事的结局是，佐兰跪在地上求他爸爸，求他把放到嘴里的枪管拿出来。

佐兰庄重地和穆萨道了别，甚至对我也伸出了手，点点头，消失在理发店深处。我走上了回家的路。一辆旅行大巴在我身后转弯，司机戴着一顶帽子。他嘴唇上方留着胡子，手臂修长，修长的手指放在方向盘上，帽子下面看得到露在外面的深色头发，散在耳朵上方。和他儿子一模一样。

哪儿有故事，我立刻就在哪儿。

但是，曾经令人畏惧的三分球射手和不太优秀的猎枪射手——人称海象的米伦科·帕夫洛维奇，是怎么到了方向盘后面的呢？难道我不应该立马回到理发店，告诉佐兰，他的爸爸又回来了，不过这次没有太早，而是晚了一年？

某些事在什么时候是一个事件，在什么时候是一种经历，铁托同志有几次死亡，以及曾经有名的三分球射手怎么成了中心运输公司[1]的欧洲客运大巴司机

当法兹拉吉奇先生冲进我们教室的时候，这本身就是一个事件。准时的法兹拉吉奇先生拿着一块滴着水的海绵，飞一样地冲向黑板，似乎他不是教师，而是正要扑灭黑板上那熊熊烈火的消防员。我们每天都有塞尔维亚－克罗地亚语的课，所以法兹拉吉奇先生每天都要出动，就为了扑灭黑板的火，并用成千上万的例句拯救我们的正字法。也许，他是一名优秀的消防员教师，但学生们却恰恰不知道，因为在全班大多数人身上，法兹拉吉奇先生拯救我们的努力毫无效果。无论这个世界上有多少个法兹拉吉奇先生，我们也永远不懂得区别 ć 和 č，而黑板也从来就没有着过火。

我和埃丁试过好几次。起先是用数学作业本，然后用埃丁从他妈妈车库里拿来的半瓶可乐瓶的汽油。我始终很怀疑：这块黑

---

[1]　中心运输公司（Centrotrans），萨拉热窝一家在欧洲范围内运营的汽车客运公司。

板根本不是用木头做的，而如果要点着一块黄铜黑板，你得用多少汽油？"你随便弄，就算把整个加油站倒在黄铜上，它也烧不起来。"我说这话的时候不断地重复"黄铜"这个词，直到埃丁把他那瓶汽油可乐放到阳光下，眯缝起眼睛，点着头说："其实没错。你可以用黄铜来割玻璃，但玻璃也不会着火，所以黄铜怎么会着火？我们把这瓶东西卖给斯波克先生，或者用它点燃一只蛤蟆吧。"

汽油是酒精，而斯波克先生是个酒鬼，每个城市都需要的那种酒鬼。他把大拇指放在耳朵上，小指放在嘴边，跟星星打电话到深夜；他奉承大熊星座，拍胸脯说："如果有一天搞了把雄壮的猎枪，我就把你射下来，给自己弄一顶天上的熊皮帽子戴戴。"

也许这不是他的原话，但每当我被他的叫嚷声吵醒的时候，我都希望他能实实在在地跟大熊星座把自己的命运解释清楚，不要像这样怀疑和咒骂星座："我穿着我的星座，你这偷东西的畜生！"或者不要一夜一夜地拿着酒瓶子在自己身边乱扔，嘴里满是诅咒，说些什么母熊和剥皮之类的。希望他不要吐在公园的长椅上，那是他睡觉的床，希望他不要睡在自己的呕吐物里。

埃丁和我最后还是选择了蛤蟆，不想把那瓶东西卖给斯波克先生，因为当时斯波克正坐着，靠在清真寺的墙上，睡得如此安详。等我们终于逮到一只蛤蟆，时间已经过去了两个小时。我点着一根火柴，然后又点着了第二根。在这一刻，蛤蟆必定在思考自己到此刻为止的人生，思考着自己现在陷入的这种愚蠢的境地。它本该在河岸边鼓着腮帮子，用舌头鞭打蚊子，可现在恰恰相反，它蹲在一个纸盒里，身上被淋满了汽油，而在它的上方，两个黑色的脑袋把点燃的火柴往它背上丢，期待着发生轰动的爆炸。然而，第四根，甚至第五根火柴都熄灭了，汽油闻起来就像是发酵的苹果汁。

蛤蟆一动不动地思考着自己的命运。当你向这样一只蛤蟆丢火柴的时候，你很快就会为蛤蟆被囚禁的样子感到难过。但我们还是不死心，又划了一根火柴，想再试一试。没用。然后，我们才把蛤蟆放回到属于它的池塘里，把倒空了的可乐瓶甩到身后，点着了那个装过蛤蟆的纸盒子。

开学第一天，我们的塞尔维亚－克罗地亚语老师登上梯子，从墙上取下铁托同志的画像。同样，这也是一个事件。他把画像抵在肚子上，用庄严的声音对铁托巨大的面孔、铁托的垫肩、铁托的军衔标志说："从今天起，你们叫我法兹拉吉奇先生，而不再是教师同志，清楚了吗？"

成年人在用庄重宣告的语气说了些什么之后总会停顿一下。就在这停顿之中，我打了一下响指，站了起来：正如人们教我们的那样，如果想说话，就要先站起来。"法兹拉吉奇先生，'不再是教师同志'，请问'不再是铁托同志'的画像到底有多脏，您非要把它取下来？"

我若有所思地把两个大拇指放在下巴的下面，食指放在噘起的嘴唇上方，停顿了一下，就像人们要用"除非……"开始下一句话时会停一下。

"如果铁托还没有完全被弄脏，那您就完全没必要把他拿走。我们，他的同志，少先队员，"我说道，张开双臂，就像一个民歌歌手那样，"很快就会在厕所里把我们曾经的总统擦得干干净净！"

我能听到，自己刚才所提到的少先队员们正毫无同志情谊地转动着眼睛。我的诡异在班上本来就无人能及。这下，我在奇怪程度的榜上无疑又得分了。比如埃丁，他会在每天大课间喝一个生鸡蛋，收集昆虫的腿，还跳芭蕾，但尽管如此，和我比起来，他的奇怪程度还差得远。当然，埃丁甚至在外貌上都能得分：瘦削，骨头突出，苍白，太阳穴上有青筋，眼球像马一样突起。他没有一个动作是流畅的，我压根儿就不知道他在芭蕾课上到底学了些什么——他迈着笨拙的步伐，靠着墙壁走路，倏忽而过，仿佛他整个人就是用秘密做成的，看左边，看右边，看天空，看一切，因为他想当特工。"亚历山大，女人都喜欢007，而除了心跳之外的任何声音，我都能学。"确实，不管什么时候，埃丁的嘴里总会发出不知什么声响——就算他不说话，他也不安静：吹哨，发出叮叮咣咣的声音，学狗叫，学鸟叫，但声音总是非常小，除非把耳朵凑近到他的嘴边，不然很难注意到。当只有我和埃丁两个人的时候，他才把那种腼腆和生涩丢掉，显得健康一些，说话也慢一些，而且对生理和女性的身体知道得很多。比如，女人的身体有个伤口，每三十天就会流血，而如果地球的转速比现在快三十倍，不管是为什么，这样的流血就可能变得非常危险。

法兹拉吉奇先生还是一直盯着我。全班同学也盯着我，大家都希望我继续说下去。大家的关注给了我勇气，我说："如果还有党委会的话，擦干净铁托肯定不会遭到党委会的反对。"而且我问奶奶，在布罗兹先生[1]而不再是铁托同志离开课堂期间，能不能借一张她的壁毯给我们。奶奶有一张很漂亮的壁毯，上面绣着风暴中的一艘船。在铁托的画像被取掉的地方挂上壁毯，毕竟比光秃秃的墙壁要好些。

为自己三次被打破鼻子而感到自豪的武科耶·武尔姆丢了一个纸团，正砸中我的后脑勺。这是一条死亡威胁，他在里面一条一条地列举了放学后等着我的酷刑，而且骂我是"自以为聪明的家伙"。

可我答复他的那个皱巴巴的纸团却没有砸中他，就差一点点。

严格来说，铁托在那个学年的第一天并没有留下什么污迹。污迹是脏的，但铁托背后的墙是干净的：一方白色的直角，被其余棕色的墙面围绕着。铁托保护着这一小片地方，所以它是干净的。

还有我们，他的少先队员，也受着他的保护。

尽管铁托并没有站在我们面前，像李小龙那样踢飞那些反对我们、反对红星的不同政见者，可人们还是说他排除异己。铁托认为，对于南斯拉夫的发展来说，青年人是进步的，能促进好心情。他甚至把自己的生日都放到了青年节。[2]在照片上经常可以

---

[1] 布罗兹是铁托（Josip Broz Tito）的名字。
[2] 铁托生日为 5 月 25 日，这一天也被定为南斯拉夫的"青年节"。在南斯拉夫时代，标志性的青年接力赛就在青年节举行。

看到他和少先队员们在一起，他笑着，少先队员们也笑着，而在照片的下方写着：铁托和少先队员们笑着。

我曾经遇见过铁托一次。但这几乎算不上是遇见，因为那个时候的我还是婴儿，而一场几乎回忆不起来的相遇，也只能说是一次相当勉强的相遇。斯拉夫科爷爷说，铁托曾来视察维舍格勒，当坐着白色的敞篷奔驰车经过的时候，铁托向我招过手。爷爷还说，他自己曾就关闭铁路的事情在维舍格勒宾馆里和铁托吵了一个小时。但即便是他，也无力反对铁托。很快，我们的城市就没有火车经过了，而拉菲克外公也就丢掉了工作。

如果我和铁托一样老，我也会有一辆白色的大轿车，车后面还可以站人。埃丁将会是我的司机，是忠实于我的路线的秘书、最好的朋友兼特工，负责鸟叫和生物部，因为他对女人的身体如此了解。

我们在镜框里的铁托同志根本不会被擦干净。那些人也明白，就算他们的妈妈没在南联盟的地方委员会担任过专业政治顾问，就算他们的爷爷不能解释一切，他们也明白不会擦干净。发生在我们铁托身上的完全是不同性质的事情。我们的铁托死了，而且是第二次死了。当人们把他的画像从教室里拿走，就是他的第三次死亡。

埃丁用手指敲打了一下我的肩膀，"嘘……亚历山大，你给武科耶·武尔姆写了些什么？"

"没什么。我只是帮他改了改正字法。"

铁托的第一次死亡发生在 1980 年 5 月 4 日 15 点 05 分，但那时死去的只是他的身体。一年又一年，每到 5 月 4 日 15 点 05 分，全世界和全宇宙的人们都会站着纪念铁托，除了在美国、苏联和木星上，因为生命无法在木星上存活。警笛呼啸，汽车不动，而我则在记忆里翻来倒去地想找一句马克思说过的合适而悲伤的名言，希望结束这一静默时刻，并给某个人留下深刻的印象。可是，我从来没有找到过。

卡尔·马克思没有写过任何一个悲伤的句子。

在他的第一次死亡之后，铁托带着一个小箱子，装满了演说和论文，搬进了我们的心里。在那里，铁托为自己建造了一座思想的别墅，富丽堂皇。斯拉夫科爷爷这样描述这座别墅：别墅的墙是各种经济项目，屋顶的瓦片是和平的信号，透过红色的窗户，可以看到一片种着罂粟的花园，花园里是怒放的未来口号，还有一口井。人们能源源不断地从这口井里汲取无穷无尽的信心。随着时间的流逝，为所欲为的人越来越多，对铁托思想感兴趣的人越来越少，而对一种思想而言，如果没人感兴趣，这种思想就死了。

于是，铁托经历了第二次死亡。

然而，他仍旧活在诗歌里，活在报刊文章里，活在书本里。但很快，不曾有过这些书，没有读过这些诗就成了正确。然后，让从前的禁书重归书架，更加正确。不知从何时起，亲自去写那些放在以前会被禁的书和报纸文章成了最正确的事。爷爷去世以后，妈妈成了给我讲这些东西的人。她是政治学家，她懂这些。

爷爷曾经说她是马克思主义者，并为此而高兴。但妈妈本人并不高兴。以前，如果有人问我妈妈的职业是什么，我会毫不犹豫，像台风婶婶那样快速地回答："南斯拉夫共产主义者联盟地方委员会专业政治顾问！"妈妈给地方委员会的书记和主席们写演讲稿，这些草包。我不会大声地说出这个词，但我知道他们是草包，因为妈妈曾经几百次地抱怨他们那种参差多态的思想贫乏。空洞的大脑、漏洞百出的记忆、承诺和行动之间的反差、满是窟窿的钱袋子，还有：喝起酒来就像灌不满的无底洞，在纸上却写不出一句正常的话来。

如果今天还有人问我妈妈的职业，我大多会说："疲惫。"如果人总是工作过度，而且总是说自己一直工作过度，那是最疲惫的。下班一回家，我的父母就谈论工作。爸爸脱下衬衣，在浴盆里洗脚。他在一家做木家具的厂里做活，但很遗憾，他不是伐木工人，而是在一间放着台历的房间里，穿着衬衣，坐在一堆计算器中间。在家里，他从不穿衬衣，而是在自己的画室里工作，但他并不称之为工作。他说自己无法忍受我们的政府，但更无法忍受数字。擦拭眼镜的时候，爸爸会近距离地在玻璃镜片上搜寻污渍，这时候他的脸就会皱起来。当我和他一样老的时候，我的两鬓也会长出白发。当我和妈妈一样老的时候，我也能一小时不间断地讲述自己的愁苦，只不过那时我讲述的将不再是我自己的愁苦。其实，妈妈的梦想是成为花样滑冰运动员。但现在的她在我们的法院里疲惫地跑来跑去。她说："这种立法真是令人同情，无可救药。"到了晚上，她会为第二天上班要吃的面包抹上黄油：

"我来给上班吃的面包抹一下黄油。"——她每次都说这句话，一字不差，和爸爸下班后洗脚一样精确。我不明白，她为什么不是为了自己和爸爸而抹面包，而是为了工作。我曾经喊道："你为工作抹面包，但工作又不需要吃任何东西！"可妈妈却回答说："工作也要吃东西，它一天又一天地在蚕食着我。"

关于马克思主义意识形态的实践、自治社会主义、铁托的外交政策，以及如何最好地把一条鱼从水里拿出来等等，这些话题我一直最喜欢和爷爷聊。和爸爸进行这样的聊天异常困难。就算他难得有兴趣和我说话，也总喜欢尽可能地胡编乱造，就为了让我注意不到他在这方面的无能。他不和我谈论南斯拉夫，而是和我聊一个没有名字的王国。在这个王国里，有一些词语所描述的东西是不存在的，另外一些东西是存在的，却不允许有描述它们的词语。在这个国家，如果有人给那些世界上随处可见却没有名字的东西造出了一个词语，就要受到惩罚，被流放到一个岛上。这个岛同样没有正经名字，因此被称为"裸岛"。

讲好故事的能力会一代代地遗传下去，但有时候会直接跳过好几代人。

在我们的教科书里，铁托活的时间最长。历史课、塞尔维亚－克罗地亚语课，甚至数学课都不能没有铁托。亚伊采到比哈奇 [1] 之间的距离为一百六十公里。一辆优格车以每小时八十公里的速度从亚伊采开往比哈奇，同时，我们的约瑟夫·布罗兹·铁

---

[1]　亚伊采（Jajce）和比哈奇（Bihać）均为波斯尼亚和黑塞哥维那城市。

托以每小时十公里的速度匀速从比哈奇跑向亚伊采。那么，两者将在几公里处相遇？

为了掩饰我在这种事情上的无知，我很生气。我说："很明显，一辆优格车和一个铁托不可能同时出现在同一条路上，因为如果我们铁托总统出来散步，那他经过的一切道路都是要封锁的。这是一项安全保障措施，"我补充道，"我个人非常支持。"

但数学老师并不买账，他对我没有留情。

有一个新老师对历史书中铁托的生平大为光火。我们在校长办公室外面的走廊上都听得到他的声音。"我是历史学家！"他大发雷霆，"不是童话叔叔！"

我把历史学家的事告诉了斯拉夫科爷爷。第二天，爷爷来学校接我，架着眼镜，穿着大衣，拄着那根他其实根本不需要的拐杖，戴着帽子，身上挂了无数的党的勋章。走廊上首先可以听到的是我爷爷的声音，听不到那位历史学家的声音。

在电视节目里，铁托也还经历着第三次生命。播放游击队电影的次数多到连我都能跟着说几句台词的地步。我最喜欢的电影叫《内雷特瓦河战役》[1]。内雷特瓦河几乎与德里纳河一样绿，河上那座位于莫斯塔尔[2]的最美丽的桥梁，比我们的桥少十个桥孔。去年，我和全班同学都在莫斯塔尔。男人们从很高的桥上跳进内雷特瓦河里，所有人都在鼓掌。在电影里，一整支患了伤寒病的

---

[1] 1969年南斯拉夫与美国、意大利等国合拍的一部战争电影，反映1943年南斯拉夫游击队在德军大举进攻之际护送难民撤离，跨过内雷特瓦河大桥的历史。
[2] 莫斯塔尔（Mostar），波斯尼亚和黑塞哥维那南部城市，在内雷特瓦河畔。

军队都跳进了河里。他们的统帅喊道："跟我来，伤寒病患们，穿过水流，冲向自由！"然后他就淹死了。电影里的另一句名言是："即便遭受屠杀，我们的民族依然在高歌。"如果马克思看了这部电影，他也许会想到一个悲伤的句子。

为了不得伤寒病，我在吃饭之前会洗手。

在我第二喜欢的电影里，矿工们带着不计其数的炸药棒，追赶不计其数的纳粹，把他们炸上了天。其中一个矿工说："矿工待在矿井里，就像水手漂在大海上。"一个德国士兵望向远方，说："我们毕竟是罪人。因为我们天真而弱小。弱者无法被写进历史。让我难过的只有一点，那就是我的死只是渺小的士兵的死，不是英雄的矿工的死。"

铁托还活在纪念活动、示威集会和节日庆典里。他活在老人们阴暗的聚会里。在烟雾缭绕的里屋，中老年男人们穿着没有熨平的衬衣，女人们烫着染了色的卷发，聚集在一起。在妈妈的陪伴下，我曾经在里面度过了无穷无尽的时间。人们吃着火腿，发着牢骚，以前的时代，以前的时代，没错，那是以前的时代。在那里，甚至斯拉夫科爷爷都会变得爱吵嘴，抱怨这个，抱怨那个，喋喋不休，心情极差，看起来比平时老了十岁。我咳嗽着，第二天早上连眼睛都是红的。

去年夏天，在爷爷去世两个星期之后，我第一次拒绝了妈妈，不愿意跟她去市图书馆地下室和不知哪里来的熟人见面。爷爷也不用再去了！我始终很执拗，而妈妈并没有表现出失望的样子，而是很震惊。她穿好衣服，在卧室的镜子前把指甲涂成红色，然后锁上了卧室的门。当她拥抱着和我告别的时候，她身上散发着葡萄酒的味道。我画着我们带有五角星的国旗，却一直想着妈妈的红指甲。我画着画着，终于忍不住去敲了爸爸画室的门。我不停地敲门，直到爸爸承认自己在里面，并且保证和我一起把妈妈接回来。

图书馆地下室的暖气管上挂着南斯拉夫的国旗，一个鼻梁上的眼镜滑到鼻尖的男人读着一部巨大的书。但留声机仍旧嘶嘶啦啦地响着，没人去关掉。盘子里的奶酪块儿上插着一根根牙签，牙签上粘着自制的小旗子，上面画着铁托的肖像。妈妈随着音乐的节奏，短促轻快地用手打着节拍。她是整个地下室里唯一的女性，也是唯一不到六十岁的人。从我们家到这里来的路上，妈妈做了一个新发型。爸爸站在入口那儿，摆弄着手里的车钥匙。注意到我们时，妈妈慢慢地站起来，伸手去拿包。她没有向任何人道别，也没有人向她道别。有人咳嗽，另一个人则站起来，把唱片翻了个面。这就是妈妈的最后一次聚会。我看不出来她对此究竟是特别高兴，还是特别悲伤，她只是不再去图书馆地下室了，就像我也许在某个时候不再生长一样。而且她也没有什么新发型，只是在烟雾缭绕的灯光里，她整个人看起来完全变了一个样子。

不变的是一张又一张的铁托画像——在办公室里、橱窗里、客厅全家福的旁边，以及学校里。游艇上的铁托，讲台上的铁托，和一个给他送花的女孩子在一起的铁托。有的拼图游戏甚至画着铁托和外星人手拉手站在一起。当人们把这些铁托画像从教室里拿走的时候，铁托经历了第三次死亡。只有耶莱尼奇同志，又叫菲佐，仍旧是一位同志，而且也是在这开学第一天唯一让铁托的肖像留在墙上的教师：墙上的铁托穿着海军上将的制服，身旁是一条牧羊犬。菲佐无声地站在自己的讲台后面，戴上眼镜，在我们的班级教学周志里写了些什么。"每个人都放好一本练习册和一本公式本，"这位全校最严格的老师对我们说，眼皮也不抬一下，"今年会很难。"

那时候，法兹拉吉奇先生，这位不再是同志的老师，不仅取下了镶嵌在镀金相框里的铁托那强硬的脑门，而且还从玻璃柜里拿走了学生出操时要扛在队伍最前面的红旗。在我提出我们少先队员是不是可以把铁托擦干净的问题之后，法兹拉吉奇先生郑重其事地开始了一场漫长而严肃的演说："亚历山大·克尔斯马诺维奇，这是一件严肃的事情，你的讽刺是极其不恰当的！我们的体制出现了重大的变化。采用新的头衔，清除个人崇拜的残余，这是民主化进程中必须严肃对待的部分！"老师的嘴唇继续动着，嘴边是一个接着一个的长句。法兹拉吉奇先生多次取下铁托的画像，猛烈地摇晃着自己的双臂。但他没有把画像放在地上，而是每次都把画像举起来，而且在讲话的时候就这么举着，一直到休息不讲为止。

为了表现出自己完全理解个人崇拜、头衔、体制和这件事情的严肃性，我第二天来学校的时候穿上了那件大小早就不合适，但我自己仍然觉得很漂亮的深蓝色少先队队服。我坐到了第一排，就在法兹拉吉奇先生那里，而且就像爷爷总是要求的那样，我保持着"社会主义式的笔挺坐姿"。我甚至把自己的指甲缝都抠得干干净净，根据以前的纪律要求，伸开十指，把手放在面前的桌上，仿佛班上还有检查卫生的班干部。当法兹拉吉奇先生向全班提出第一个问题时，我立刻跳起来，喊道："现在我们来考察劳动产品剩下来的东西。它们剩下的只是同一的幽灵般的对象性，只是无差别的人类劳动的单纯凝结，即不管以哪种形式进行的人类劳动力耗费的单纯凝结。这些物现在只是表示，在它们的生产上耗费了人类劳动力，积累了人类劳动。"[1]

我被关了五个小时的禁闭。三个教师看管着我，他们狂怒地对我发表着关于社会 - 政治意识形态的转变乃至革新的长篇大论，威胁我说："你要是不乖乖的，那每天放学以后都不许回家，要留在这儿。"

我回答说："学生留在学校里，就像水手漂在大海上！"我用毡尖笔在脸颊上画了两道红色对角线，让我感到痛苦的只有一点：我将作为学生死掉，而不是作为英雄的矿工而牺牲。

随后虽然又有一场批评的暴风骤雨向我袭来，但我仍然获准回家了，因为教师也有自己的私人生活。我决定更仔细地研究研究老师们刚才那些话的意义，包括挑衅、家人的洗脑、政治上的意识形态转变及革新等等。但至少讽刺一词的意义，我算是明白了：当一个问题等来的不是回答，而是愤怒，那么这个问题就是一个讽刺。

---

[1] 出自马克思《资本论》第一章《商品与货币》。

埃丁转向我，说："亚斯娜的衬衣。"埃丁这个生物学的领导同志跟我解释到底是什么让亚斯娜的衬衣鼓包了。周五的第三节课，法兹拉吉奇先生急匆匆地擦着黑板，海绵里的水都流到了他的袖子里。很快，我和埃丁就达成了一致——"鼓包"这个词用在亚斯娜的衬衣上不合适。"鼓包"这个词错了，因为鼓包听起来像是在说汽车的门，但亚斯娜衬衣下一天天发生的事情和修车没有半毛钱关系。亚斯娜的红色衬衣和弯曲的车轴也没关系。在亚斯娜的身边，我和埃丁表现得仿佛全世界没有什么比亚斯娜更重要，但又仿佛没有什么比她更不重要。至于我们为什么这个样子，埃丁比我清楚。埃丁向我解释："就像揉面团、抚摩一条狗和搜索一个电台一样，亚斯娜衬衣下面那非技术性的玩意儿最好用了。你必须温柔，而且：精准。你必须完美地掌握触摸的技巧，不然它们就会从你身边跑走！"这个生物学的领导同志悄悄地在我耳边说，一边如痴如醉地往亚斯娜那边看去。"只要让我摸一下，"他叹息道，"然后我就是翘辫子也值了。"

　　这是我第一次从埃丁嘴里听到"精准"这个词，他的声音在说"完美"的时候稍微高了一些。就在这个时刻，法兹拉吉奇先生充满愤怒地把自己那串钥匙摔到讲台上。寂静。迅捷。精准。

　　这串钥匙是一种经历，对我、对埃丁、对亚斯娜来说都是这样。因为法兹拉吉奇先生之所以这么激动，就是因为埃丁、我和亚斯娜。在激动方面，这位曾经的教师同志也是不可战胜的。每周至少一次，他都会用震动一样的声音预言说："你们这是还要带我去索科拉茨[1]吗！"他说的"你们"指的是我们，这时他一般抓到我们试着点火烧黑板，或者抓到我们集体用西里尔字母写当年第一篇学校作文。尽管在铁托第三次死掉的时候就有明文规定：停止使用西里尔字母。而索科拉茨有一个精神病院，那些以为自己是希特勒的人，以及以为自己是一把椅子的人，都要去这个精神病院。法兹拉吉奇先生也要去那里。当他的神经状态接近索科拉茨的时候，他就喜欢拿东西砸讲台，比如用自己扁平的手、班级花名册，或者土耳其的地图。最近，法兹拉吉奇先生不是称赞土耳其的这个，就是夸奖土耳其的那个，俨然把土耳其当作模范国家。今天被他摔到讲台上的是他那串重达十公斤的钥匙，大概他用这串钥匙可以打开整个南斯拉夫或半个土耳其。钥匙砸在桌面上的响声还未消失，法兹拉吉奇先生的怒吼已经起来："完美？到底什么这么完美，埃丁？还有，你想摸什么？不管怎样，你的分数倒刚好是完美的反面，你应该摸的是你的书！"

响声和叫喊吓到了埃丁，他从椅子上跳起来，原地旋转了一圈，挺着胸脯，张开双臂，叫道："我没有想摸什么！'完美'是说我们的搬家，我妈妈和我要搬走。亚历山大想帮忙，然后我就说了'完美'……"

埃丁根本就不会搬走，但搬家倒是个好借口，因为法兹拉吉奇先生不再追问，只是又说了一句："这些事你们可以在课间说。"

一年中头几个温暖的月份是搬家的时候。大规模的动身启程

---

[1]　索科拉茨（Sokolac），城市名，位于萨拉热窝东约三十公里。

仿佛春季的流感一样有传染性，一时间人们纷纷离开。所有家庭都被传染了，汽车被堆积如山的行李覆盖着，几乎看不见了。人们过于匆忙地离开这座城市，离开得如此坚决，甚至来不及和留守的人们说一声"再见"。他们走得仓促极了，就像要把自己的地毯和沙发从洪水里抢出来似的。在沙发上装东西是个好主意。在奶奶家里的时候，不管是看电视，还是吃饭睡觉，还是想听一听自己的心跳是不是停下来了，我总是坐在斯拉夫科爷爷的沙发上。每一辆拉达[1]和优格汽车都塞得满满当当，车行驶过的地方，连加油站地面上凸起的沥青都被磨去了。这条路将把他们带到乌日策，也许甚至到贝尔格莱德或者保加利亚。当然，如果他们早些转弯，就到维勒托沃了。但有些事情告诉我，没人愿意去维勒托沃。至于究竟想去哪里，埃丁和佐兰不知道，我的父母也不知道。昨天放学后，我问学校楼管科的斯蒂纳要去哪里度假，他却紧张兮兮地笑起来，仿佛怕我似的。

　　昨天，我和埃丁在加油站旁边待了一整个下午。在维舍格勒，每个人都认得这里的这条路，快到加油站时，人们便稍微松开点油门，剩下的只有车尾排气的声音。可是昨天，人们却仿佛忘记了这条路：他们开着不堪重负的汽车，冲过凹凸不平的路面，地面发出巨大的噪声。对面房子里，一个老妇在窗台上放了块垫子，靠在窗户上往外看，生怕错过些什么。在傍晚到来之前很长一段时间里，再没有人开着顶上放满行李的车子经过了。一只啄

---

[1] 拉达（Lada），俄罗斯最大汽车制造厂伏尔加旗下的汽车品牌，1970年代开始投产，曾广销东欧地区。

木鸟飞了过去，我不由得想起形形色色的鸟。一些鸟会冒着严寒在这里过冬，另一些鸟则飞向温暖的地方。第一类鸟会不会停在高高的电线上，在后面望着另一些鸟，就像我们看着这些远去的汽车呢？当其他鸟儿歌唱着南方——快速地飞到阳光里，在椰子树之间筑巢，只啄食柑橘——的时候，这些鸟会不会有不舒服的感觉呢？它们会白着眼睛唱道："你们这些自以为是、排着队飞的鸟！"其他鸟却毫不在意这些鸟留在当地，它们叽叽喳喳地发表自己的观点："你们也可以和我们一样飞，而不是任凭鸟嘴被冻僵。"我却问埃丁：鸟真的会白眼么？

达尼洛·戈尔基的高尔夫汽车飞快地往加油站驶来，我和埃丁都站了起来，向马路外边走了几步。达尼洛是我们的邻居，他是老米蕾拉的儿子，是河口饭店的服务员。半个城的人都认得这个年轻人，因为他和女朋友分手之后，女朋友给他写了封告别信。全信只有一句话，用墙漆涂在达尼洛窗下的路上。

经过地面最高的隆起之处时，达尼洛那辆高尔夫的底盘吱吱呀呀地响起来。他停住了，下了车，猛踢排气口。现在，这根排气管已经不属于他那辆高尔夫了。我和埃丁相互庆贺，仿佛我们自己和我们的马路做了件了不起的事。不过，愤怒的达尼洛现在正咒骂着这条路，发酵的果汁、窟窿、猪肠子、妈妈等词语从他的话里一股脑儿地涌现出来。当他在身后拖着排气管，走进加油站的时候，我们热情洋溢地和他打招呼。年迈的米蕾拉也下了车，站在路边，回望城市，似乎她还在等待着什么人。一小时以后，她和她儿子又能开车走了。

达尼洛的高尔夫"突突突"地离开了，埃丁在后面看着，从牙缝里吐出一口唾沫，冲着乌日策的方向，冲着贝尔格莱德的方向，冲着保加利亚的方向说："喂，亚历山大，我觉得他们在逃跑。"

我没有反驳。在我们周围，黄昏的黯淡之中一片疲惫的鸟鸣声。"他们跑了。"埃丁小声地说，一边把手掌里的小石子拨弄出来，因为他刚才一直用手支撑着身体，所以小石子嵌到了肉里。

"但他们逃什么呢？"我问道。

达尼洛，从脑子到鸡鸡，你哪儿都小得很！

法兹拉吉奇先生转过身来，他对埃丁的回答表示满意。"把作业本拿出来，"他说，"昨天我讲过事件和经历之间的区别，我希望你们在课上听懂了，因为今天的作业是一篇作文，主题是'一场美好的旅行'。"

这个题目还真是不一样，不再是"我的家乡"，或者"为何从窗外看到我的城市会让我感到骄傲和幸福"，又或者"共和国的国庆日也是我的节日"。

"一场美好的旅行，而且是一种经历——而不是一个事件！"法兹拉吉奇先生看着我们，"武科耶，从你作文里第二十个正字法错误开始，我就再也看不下去了。法鲁克，所有我看不清的地方，都要扣分。还有你，亚历山大，我不想知道你那个拔得起橡树的太奶奶怎样，也不关心你们家厕所的落成典礼如何如何，更不在意你那个龙卷风婶婶如何在桥上和卡尔·刘易斯赛跑，又如何出现在东京！今年的每一篇作文，你都离题万里——最好收敛一下你的想象力！"法兹拉吉奇先生走到我书桌旁，在我身边弯下腰来，"而且在直接引语上，"他用拳头支在桌面上，"要有引号，你知道这个，我不需要每次都跟你解释。现在你们有一个钟头的时间来写作文！"

法兹拉吉奇先生听起来似乎受到了侮辱。当他还是教师同志的时候，他会向我咆哮，给我布置惩罚性的作业，因为我收敛了自己的想象力，在作文《我的家乡》里，用死记硬背下来的南斯拉夫地理和经济统计数据写满了整整七页。每一年，"我的家乡"至少会作为作文主题出现两次。我在脚注里指出我以前写过的类似作文，并写明，尽管通货膨胀严重，我的态度从未改变，而且也不会那么快改变。在第二个脚注里，我建议法兹拉吉奇先生看一看我的诗集，尤其是那几首诗：《1989年3月8日或我的专业政治顾问充满母爱地送给我冷杉林》《1989年5月1日或少先队员手中的小鸟》以及《铁托同志，你永远活在我心中》。

斯拉夫科爷爷曾经很喜欢我这些离题的作文，但妈妈不太喜欢这些作文带来的低分，而爸爸本来就不拿学校当回事，他曾说："不要打架斗殴就好！"

我翻开练习册的第一个空白页。"一次美好的旅行"。每年夏天，我都会和父母去亚德里亚海边的伊加洛[1]。瓦尔达公司的企业联合会负责组织。爸爸在这个公司工作，总是穿着衬衣，打着领

---

[1] 伊加洛（Igalo），黑山城市名。

带。在瓦尔达公司工作的几百个维舍格勒人打包好自己的行李和家人，他们说："我们分到了这个宾馆，但其实我们更喜欢那个在1986年住过的宾馆。"瓦尔达公司的车驶向伊加洛，把人们从一个没有海的小城运到一个有海的小城待一个月。我对伊加洛就和对维舍格勒一样熟悉，并不仅仅因为我每年都去，而且还因为我们现在卧室里所有的陈设都和那宾馆里的一样，不但床铺和架子没有分别，甚至木地板和木制饰墙板也一模一样——都是瓦尔达公司的产品。如果要写一次美好的旅行，那就不能写伊加洛。

在这一页的角落上，我潦草地涂抹了一个脑袋，画的时候满脑子想的都是伊加洛。这个脑袋的嘴角向下，长着小胡子。现在，这个脑袋的两边又多了两条长长的手臂，而不是耳朵。海象。佐兰爸爸的一次美好的旅行——这个曾经是令人谈之色变的三分球射手，但不是那么优秀的猎枪射手的米伦科·帕夫洛维奇！海象的美好旅行，走向一个新的女人，走向他自己新的幸福！我知道，一个好故事永远都不是一个错误的话题，于是我写下了下面的题目：

人称海象的米伦科·帕夫洛维奇从他美好的旅行中带来了什么，

站长的腿如何被唤醒了生命，法国人可以用来做什么，

以及为什么引号是多余的

既然每个人什么都可以说，什么都可以想，但又什么都不能说，那么那些没说出来的思想应该用什么样的引号？撒谎的言论该用什么样的引号？那些不够重要，不值得被说出来的思想该用什么样的引号？那些重要的却无人倾听的言论，又该用什么样的引号？

醉酒和被背叛者如米伦科·帕夫洛维奇，人称海象，把儿子放在路边，说："佐兰，我现在要走了。一切东西，我都得重新搞来——给自己弄本《资本论》，给你带回一个妈妈。"他上了车，鸣着喇叭离开了这个城市。没人知道他的旅行要去向何方。

昨天，在离开一年以后，海象又回来了。他开着中心运输公司的大巴进城，喇叭鸣得比离开时还响。在这些日子里，所有人都从这儿跑路了，没人知道跑到哪儿去，只有海象骄傲地回来了，没人知道他从哪儿来。当他的鞋踏上维舍格勒的土地时，他说的第一句话是：

"有人要买大巴吗？"

"这样一辆大巴肯定不好卖。"我上气不接下气地对海象说。他那辆大巴车绕着街道转弯，慢慢地，好像凯旋似的。我是跟在大巴旁边跑着过来的，就为了看看海象从旅行中带回来了些什么。

"这车有点儿歪。"车站的站长阿明说，抓了抓他工装帽下面的头发。他指的不是大巴车本身，而是说海象停得有点儿歪——车的右前脸停在了人行道上。阿明蹲了下去，膝盖骨咔嚓作响。他看了看车底下，用手指摸了摸生锈的铁皮，打开行李箱，用脚踩了踩轮胎，然后点了三次头，说："这是辆好车，但我认识这车，你不能卖，这车已经是我们的了。"

"你当然认识这辆车，"海象欢呼着把手挥向空中，"但你和这车是亲戚吗？我又不是把你叔卖给你。在这个国家，只能卖自己所属东西的时代早就过去了。"

在冷笑的海象身后，一个年轻女人出现在车门里。海象忘记了一切交易，把衬衣塞到裤子里。这个女人红色的头发里戴着黑色的发卡，围着带黑色条纹的红色围巾，红色的高跟鞋上系着黑色的鞋扣，鞋子最多也就是 15 码，甚至连她的女式衬衣都是红色和黑色的，而且领口开得很大。这只瓢虫笑了，当我看到瓢虫的牙齿是白色的时候，我总算松了一口气。[1]

海象向这个红发女人伸出小臂，女人微笑着抓住。女人的红

---

[1]　瓢虫在德国寓意幸运，据传瓢虫若出现在男子身上，预示着男子即将结婚。此处年轻女子红黑两色的形象与瓢虫的颜色一样，同时昭示着海象与年轻女子之间的爱情。

鞋子几乎没有碰到隆起的柏油路面。她飘然地看着本为欢迎海象这个奇迹人物而来的这一小群人，睫毛忽闪忽闪的。人群中，只要是个男人，都低下了眼眉，凡是戴着帽子的，都摘下了帽子。

"你不想把她也卖了吗？"阿明突然想到，贪婪地死盯着海象的新女人，好像这个女人是还没上映的周日夜晚的西部牛仔电影。阿明嘘了一声，几乎听不见，声音从牙齿缝里传出来。人只有看见昂贵的东西时，才会发出这样的嘘声。红发女人的眼睛和阿明的嘘声有点关系。女人的眼睛是红色和黑色之间的一抹淡蓝色。还有，她的脖子是多么修长！也许，阿明已经是第二十次踩踏着滚烫的右前轮了，他已经控制不了这条腿了。

"这位，这位是我的米莉察！"海象用一种极其庄重的声音叫着他的米莉察，仿佛他本来想宣布：所有人都听我说，每个人都要知道，这是我的米莉察！米伦科的美丽的米莉察！

每个人都知道海象的不幸，每个人都听说过他怎样在自己唯一的儿子面前被戴了绿帽子，以及那个香烟店主怎样侮辱和玷污了他放着《资本论》的书架。尽管如此，当瓢虫在海象身边穿着高跟鞋"咯噔咯噔"的时候，没人说他们什么闲话。在我们这里，红色－黑色还远没有什么意味，汽车站也不是电影院，而这么重的口红，单纯从医学上讲，对这样一张嘴来说也不会有什么好处。

海象小心翼翼地放下米莉察的行李，又使劲地把自己的运动包摔在人行道上，尘土飞扬。他把钥匙递给阿明，好像阿明今天过生日似的，而阿明能做的就只有表示感谢，并最终把脚从轮胎上挪开。海象的新欢用围巾裹着自己修长的颈部。我从未见过比她的包还小的包，口红倒还能装得进去，但治头痛的药片就够呛了。

海象亲切地和周围站着的人们握手，活像位在机场向群众致意的总统，用双手握住围观者的手。一番活动之后，我问他："司机在哪儿？"

"司机在罗曼尼亚山区采蘑菇，"海象说着一拳打在我的大臂上，这让我很喜欢，"我儿子呢，捣蛋鬼？"

"他在斯坦科夫斯基师傅那儿扫头发呢，"我一边回答说，一边像拳王阿里一样在海象面前跳来跳去，"我刚从理发店那儿来。你儿子和平时一样，穿着我的外套。"

"哦，那件外套，"海象点点头，用手掌接住了一记右直拳和上勾拳，"他今天应该是最后一次穿这件旧衣服了。在的里雅斯特 [1]，没有人穿牛仔服，我给他买了全套的新衣服。"

米莉察把架在头上的墨镜推到脸上，皱着眉头，瞥了一眼这个小小的汽车站。车站边上的灌木丛是浅绿色的，这样的颜色显然不会让她这个一身斑点的人感到欢喜。同样让她不自在的，可能还有沥青路面上的油渍、瞌睡的狗群、锈迹斑斑的铁栅栏上的洞，以及正把手伸到衬衣下面抓肚子的轮胎爱好者阿明。米莉察审视的目光透过墨镜，停在了我身上。有什么地方不对吗？我长着大耳朵，一般处于结婚年龄的女性会对大耳朵有好感。我的发型是斜的，但我没办法，只有斯坦科夫斯基师傅有办法。米莉察

---

[1] 的里雅斯特（Triest），意大利东北部边境港口城市。

慢慢地张开嘴唇，露出牙齿，她比一般人多四十颗牙齿，在十二颗门牙当中，有一颗牙上的那枚钻石闪闪发亮。这些牙齿可能意味着某种笑容，我想。确实，我身上有她喜欢的东西！她兴奋地把双手放在胸前，脸上对这个简陋车站的失望一扫而空。她用双手掐着我的脸颊，一股难以置信的甜美香气钻进我的鼻子。我用袖口擦了擦自己的脸颊，喊道："如果有什么东西让我个人感到震惊，那就只有我脸上的手指了！"

妈妈想表达不同意见的时候就会说"我个人……"，当她充满忧虑的时候，则会说"令人震惊"。

"看他多能说！"米莉察欢呼着，鼓起掌来。她的声音就像钢琴键盘上最右边那个键。"看他的嘴一张一合的，真滑稽！"她在我面前后退了一步，好像在惊叹一幅画廊里的作品。海象感到高兴，因为他的米莉察高兴，海象要拥抱米莉察，但身上挂满了箱子、包裹和袋子，他几乎动也动不了。

"亲爱的，你多大了？"米莉察离我又近了一步，我向后退了三步。

人们在底下窃窃私语，东拉西扯。"八到十二岁之间，随便几岁，反正至少不再是能让别人捏脸的年纪。"我咕哝着。为了避免被问更多的问题，我跟在海象后面。海象挪着沉重的步子向市中心走去。我用余光瞥见阿明正在把车倒出去，他不愿意有人坐在他车的右前脸上。瓢虫也没有逃离我的视线。天知道，谁还会穿看起来像蜘蛛网一样的长筒袜。

"米伦科叔叔，你这段时间到底去哪儿了？"

"一直在路上——漫无边际地游荡。穿过潘诺尼亚，经过迪纳拉山脉，到了海岸边，一直进入意大利。算是一场不错的旅行。因为身无分文，靠着我那两句半从《马赛曲》和有布列塔尼羊腿的菜谱上学来的法语，我就说自己叫雅克，逢人就介绍米莉察，说她是布列塔尼小姐。法国人让我们感到开心，因为他们和我们一样懂得爱，因为他们和我们一样弹得一手好手风琴，也因为他们从自己烤面包的无能当中发展出了一种艺术！凭借着雅克和布列塔尼的名字，我们总有饭吃，总有床睡，有了床睡，就能更好地认识对方。到处都有人跟我们解释，南斯拉夫为什么曾经是这么可爱的一个国家，这听起来就像在谈论一个死去的人。在碰到一个真正的法国人之前，我们的假面舞会一直没被人识破。我们和这个法国人喝法国玫瑰红葡萄酒，喝得大醉，这个法国人终于承认自己只不过是用法语的腔调在说马其顿语而已，而我们喝的所谓玫瑰红葡萄酒，也只不过是勾兑了一些烧酒的本地酒。当时，那个人已经喝得太多，在米莉察怀里哭：他省吃俭用了这么多年，就为了买辆摩托车，给村里最漂亮的姑娘留下深刻印象，可这位最漂亮的姑娘却不知何时嫁给了个什么人，那个人甚至连辆自行车都没有。"

1992 年 4 月 2 日，在穿过维舍格勒的路上，海象说："如果所有人都像我一样，经历过在路上的训练就好了。很快，大家都不得不开始漫长的旅行。任凭未来发生什么，我就留在这儿。"

在经过消防站的路上，海象严肃起来，说："在这儿，我和米莉察会幸福的。"

海象在一座清真寺旁边停了下来，从清真寺外墙的水龙头里喝水。

　　海象没能把他做过的所有事情都讲给我听，因为我陪他走的这段路根本不够长。但在这条路上，每一个散步的人认出海象，停下来和他打招呼，都会让海象感到高兴，因为这时他就可以卸下沉重的包袱，把它放在地上。许多人非常诚挚地向海象问好，之所以真心，也是因为这个一天天变得越来越小的城市又多了一个人，这给他们带来了一丝欣慰。

　　"穆萨，"海象对拉着那匹名叫花椰菜的母马缰绳的穆萨·哈萨纳吉奇说，"穆萨，兄弟，我们是兄弟吗？"

　　"永远是兄弟。"穆萨说。花椰菜点点头，就像马一般点头的样子。

　　这条路通向海象许久未曾见过的儿子，通向这个句子："我回来了，战争就跟在我的后面。"海象讲述着自己的旅行。他说，这是这么长时间以来他在这个国家最后一次充满忧虑而又无忧无虑的旅行了：

差的音乐品味会导致什么，六点人在攻击什么，
战争一旦开始会有多快

"我的车在罗曼尼亚山区抛锚了。不可理解！就在我和我儿子佐兰曾经停下来撒过尿的那个地方，发动机不转了。雾气自始至终像水泥一样厚。我继续步行往前，然后公共汽车就来了。司机打开了音乐。我的脑袋打开了头痛模式。我对他说：'你不是一个人在车里。'他嘲笑我说：'没错，但现在是我开车载你，只要是我开车载你，音量就归我管，你只有座位。'我必须承认，他说得有道理。我没有吵。但是音乐的音量非但没有变小，质量还变得更差，变得令人反感。司机放了一盒磁带进去，唱着什么血腥的德里纳河畔锋利的宝剑。我又说：'不错，音量和收音机和方向盘和车速和你的鼻毛都是你的，但是这个，这个是我的耳朵。而对那个，那个我的耳朵和我的德里纳河不得不忍受的音乐，我既不满意，更不能同意。而且你还跟着唱——说这话时我敲打了一下他的肩膀——所以我对你也不满意，更不能同意。不管是作为司机，还是作为人，我都不能认可，你竟然会唱这种弱智的东西。要么把音乐关了，要么我就崩掉你的蛋！'司机却把音量开到

最大。'投入战斗，所有英雄！'他冲我咆哮道。我当时甚至觉得我们要从路上飞出去，而我人生最后时刻听到的，竟然是大塞尔维亚民族主义的驴叫。因为那个司机根本不会唱歌，不然他也不会去做大巴司机。我对这头驴耳语道，我头疼，我的人生很艰难，而且我虽然是塞尔维亚人，却也耻于听这样的垃圾。一个被戴了绿帽子、头疼的男人，不仅感到耻辱，而且在衣服里面的袋子里还装着一把上了膛的猎枪——在这个世界上，没有任何东西比这样一个人更加危险的了。亚历山大，你向我保证，你永远不会把猎枪抵在一个大巴司机的眼睛下面，不会把他扔出车外，踹得他缩成一团，然后再用枪把磁带打烂！"

"以少先队员的名誉担保！"

"已经没有少先队员了，捣蛋鬼！"

"一日少先队，终生少先队！"

海象满意地点点头。"没错，我对乘客们说，现在我就是公共汽车，大家想怎么样就可以怎么样。我会把你们都送到家门口，或者你们想去的任何地方，你们是付了钱的。谁要是不想和头痛与猎枪在一辆车上，现在就可以下去，我也不会生气。这时，一张张的面孔，男男女女都看着我，所有人都有点担心，所有人都长着黑头发，所有人——只有我的米莉察是红头发，她坐在倒数第五排的位置上，正在抹口红。啊，当时我立刻就明白了，我之前说可以让每个人下去，那不是认真的。因为这样一个女人，是不可以从我眼前逃走的。"

米莉察微笑着，眼眉低了下去。海象把包放在一边，用他打篮球的大手搂着米莉察的腰，手指在她黑红相间的衬衣上打着圈。

"有三个人立刻就下了车，"海象伸出三根手指，"第四个人"——海象的小指颤动了一下——"站了起来。这是个矮小的老头，戴着一顶对他来说太大的礼帽，两鬓留着小辫子[1]，穿着破旧的燕尾服。他个子太小了，我都看不到他在座位后面。在他身上，一切要么又小又短，要么又大又长。为了拿到架子上的行李，他不得不爬到座椅扶手上。这是个非常非常矮小、爱发牢骚的人，你从他的嘴唇上看得到诚实和悲伤！还在扶手上的时候，他就摸了副眼镜出来，戴在自己那巨大的眼睛前面，然后用自己的'六点式'语言发表了一通演讲：'在我们这儿永远都是用拳头……我们永远……这撕扯着我的……这撕扯着我……武器……殴打……甚至用言语……殴打……詈骂……咆哮……诅咒……就和当年一样……一直这样……这只不过是……你们会看到的……现在才是……一个暴力的国家……永远不得安宁……永远不得安宁……'

"亚历山大，你绝对没有见过这么长的胡子！这个六点人的嘴就在这么长的胡子里面抱怨着。他把胡子分梳到两边，绕开蝴蝶领结，就像两道瀑布一样。他就这样站在我的面前，他说的一切我都能一五一十地复述出来：'没意义……没意义……我们不得不永远这样……也许会更加容易……和当年一样……靴子踏在冰上……湖面已经封冻……这么寒冷……他们把最小的钉子都……刚好已经五十年了……当时人们给我吃的……我曾想去上

---

[1] 两鬓的辫子特指太阳穴边上的发卷，是犹太人的一种发式。

帝那儿……饥饿……教士们……那些好心的教士们……信仰还是吃饭……好孩子，好孩子……天太冷，你会瞎的……我什么都没救出来……什么都没有……这些战争就是这样……当年就是这样……我什么都没有救出来……最孤独的人只爱自己……'

"这个六点人说的正是这些，我完全忘不了。然后，他就躺在了第一排座位上，继续在胡子里嘟囔着。你绝对没有见过这么长的胡子，你没有见过。"

"你没有见过。"米莉察说。

"你没有见过。"我说。过了一会儿，我斜着瞟了一眼瓢虫，小声地说："你为什么把她带来了？"

"我不是被带来的！"米莉察生气了，"我自己愿意，坐车过来的。有观点、大手、头痛、猎枪、裤子里还有"——她从海象的身上往下看——"这样的屁股，这样的男人，让我印象深刻。噢！这些话是不是少儿不宜了？"

"印象深刻？我可是南斯拉夫人！"

海象笑了，米莉察也笑了。米莉察和维舍格勒的女人们不一样。她总是在用眼睛搜寻四周，好像在等某个人一样，就算聊天时也这样，笑的时候也这样。只有在看海象的时候，她才是全神贯注的。她在我们这儿不会好过的。

"《资本论》，"海象说，"我是不会再买了。以前，我晚上睡不着的时候，就会读自己有的那个老版本。我发誓，我一个字都没看懂过。但我最懂我的米莉察。她和那个六点人是我最后的两位乘客，其他人都已经被我送回家了。六点人告诉我们说，他的家，他的犹太教堂，还有他关于怎样结束句子的回忆，统统被人夺走了。剩下的只有帽子、箱子、胡子和那个蝴蝶领结。'你们可以……我塔里拉拉……这是我的……我叫……'塔里拉拉不是他的真名，他的真名也已经被夺走了。塔里拉拉是他的歌。脑子里一片空白的他用指甲在车窗玻璃下的橡胶上刮着，塔里拉拉，塔里拉拉……他这样唱着。他跟着车走了两个月。为了能更熟悉坐在最后一排的米莉察，我曾经让六点人去开车。

"有一次，夜晚，不知在斯洛文尼亚高山区的哪个地方，我正在更深入地了解米莉察的脖子，突然发出了一声巨响！车子冲破左边的护栏，咔嚓咔嚓地顺着山体，穿过灌木丛，把你的骨头都重新排了一遍。最后车子撞到了底部，我刚好还能紧紧地抓住米莉察。

"'不错啊……'六点人在前面喊道，向我们挥手告别，手里拿着一片轮胎罩盖。我们四周是风和一片巨大的空旷原野。那个六点人走了几步，几乎滑了出去。他说：'这……这……我什么也没救出来，这么多年……但现在……'

"亚历山大！我们站在冰上！车子就在冰面上！在一片封冻的湖面上！凡是眼睛能看到的地方什么都没有，只有一片深蓝。我和米莉察在冰面上跳着波尔卡舞！在车灯的光里，我熟悉了她冰蓝色的眼睛。六点人从他那小行李箱里取出一双溜冰鞋来，给我们讲述了他的故事。一讲起来，他就没个停，他那个讲话带六点的病就给治好了！"

"冰刀在冰上，夜晚，"米莉察说，"六点人滑向黑暗，塔里拉拉，塔里拉拉……"

"我把灯给关了，米莉察和我最终认识了对方。第二天清晨，我们开过冰面，车子不错，做了几个滑冰的旋转动作，在这个世界上，没有人比我们和这辆大巴更幸运的了。直到我们在收音机里听到克罗地亚的消息。'往奥西耶克[1]去，'米莉察立即喊道，'我的父亲在那里！'

"你知道奥西耶克吗？捣蛋鬼？"

"我知道奥西耶克。"

"你好好地记住奥西耶克！"

我是从电视上知道奥西耶克的。奥西耶克在燃烧，而且在街上和院子里总能看见一些无法理解的东西，盖在床单或被子下面。靴子。小臂。斯拉夫科爷爷不在现场，没法确认我所看到的，就是我曾经害怕的。我的父母曾说过，这种事情离我们还很远。

"在奥西耶克，我亲吻了米莉察的父亲，左边一下，右边一下，而且立刻就和他开诚布公了。米莉察，我说，米莉察，非她不娶！

"不要为难米莉察，他说道，然后把他的手表、桌子和太妃糖送给了我。接着，我们进行了一会儿哲学思考。女人的形象、婚姻、香烟店主、砍柴、人生、生命的重量。这是我沉思的内容。他的哲学沉思则是：在1943年的夏天，生命是最为沉重的。从意大利人手里逃亡。一整天什么也没有吃，什么也没有喝。天空——蓝色的熔岩。点燃你的头发。一个院子。空无一人。一间

---

[1]　奥西耶克（Osijek），克罗地亚第四大城市，位于德劳河畔。

储藏室。空无一人。但是火腿成堆。在泡菜里。烟熏过的。我们把它们从杆子上扯下来吃掉。舔掉盐。忘记了水。没人有水。太多的盐，太多的阳光。在村子里，意大利人在井边晒太阳。三倍之多。在这种情况下，生命是沉重的。我们用机枪扫射了他们。队列和战术。每一枪都击中了。我们无一阵亡。井里是空的。井里是空的。那时生命是沉重的。

"我给他讲了个笑话：意大利人和游击队员在森林里日夜战斗，这时护林员来了，把他们都从森林里扔了出去。

"米莉察的父亲并没有笑。当外面第一阵枪声响起的时候，他正脱下汗衫，给我们倒上酸菜汁，我们还在聊着。'现在该怎么办！'他叫道。米莉察一手拉着我，一手拉着她父亲，'爸爸，你走。米伦科，你开车送他。我留下，不然他们非把我们的房子拆了不可。'

"'你要一起走！'

"'我不能扔下房子不管！'

"'我不能扔下你不管！'

"'证明给我看，快些回来！'

"我的米莉察就站在那里，是一个女人，也是一个指挥官，在那一刻，我发誓要给她所有的爱。'米伦科，现在不是说这个的时候。'她说。她父亲还在抗拒，但我们还是帮他把汗衫穿上了。这一路直到萨格勒布[1]都没有岗哨，我们很幸运。我立刻返回，终

---

[1]　萨格勒布（Zagreb），克罗地亚首都。

于在深夜回到了那儿。地狱。从西边还能进去，但是一片地狱的景象！路灯是坏的，房屋要么处于黑暗之中，要么在火海之中。到处都是人，没有一个是幸福的。我把车停在一个院子里，心想：这就是了，大巴车！我勉强找到了那所房子。窗户里点着一支蜡烛。米莉察坐在厨房里，慢慢地削着一个土豆。展现在她面前的是电视节目中的古老一幕。她哭过……"

"我还以为你是……"米莉察打断了他。

"但我不是。"海象说，米莉察亲吻了他的肩膀。

"从这儿出去，下到阳光里去，下到意大利去。大巴车还在那里，还是完整的。米莉察坐到了方向盘前面，因为她对城里很熟悉。但士兵也熟悉城里，路障，下车，这辆大巴是军用的。我说：'这是一辆爱好和平的大巴车。'就因为这一句话，我这儿有了这个——"海象弯下腰来，米莉察撩起他额头上的头发。一道疤沿着海象的发际线展开。"我当时没有昏倒，"他说，"我为此感到骄傲。然后，米莉察说：'让我们看看，到底是谁更快，是我们的大巴车，还是你们的战争。'说完，米莉察踩下了油门，车子一下子冲破了封锁。当时还有一个士兵留在车上，我的猎枪也在车上，士兵失去了平衡，我却没有，后来，车上就没有士兵了。"

"直到的里雅斯特的威尔第广场，我才把脚从油门上松开。"米莉察说，她在一扇橱窗外面停了下来。

"那战争呢？"我问道。

"战争就跟在我们后面，但它没有意大利的签证。"海象说。

"那它有维舍格勒的签证吗？"

海象站住了，环顾四周。我们到了解放广场。斯坦科夫斯基师傅的理发店开在这儿。我们没看到佐兰。海象把行李放了下来，拥抱着我。"你到底有多勇敢，亚历山大？"他严肃地问道。

"我很容易害怕，然后失去理智，"我说，"但这时候我最能记住东西。"

"看他多能说。"米莉察说，这回她说话的声音是坚定的。

"你会做到的。"海象把自己的小胡子往左右两边捋了一捋，向十字路口跑去。街上的车子都停住了。没人鸣笛。海象坐到一辆红色奔驰车的引擎盖上，两手做漏斗状，放在嘴巴前面，大声喊道："维舍格勒！我回来了！战争就跟在我后面！维舍格勒！"他喊道，"维舍格勒，海象回来了！佐兰，你爸爸就在这儿！佐兰，战争就跟在我后面，但我们是一家人，没人能把我们怎么样！"

......

先来的是一拨儿人，然后来的是另一拨儿人。一拨儿人问自己："我们对犹太教堂到底是什么态度？"他们给黄瓜加盐，在犹太教堂藏经柜上吃早饭，聚集在祈祷室里思考，但还是想不出一个准确的答案来，然后他们就继续往前走，寒冷的冬天来了。一切都冰封了，我血管里的血液和脸上的眼泪都冻住了，因为另一拨儿人来的时候什么都不问，他们直接把我撞倒在雪地里，以便自己不受打扰地工作。"都是石头做的，"其中一个人喊道，"但这些书我们可以……"教士[1]们听到了这句话，在士兵面前跪下来，胡须浓密的教士长着女孩儿一样的眼睛，极尽温柔地爱抚着士兵的皮靴，为犹太教堂、为经书，也为我恳求乃至乞讨士兵们的恩典。但这些士兵的胡子比教士还长，"可以。"一个醉醺醺的士兵说道。他没有放火烧任何东西，反而把里面的一切都拖到了湖面上。教士们道了谢，他们的教堂里响起了管风琴的声音，低音深深地匍匐着，犹太教堂就像一头被宰杀的牲畜，被掏空了内脏。

---

[1] 原文为 popen，专指东正教的下层神职人员，故事中教士们救下了犹太教堂的拉比。

他们把一切都用小车运到了湖面上，经卷、我的经文护符匣、我的犹太圆帽、《塔木德》、古老的书籍。当犹太教堂和他们的心灵一样空空如也的时候，他们又扯着我的腿，把我拖到冰雪里，绑在湖中央的藏经柜上。"春天很快就来了，犹太人，别担心。"他们大笑着，从湖岸上向我喊道。他们把我绑在湖中央，让我可以看到每一个被他们丢进犹太教堂的女孩，我看到她们活着，又看到她们在几个小时或几天以后死掉，然后运到我这儿来。"我们在这儿过冬。"士兵们唱道。他们在犹太讲经坛前杀猪，在湖边布置岗哨，以防我逃脱，同时，当湖面的冰层不牢靠的时候，也有人叫他们。教士们喂我吃面包，把我洗干净，日子一天天地暖和起来，雪融化了，逾越节的满月从来没有这样红，我能看到湖岸上的花草一点点从土里冒出来，听到薄薄的冰层在教士脚下发出吱吱嘎嘎的声音。在我和这些犹太教的圣物沉到湖底之前，这些兵不想离开，战争没有从他们那儿跑掉。太阳升起又落下，冰却依然还在，那些没耐心的士兵拿刀威胁着要割断我的脖子，但他们只是在湖岸上威胁，因为他们不敢到湖面上来。那个最年轻的士兵急于证明自己，最后却不得不让别的士兵把他捞起来——他一下子就掉进了冰窟窿，而我知道，如果有必要的话，这些冰甚至可以熬过夏天。杀死我的，更可能是饥饿，而不是这片大湖，因为我全心全意地信仰着造物主——赞美主的名——相信祂会宽恕所有遵守祂的戒律的人，责怪那些破坏祂戒律的人。有几次，他们从岸上朝我开枪，打中的是藏经柜。我在祈祷里时时带着教士们，直到最后一刻，直到我筋疲力尽，昏昏地睡去，只剩下皮包骨头，轻得犹如一曲晨歌。教士们把我唤醒，"阿夫拉姆拉比，他们走了！"教士们高兴地隔着冰面喊我。"阿夫拉姆拉比？"他们战战兢兢地叫我，因为我没有动，但我站起来了，绳索早就松了，我用颤抖的双腿跑过冰面，是饥饿驱使着我的双腿，我想的只有吃饭、咀嚼、美味，我想，在教士们那里肯定很快就能找到些犹太洁食，我只想着大吃，而不是经卷、不是《塔木德》、不是那些珍贵而古老的书籍，我什么都没有拿，我空着手跑过了封冻的湖面，在我身后，冰面上我踏过的地方逐渐出现了破碎，仿佛我的体重有延迟似的。我没有回头，当教士们把我拉到岸上时，我的脚印留下的一个个小洞在冰面上连成了一道巨大的裂缝。冰面破裂了，震耳欲聋，四面八方新的裂缝都像楔子一样直插湖心，在藏经柜下面汇成一道。藏经柜首先沉没了，几秒钟就消失在其他东西前面，我什么也没救出来，它们都沉没了：我的名字、我的尊严、我说长句时的呼吸、我的自尊、我的信任。但我知道一点，当教士们把水递给我时，我知道整个世界只不过是一方短短的跳板，对于跳板之下的深渊，人不可以感到恐惧。

我们在地下室玩什么，豌豆的味道如何，

为什么寂静露出了它的牙齿，谁的名字是正确的，

一座桥可以经受住什么，阿西娅为什么哭，阿西娅如何闪耀

还没等妈妈们用窃窃私语的声音叫大家来吃饭，士兵们就涌向了这座高楼。"有什么吃的？"他们坐到了我们地下室的胶合板桌边。他们带着自己的勺子，他们的手套没有手指的部分。他们一定要冲进来，一定要知道每个人叫什么名字，正如他们一定要向着天花板开枪，一定要把哈桑大爷和塞亚德叔叔从楼梯间推到地下室，带到一个额头上缠着饰带的人那里。但这个人正把面包浸到豌豆汤里，他说："不一定非要现在。"母亲们没有喊："快来吃饭，士兵们，快要凉了。"小桌子上没有背包、武器和头盔的位置，但佐兰和我很愿意给那些卡拉什尼科夫手枪让座。"你们叫什么？"我们都叫好，所以可以戴上头盔。我不知道一个头盔怎么可能闻起来有豌豆汤的味道。

在士兵们来之前，一切都和往常一样。从 9 点半开始，我就不许从地下室里出来，不许扯着玛丽亚的辫子，但我还是扯了。还有，就算这些豌豆吃起来像大豆，我也还得吃掉。今天早上 9

点半，噪音准时开始，就像过去九天的每一个早上一样。重炮，人们点点头，说出相应的字母和数字，VRB128，T84。塞亚德叔叔和哈桑大爷争吵着哪个字母带着哪个数字，射向哪里，以及是否射中。他们说在理论上如何如何。当对面的百货商店被击中的时候，他们说在实际上如何如何，并且笑起来。塞亚德叔叔和哈桑大爷分别是鳏夫和退休人员，这两人永远在争执，永远在打赌，几乎没有人看到他们中的一个人落单，也没有人见过他们有意见一致的时候。今天，哈桑大爷说，大炮是从帕诺斯山上往下打的；不对，塞亚德叔叔用一块很小的布擦了擦眼镜，说道，军队其实在下里耶斯卡。[1]

相比于"重型火炮"，我们小孩儿更喜欢"大炮"这个词。大炮的轰炸和机枪的突突声，埃丁模仿得最像。因此，当我们在地下室玩炮兵游戏的时候，埃丁总要自己占有每一个队伍。三对三，不准轰炸，不行，玛丽亚，你不准参加，俘虏可以被挠痒痒，无限弹药，在通往楼梯间的坡道上——停战。当埃丁发出突突突的声音时，他会努着嘴唇，晃动身体，就像个疯子！几乎每次都是埃丁服役的军队获胜。看着他的齐射和晃动，获胜一点儿也不奇怪。

今天下午也有一场战斗，甚至连佐兰都参与进来了，当然是做指挥官。埃丁和其他人一伙儿。一般来说，不同的队伍在第一次开枪以后，就要往不同的方向跑去，藏在黑暗的地下室的角落

---

[1] 帕诺斯（Panos）是维舍格勒的一座山，里耶斯卡（Lijeska）是维舍格勒的一个村庄。

里，伺机而动：谁第一个离开潜伏点，发起进攻的冲锋？有时候没人冲锋，游戏就变得无聊起来——我们开始玩喃喃自语，忘了身处战争之中。如果敌人袭击了你，而你的武器只是拇指和食指之间的一个玻璃球，那么你就轻易成了敌人的战利品。我的玻璃球里面是一根四圈的弹簧。

今天，我们悄悄地跟在其他人的后面，而没有把自己藏起来。他们设了路障，躲在两个酸菜桶和一张生了锈的床架后面。佐兰在角落里窥探，内绍从肩上取下自己那把温彻斯特步枪[1]。我们已经跟内绍说过一百次了：温彻斯特步枪，这是不行的！这个老古董，上面的美洲野牛纹饰和它那十二发子弹早就老土得不行了。你怎么不带着弓箭来呢？"我拿这个打得准。"他其实打得一点都不准，而且打枪的时候看起来很滑稽。晚上睡觉之前和早上起床之后，他妈妈都会用胶带把内绍的招风耳紧紧地贴到头上，灰色的胶带总让我们想愚弄他。我不知道内绍的妈妈跟大耳朵有什么过不去的。

佐兰招招手要我们过去。埃丁和他的两个伙伴——邻村造表匠的两个儿子恩维尔和萨费特就蹲在那儿。这两个人总是迟到，现在正和埃丁一块儿背对着我们，在酸菜桶上画着乳房。佐兰把食指放在嘴唇前面，蜷缩着往前走，我跟在他后面，手中紧紧握着武器。我们的脚步声算不上轻，因为我踩在了小石子上，小石子摩擦着粗糙的地面。"小规模的爆炸声。"我想。然后佐兰就向

---

[1]　温彻斯特步枪，19世纪80年代开始美国温彻斯特连发武器公司研制及生产的一系列步枪，广泛出现在美国西部牛仔电影中。

前冲锋了——"乌拉！"我喊道，高举着武器。在侵略者面前，防御者震惊地退缩了，摸索着自己的武器，只有埃丁呆住了，把脑袋转向我，任由手里的粉笔掉在地上，抬起了机枪。还没等到埃丁努起嘴唇，开始晃动，我就扑向了他。他是不是吓了一跳？他有没有缩成一团？他是否想要退缩？我不知道，我也什么都没看到。我们倒在地上，滚到一处。我向他的两侧射击。"你死了！"我喊道。"抓住你了，"我又喊道，"突突突。"他说："等会儿，流血了。"他站起来，摸着鼻子下面，双手仿佛掬着一捧水要喝的样子，给我看他手心里的血。"流血了，"他说，"你用膝盖撞到了我。"鼻血流到了他的嘴边，流到了袖口上。"这样一个鼻子有多少血？"他问道。我回答道："能装满四个一升的瓶子。"

内绍看着自己的温彻斯特步枪，摇着头说："大伙儿，如果我们还能出去，我会很开心。"咔嗒一下，枪又卡壳了。

埃丁的妈妈看到血的时候，用手扪住自己大张着的嘴巴，睁着眼睛，一下跳到她儿子面前。"脑袋后仰！到底怎么了，这是？"

"亚历山大……膝盖……"埃丁喃喃自语。

"膝盖！"埃丁的妈妈大叫起来，一把揪住他的耳朵，仿佛造成流鼻血的元凶不是我的膝盖，而是埃丁的耳朵。她揪着埃丁往楼梯方向走去，在门槛那儿又折回来，似乎忘记了什么——她确实忘记了什么，那就是我。埃丁大叫着："他不是故意的！"但毫无作用，埃丁妈妈的怒火也烧到了我的耳朵上：她揪着我的耳朵摇晃，摇到耳朵咔嚓响。

士兵们冲着男人们的肚子射击。他们无力地向前瘫倒下去。就像你挨了一记排球一样。埃丁回来的时候幻想着自己从窗户上看到了这一幕。他小声地说话，拿了一块手帕盖在鼻子上。我不相信他说的任何一个字，但我一句话都没说。"到底是哪些士兵？"这是阿齐兹叔叔，附近唯一带着武器的人，在他的康懋达64上看着《捉鬼敢死队》，旁边的人抽着烟看他，而海象觉得非常无聊，说："完全给毁了，这次轮到我了。"

如果埃丁不再流血，而且他妈妈也不在旁边，我就想告诉他，我怎么看他那些编造出来的士兵。埃丁摊开手帕，让我看他流了多少血。很多血，也许有两个一升的瓶子，但是我知道——血是会补回来的。埃丁的妈妈摇着头。她两手叉腰，在我面前走来走去，全身叮叮咣咣。有这么多首饰？她皱起眉头，食指在我鼻子前面乱挥一气，手镯发出激烈的叮当声。"你等着！"她从牙缝里挤出这几个字来。但我并不因为自己踹埃丁那一脚而感到羞愧，也不怕埃丁的妈妈——我和埃丁早就和好了。"你等着！"我等着，不一会儿，她就伴随着叮叮当当的响声离开了，去找其他的妈妈们和架在灶上的那几口锅子。

在一片"谢天谢地，我们还没断电"的感激声中，豌豆在锅里咕噜咕噜地煮着。透过排气格栅洒下来的光线越来越弱。可以听到零星的枪响，隔了很久又听到一阵齐射，然后是寂静，再然后是遥远的地方传来的爆炸声，后来又是枪的突突声。枪声不再是从山里，而是从街上传来的。接近7点的时候，外面非常安静，妈妈们都要求我们"安静！现在安静！"，但实际上我们什么也没有说。一切都和往常一样，只是寂静比以往任何时候都压迫得更加沉重。为什么大家都在听寂静的话。

"寂静露出了牙齿，它在龇牙。"海象小声说道。平常他只有看到在天空中照耀却不暖和的四月的太阳时，才会说四月的太阳在龇牙。在一片寂静之中，妈妈们的呼喊声听起来都像在耳语："吃晚饭了！"爷爷们把脑袋凑到一个小小的晶体管收音机旁边。我多么希望斯拉夫科爷爷也在这儿。如果斯拉夫科爷爷在，在这个一切都变成无言的寂静的时刻，他会说什么呢？已经很久都没有音乐了，收音机里的人总是在说话。收音机里有个人用沙哑的声音说，为了重新组织战斗，我们的军队已经撤回到自己的阵地。爷爷们都很沉默，手肘支在膝盖上，双手掩面，或者站起来，挂着拐杖，脑袋颤颤巍巍的。大家都为我们的军队和我们军队的阵地感到激动，但其实根本没人知道我们的军队是谁，以及我们不得不放弃的重要阵地是什么。直到那个沙哑的声音说出了一个和我们的城市一模一样的名字，大家才都知道了些什么。我也知道了一点——那个沙哑的声音说了"维舍格勒"，好像在说一个人们躲到哪里都不安全的地方。在寂静之中露出牙齿的，正是关于我们已经无处可藏的认识。我把自己的咕哝按照从明亮到阴暗的顺序一声一声地排放在地上，然后用脚踩在上面。每一声咕哝都一定会发出嘎扎嘎扎的声音。

妈妈们苦口婆心地告诉我们还应该知道什么。只能喝开水，10点就要下到地下室，不要超过阿齐兹叔叔的康懋达 64 的纪录。当收音机里的沙哑声音说着维舍格勒的时候，当我问自己一个城市陷落时怎么可能会不发出震响的时候，即便是妈妈们也不知道该怎么办。她们在豌豆里加了盐，搅动着锅里的汤。

在外面，婚礼集会的鸣笛声打破了寂静。佐兰、埃丁和我偷偷溜出了地下室——先是到楼梯间，谨慎地往窗户外面看，然后进到院子里，再到街上——根本没有人拦我们，但我们已经听到身后妈妈们的呼喊。许多留着胡子的新郎，穿着迷彩服和运动裤，坐着车开过。一支由大胡子新郎组成的军队开过，他们冲着天空开枪，庆祝自己迎娶了这座城市做新娘。在汽车顶上，在引擎盖上，新郎们随着他们自己在街道上扫射出来的子弹的节奏摇摆着，从早上9点半开始扫射，长达九天，天天如此。他们把手放在额头上，斜着眼往下看，试图避开落日的余光。车后的拖斗外挂着穿绿色和褐色裤子的腿，像装饰物一样晃动。

第一批装甲车发出吱吱声，沿着街道往上开。履带在沥青路面上留下白色的划痕，开过人行道的时候，把混凝土碾成了砾石。根本停不下来。"到底是谁给这些车子上的油，开起来怎么这么吱吱呀呀的？"我喊道。我们已经朝着装甲车跑去了——跑，我们跑得最快了！妈妈们抓着自己的长裙，在我们身后叫苦不迭，我们已经飞一样地往装甲车跑去了。没错，是谁在开车？方向盘长什么样？可以把我们也搭上吗？轰隆轰隆地开过花园，开过院子。院子里是箱子和人，他们绝望地把人塞到箱子里，堆放到装甲车顶上。装甲车仿佛一个铁拳头，在这个铁拳头下面，人们发出了怎样的呜咽和颤抖的声音啊！而这个铁拳头伸出了它的食指——装甲车的炮筒。这个拳头碾碎了什么？钢铁磨碎了什么？拳头压迫着什么？拳头的手指又指向什么？在齿轮之下，桥梁都弯腰了，桥脊将会爆裂，就像卡塔里娜奶奶的瓷器一样。我们在桥附近的小公园停下，里面立着伊沃·安德里奇[1]的雕像，后来被推倒了。我们想听听看，桥断掉的声音有多响。

终于，妈妈们追上了我们，我从我妈妈那里结结实实地吃了一记耳光。她知道，即便是在河的对岸，我也会追装甲车的。被打以后，我的脑袋嗡嗡作响，就像装甲车开过的时候房顶的瓦片那样震动不已。我一手捂着脸颊，一边听着这些钢铁打造的千足虫把街道碾成粉末。

桥挺住了。

妈妈们揪着埃丁的耳朵，扯着我的袖子，把我们拖回了地下室。

阿西娅，我的阿西娅没有跟着他们跑出去。她坐在楼梯最低的那个台阶上，当没有武器装备的时候，就坐在那儿，游戏规则是：走上楼梯就等于休战。我坐到阿西娅身边，揉着自己还在痛的脸颊，阿西娅则揉着自己的眼睛。我说：炮管，说：迷彩服的颜色，说：比埃丁还快。阿西娅站起来，哭着跑上了楼梯。

两天前，阿西娅就哭过一次。她一直哭，哭着哭着就睡着了，手还放在我手里。阿西娅的叔叔易卜拉欣被打中了，当时他正在哈桑大爷的浴室里刮胡子，头微微地靠向镜子。子弹是穿过浴室

---

[1] 伊沃·安德里奇（Ivo Andrić，1892—1975），南斯拉夫作家，代表作为"波斯尼亚三部曲"：《特拉夫尼克纪事》《德里纳河上的桥》和《萨拉热窝女人》。1961年获诺贝尔文学奖。

的玻璃打进来的，击中了他的脖子，并且擦伤了他的下巴。哈桑大爷把这件事告诉了其他人，我也靠在门上听着：易卜拉欣张着嘴，喘了好几分钟，挣扎着吸取空气，仿佛要完成一次永不结束的呼吸，然后把面前发生的一切都告诉我们。"但是我，"哈桑大爷说着就把声音沉了下去，"没有空气可以给易卜拉欣，他艰难地爬向了死亡，没有开始讲他的故事，但这样一来，他要讲的故事也就不言而喻地成了一个传奇！"哈桑大爷演示着自己怎样举起了手，因为易卜拉欣身边的所有人都只是站着，而哈桑叙述着自己如何闭上了眼睛，因为在易卜拉欣的头上、地面的瓷砖上、镜子上都沾着血。"到处都是血，"他说，"到处都是樱桃的颜色。"我脑子里浮现出手指上也沾满了红色的景象。为了让易卜拉欣能够呼吸，人们把手指伸进了他的喉咙。

　　如果不是妈妈们第二次叫我们吃饭，如果不是楼梯间里有玻璃碎了，如果不是枪声、喊声和咒骂声打破了一片寂静，我也许立刻就追着阿西娅跑了。阿西娅哭了，因为士兵的拳头闻起来有铁的味道，永远都没有肥皂的味道。因为士兵们的脖子上总是有枪晃来晃去，因为他们总是把门踹开，好像根本不存在锁这种东西。她哭了，因为在阿西娅的村子里，士兵也这样打开了门，她哭了，藏在储物间里——里面是我们追老鼠的地方，陈列柜上落满了灰尘，自行车在里面生锈。我立刻就会在里面找到我的阿西娅。

　　在这儿，在地下室，妈妈们会给我们和士兵们盛上豌豆。那个额头上绑着黑色带子的士兵掰开面包，一块一块地分下去——天啊，我简直不敢想象自己要去碰这种带着指甲里污垢的面包。

收音机里那个沙哑的声音说："维舍格勒。"

额头上绑着饰带的士兵说："没错没错，正在反抗。"

收音机里的声音说："经过艰苦的战斗之后，陷落了。"

士兵抓了抓饰带下面："好的好的，并且正发起冲锋。"

收音机里的声音变得高昂："但是我们的军队重新组织起来了！"

士兵咕哝着说："呃，有意思，但总有什么时候……不负责任。你们还想挨揍吗？"他绷直了腿，往那个小黑匣子踢过去，于是收音机里的声音什么也不说了。士兵把被他踢弯了的天线和一个按键丢到爷爷们的脚下："拿点儿东西鼓捣鼓捣，谁要能修好这玩意儿，我就向他买。"士兵又坐了下去。"还有你们！豌豆里再放点儿咸肉！这样我可吃不饱！没有咸肉的生活太烂了。哎，还有你，坐后面那个，过来给我切肉！"——他用勺子指着二楼的阿梅拉。梳着黑头发长辫子的阿梅拉在士兵的手上放了几条红色的肉，她想把士兵的手盖住。"你的连衣裙是自己缝的？"士兵问道，一面舔着手上的肉，"说是你自己缝的，我就吻你那灵巧的手指。不要说不是。"

阿梅拉烤的面包是全世界最好的。她一句话也没有说。哈桑大爷和塞亚德叔叔也不知道怎么回答士兵的这个问题，只好坐在胶合板桌子边上，揉着自己的帽子。

"Eci—peci—pec……" [1] 头上绑饰带的士兵点着数，最后指着

---

[1] Eci-peci-pec 是克罗地亚的一首童谣，这是第一句，只是发音，没有意义。

塞亚德叔叔，拿掉他的眼镜，对着镜片哈气。另一个戴着蒙面头套的士兵用铁丝把塞亚德叔叔的手绑在后背。

"我求求你们，"哈桑大爷哀求这些士兵，"我求求你们，不要……"但是绑着饰带的那个士兵自己戴上了塞亚德的眼镜。

楼梯间又传来一声枪响，枪声的回音混杂在那些满怀忧虑的人们的声音里。声音沙沙作响，就像听筒贴在耳朵上的感觉一样，从楼上传到地下室里。我想念阿西娅的声音，我一定要找到她。我越过那个正把塞亚德叔叔带走的士兵，我在楼梯间里也是最快的那个。穿着迷彩服的士兵们追来追去，大吼着："下来！出去！不准！证件！不准！手！什么？证件！叫什么？叫什么？"这些兵总是一次跨三个台阶或七个台阶。他们冲进了散发着糖渍苹果味道的客厅，在洁白的卧室里乱翻一气，随意摇晃着柜子、抽屉和箱子。他们用自己的语言涂满了门，上面现在净是十字架和长着两个脑袋的鸟，"出去出去！全都出去！"军人的命令一次又一次穿透周边嘈杂不清的声音。人们的脸被强行摁到墙壁上，双手举过头顶，压在满是裂痕的泥灰墙上。他们在找谁，他们在喊着一个名字。我不认识这些兵，但我很熟悉这个名字——阿齐兹。

士兵在骂骂咧咧的时候，楼梯间都在呜咽。当他们在吵闹，在咆哮，在破坏，在殴打，在咒骂，在向着阿齐兹大叫"你这操烂了的婊子的儿子！"的时候，像螺蛳壳一样狭小的楼梯间就在乞求："停下吧！"我大声数着到储物间的路上经过的阶梯，但还是听到了一切。我看到，士兵们把三楼的穆哈雷姆叔叔、四楼的侯赛因叔叔和法迪勒叔叔的头压在楼梯的扶手上，用枪托，用靴子的侧面抵着他们的后脖颈。法迪勒叔叔的帽子落在地上。我从旁边跑过，没有和邻居打招呼，只是一遍又一遍地数数。音乐教授波波维奇的脖子没有被踩在地上。波波维奇先生穿着西服，打着领结，他的太太莱娜穿着黑色的女式衬衣，戴着珍珠项链。波波维奇先生把双臂交叉在胸前，问其中一个士兵："先生们，你们到底要干什么？这里住的可都是正派人啊。"

"我们要干什么？我们要你闭嘴！闭上你的狗嘴，那就什么事儿都没有！"于是音乐教授波波维奇先生闭上了他的嘴。

我想去找阿西娅，这就是全部，所以我也闭上了我的嘴，这样就什么都不会发生。我想尽快地去阿西娅那儿，她一定很害怕，她会哭的，我会在储物间里找到她的。那儿放满了扫帚，空瓶子之间缠满了蜘蛛网，还有永远看不见只能听见的老鼠。我穿过门，冲向储物间，阿西娅缩成了一团，紧紧地挨着墙。"是你，是你啊！快关门！他们会找到我们的！快说，他们找到我们了吗？"阿西娅向着我伸开双臂，抽泣着："你在那些士兵那儿看到我的妈妈和爸爸了吗？也许妈妈爸爸已经和那些笨蛋士兵们一起回来了？他们被士兵带走了，因为他们的名字不对。"阿西娅不知道，她的父母应该从哪儿回来。"没人知道，"她小声地说，"而且也应该没人知道我们在这儿！要是那些士兵找到你，他们就会拿掉你的证件，如果你名字不对，他们就用罩着绿色帆布的大卡车把你运走。就像他们对待妈妈和爸爸一样。要是我把自己的名字告诉了他们，没准他们还会把我……"原本靠在我手上的阿西娅突然抬起头来，泪眼婆娑地喊道，"没准他们还会把我带到妈妈和爸爸那儿去，你听见了吗？也许现在我用一个假的名字，对我来说是好的，你听见了吗？"[1]

我听见了——而且听见了不断靠近的脚步声。我听见了沉重的靴子，并且知道自己有一个正确的名字。尽管那个留着黄胡子的士兵微微地笑着，尽管他不像其他人那样散发着烧酒和汗水的味道，尽管他只是想让我们回到楼梯间里去，我还是冲着他大喊道："我叫亚历山大！那个，那个是我妹妹卡塔里娜，那个是卡塔里娜，只是我妹妹卡塔里娜！"

我坚信，卡塔里娜——我奶奶的名字——是不会错的。奶奶们从来没有过错误的名字。我的阿西娅是我的卡塔里娜，这没区别。那个士兵四下里看了一下储物间，楼板在他的靴子下沉重地呻吟着。"快出去！"他小声地说，一边用手指在胡子里抓来抓去。他的胡子又黄又密，正蚕食着他的脸。阿西娅迟疑了。士兵在她面前蹲下来，胡子碰到了阿西娅的面颊。士兵的气息呼在小女孩儿的脸上。他又小声地说："站起来！"我心想，快站起来，站起来！阿西娅慢慢地站了起来，走了出去。我跟着她，士兵在我们身后把门关上了，"你们俩就在这儿不要动，明白吗？"

在六楼的过道里，我们不能动。阿西娅擦着自己的脸。我妈妈叫我的声音穿过楼梯间。"亚历山大，你马上给我下来！"

"你们就待在这儿。"士兵命令道。

告诉我们应该知道什么的，已经不再是妈妈们，而是士兵了。

---

[1] 阿西娅（Asija）是典型的穆斯林女子名。

我回答说："卡塔里娜就和我在一起。"

妈妈没有再问。

我们等着，所有人都等着。等多久，等什么，谁也不知道。所有小孩都被他们的大人管着，每一分每一秒。孩子们在哭闹纠缠，被搂在怀里摇晃，不管问什么，大人们都是一句"嘘——"。一个肥胖的士兵看着我们，好像我们偷了什么东西似的。一些子弹落到我们中间，那个胖子说："给你们的。"我们点点头，坐到被绑起来的哈桑大爷旁边去。

窗外，夜幕已经垂在楼道尽头。外面，马达在轰鸣，士兵在唱歌。哈桑大爷说："他们会继续向西开进，深入腹地，理论上。"这次，没人反驳他了，塞亚德叔叔已经不在了。

房子里的新郎——这些士兵已经没有了庆祝的心情，他们疲惫地走来走去，一会儿在我们头上，一会儿在我们中间，一会儿在我们下面。有一个士兵唱着一首众所周知的欢快的歌曲，一个人唱，唱着唱着就睡着了。又有两个士兵拿着一只塑料袋和一个锅来到我们这层，其中一个露着歪歪扭扭的牙齿，把手指插进那个睡着的歌手的耳朵里。这个士兵从袋子里拿出面包、盐和啤酒。拆开铝箔纸，拿出两只烤鸡。锅里冒着热气，是煮土豆。一把大餐刀，刀刃上有缺口，刀把上有刻痕：无需餐盘。

六楼，所有的门都开着，或者倒在地上——要进入房间，必须从门上跑过去。现在有两个士兵进去的房子，就是塞亚德叔叔曾经住过的地方。桌子腿摩擦着地板，桌子根本没法从门框里过去。士兵们就这么站着，两个在里面，一个在外面，怎么办？那个饿慌了的士兵已经在啃鸡腿了，站着啃。在塞亚德叔叔房子里面的两个坐在桌子旁边，其中一个面朝过道坐着。就这样，士兵们直接用手抓肉，串到有缺口的刀子上，再从刀尖上吃肉。

楼梯间里的灯每两分钟就会灭一次。有几秒钟的时间，黑暗会掩盖住等待。时间不够，无法抓住轮廓。立刻就会有人把灯打开。每一次黑暗都是一次小小的消失，一次小小的恢复。在这样黑暗的一秒，阿西娅轻轻地说："不要忘记我！"忘记挠得我的耳朵痒痒的，我不知道她为什么这样说，她为什么这个时候说，我也不知道我该怎么回答。灯光又复活了，阿西娅的手指缠绕着自己的头发，泪水混合着灰尘，在她脸上留下了痕迹。

当霓虹灯管亮起来的时候——每次都让人猛地眯缝起眼睛，但不会让人醒来。士兵们没有消失，他们脱掉靴子，看着自己的脚趾头。等待并未终结。

阿西娅和我渴了，他们让我们留在塞亚德叔叔的房子里。里面没有什么东西是锁着的：门、窗、橱柜、餐柜、抽屉都是打开的——这儿已经不再有任何秘密。地毯上散落着餐刀、叉子、盘子、碟子、调料和一只大鞋子，有人在那里面倒过牛奶。

我帮阿西娅洗脸。

阿西娅帮我洗脸。

我们又来到楼梯间，这时站在我们原来的位置——也就是哈桑大爷旁边的是一个女兵。她有很漂亮的鼻子，绿色的眼睛和鲜红的头发，正在看一本书。灯光熄灭造成的停顿搅得这个漂亮的女兵没法好好看书，惹得她总要去砸照明的开关。后来，她索性从房里推了一截沙发到楼道里，直接坐在开关下面。

　　在这之前，就在红发女兵打开电灯后，阿西娅点头示意我看着女兵，然后开始小声地数数。数到一百一十七的时候，灯灭了。女兵过去砸开关。"下一回我们会比她快。"阿西娅在我耳边说，又开始数数。如果要比她快，我们直接站在开关下面就行，但是我们只能数数，每一个轻轻说出的数字，都是以后许愿的对象。到一百的时候，我们把背后的双手放到了开关上，我一直密切观察着楼道那一边的红发女兵。数到一百零五的时候，外面枪声齐发，数到一百一十的时候，我悄悄说："只要我们还没有走散，就不会忘记对方。"数到一百一十七的时候，女兵大声地笑起来，但她的欢乐立刻被黑暗所覆盖。这时，我拿起阿西娅的手，一起按下了开关。灯亮了，阿西娅高兴得拍起手来。在这次胜利中，她的闪耀比任何灯光都要明亮。"后面的，给我安静点儿！"

　　红头发的女兵想看书。

士兵如何修理留声机，享乐者喝什么，
我们的俄语写作得了几分，欧洲鲢鱼为什么吃口水，
一个城市怎么可能裂成碎片

妈妈们把水注入面粉中间的坑洞里，士兵们则相互握手告别，其中一个镶着金牙的士兵问道："不等热面包出炉吗？"另一个说："不行。"然后又对我们说："我们在这儿站岗，8点以后谁也不准离开这栋楼，不要跑到街上去送死，什么都比死在外面强。"疲惫的士兵用拳头打着还在睡觉的士兵的肩膀，把枪的准星塞到他们鼻子里。"起来！起来！开拔了！"镶着金牙的士兵不愿意现在就走，他想要的是热腾腾的面包。但是，双手压成的面团不可能更加紧实，手指揉面的速度也不可能更快了，难道他不明白吗？他不明白。他问阿梅拉要肥皂，用铁海绵在双手上擦碱液，自己把手指蘸到面团里，然后又会发生什么？只见他的手臂搂着阿梅拉的腰，他的拳头包着阿梅拉的手，就这样在面盆里搅动。阿梅拉梳着好几根辫子，脸上有几缕碎发。金牙士兵把耳朵贴到阿梅拉的后颈上，就在她的辫子下面，阿梅拉还沾着面粉的脸颊顿时红了起来，额头也因为忧虑而皱了起来。金牙士兵保持着这种姿势，

要其他妇女离开："你们出去，把门关上，所有人，立刻出去！"妇女们关上门，靠着墙壁，相互发着香烟，在食指上吐唾沫，在烟屁上抹上唾沫，从脸上抹去泪水。一阵窃窃私语：阿梅拉，阿梅拉，阿梅拉。

从下午到深夜，这些士兵就在我们这儿待着，他们冲进楼房，立刻搜查抽屉里有些什么。他们把大家都赶到楼梯间里，打着哈欠开枪、骂人："哪个蠢货现在还要开枪？楼梯间里枪响，天花板上掉泥灰，这些倒霉鬼小孩就哭个不停。"尽管就被妈妈抱在怀里，这些孩子还是哭着喊着要妈妈。喊叫声和细碎的泥灰。留给哈桑大爷的则是锁在栏杆上的镣铐和砸在颈背上的枪托，"老头，你儿子在哪儿？那个杂种在哪儿？"

从黄昏到一场不安宁的睡眠，这些士兵在我们这儿待了这么久。他们睡在我们的床单上，我们睡在楼梯间里，哨兵深夜里把我们吵醒，他们在楼道里二对二地玩着一根鸡骨头。他们的装甲车停在院子里，他们的狗没有名字，狗心情很差，却喜爱儿童。

在妈妈们烤面包的时候，士兵们要出发了。一个志得意满的大个子兵从塞亚德叔叔的房间里出来，进入楼道，他从门框下面把脑袋伸进来，这个世界上最大的脑袋戴不进全世界任何一个头盔，这个头需要戴一个盆。这样一个趾高气扬的头颅有两块方石那么重，而他只要眨眨眼，眼睛里就仿佛塌方似的会蹦出碎石来。大个子兵把手下的士兵们，包括那个红头发的女兵喊来："马上就有了，全体都在，马上就到享受的时间了。"

他拖着一个留声机，抓着留声机的喇叭筒，就像抓着一只待宰的鹅，把它从门槛上提过去。在他那巨大的手掌里，留声机小得就像一个玩具。"全体都有！塞亚德的留声机向左，擦得锃亮的卡拉什尼科夫手枪向右。快！快！快！"声音在楼梯间里震荡，有武器的和被束缚的都按着这句话的吩咐照办了。那个长着世界最大脑袋的大个子兵把唱头臂放到唱片上，但并没有马上见效。"好大的胆子，竟敢不听我的！"他大叫起来，立刻对留声机拳打脚踢。"兄弟们，我马上就搞好了！"他扯着按钮，调转开关，摇晃着唱头臂，用瞄准镜对着唱片，想了一会儿，把枪管伸进了喇叭口。

如果我是能赋予事物超能力的魔法师该多好！

留声机发出咔嚓咔嚓的声音。这声音细腻得就像一只鹰为了不把麻雀弄疼，小心翼翼地亲吻麻雀而发出的声音。唱针刺进了唱片里——齐特琴，手风琴！曲调摇摆得太快，但现在，大个子兵终于在摆弄那个正确的调节器了。"这是一首众所周知的歌曲——什么都不能让你退缩，要立刻相互拥抱！此时此刻，抱在一起，一般来说，必须严格地保持步伐一致！"但是没人动弹哪怕一下，只有士兵们把武器举过头顶，和他们的狗一起嚎叫起来。哀鸣和欢呼齐发：哟咿！像箭头一样锐利，争相尖叫，哟咿！再大声，咔嚓—咔嚓—咔嚓！温柔地搂住对方的腰，右边两步，左边一步，哟咿！大个子兵抓着红头发女兵的肩膀，在她头顶上用枪在天花板上打出一个问号——所有人都在天花板上打出一个问号，作为回答，作为副歌——哟咿！——作为对这首歌的狂热的兴奋。四个人一起摇来摇去，五个人一起晃来晃去，已经围成了一个半圆。互相搂着肩，搂着腰，右边两步——左边一步，七个人一起穿过狭窄的楼道。右边两步——哟咿——左边一步，经过哈桑大爷。被绑在那里的哈桑对着镣铐悄悄地说："这都什么时代了，你怎么害怕轮舞，在歌声里还不松开，反而死死地把耳朵给堵上了？"

齐特琴和手风琴把这些士兵拽进了愤怒的轮舞里，帽子被扔在了地上——哟咿！——现在歌手来了，这阵子可以听到歌声，士兵们进入了节奏：我们就是歌声！我们就是留声机！谁也听不到那些倒霉小孩的哭喊了——因为欢乐而狂暴的军队在喉咙里发出低沉如雷的声音，孩子的哭喊不过是这轰鸣之中的一声哀号。军队在歌唱，没有人能阻止它，它唱着右边两步——左边一步：

> 尼什附近的公共浴场，热水，尼什的年轻人生活多美好
> 大家都去尼什疗养，女孩们步入泳池，
> 我们尼什的年轻人喜爱好时光，没有烧酒可不行，
> 不能少了葡萄烧酒，李子烧酒，还有年轻的吉卜赛女郎。[1]

"男人们，难道不是这样？"轮舞唱道，"难道不正是这样吗？女孩们在泡热水澡，我们这些会享受的人喝着李子烧酒，要没有李子烧酒，我们男人就没法活了。"镶着金牙的那个士兵，插进面团，

---

[1] 塞尔维亚民谣。尼什（Niš）是塞尔维亚南部最大的城市。

渴望热面包，把阿梅拉阿姨的手压在自己手里的那个士兵也这么唱道。他从阿梅拉的房里出来，嘴唇上还挂着这首歌，衬衣的纽扣是解开的。阿梅拉跪在他身后，脸上到处都是散乱的头发和泪水，仿佛罩着一层潮湿的面纱。这个镶着金牙的饿死鬼的声音盖过了所有人，他唱道："没有一个年轻的吉卜赛女郎，我们这些享乐的人就没法活了。"他的手指和指节上，他的指甲缝里，还有黄色的面团渣。他拧开自己的军用水壶，把水壶凑到自己破损的嘴唇上。"难道不是这样吗，男人们？没有烧酒和吉卜赛女人，我们怎么活！"

如果我是能赋予事物超能力的魔法师该多好！如果物体都能够反抗该多好，栏杆、留声机、步枪、脖颈、编好的辫子。

鱼在清晨最容易咬钩。我对埃丁说："我在蠕虫里面放了咖啡渣，现在虫子兴奋得和我台风婶婶一样。"我们先去拉扎河看欧洲鲢鱼，然后再去学校，看看学校还在不在。

我们从桥上往德里纳河的这条小支流里吐口水。欧洲鲢鱼用它们的嘴唇从下往上舔着水面。埃丁又吐了一口，说："这种学校是不会倒的，话说这鱼到底为啥吃口水？"

"因为快下雨了，"我说，"也许这是我们最后一次走这座桥了。他们为什么不建一座像德里纳河上的桥那样的桥呢？什么都经得住。"

"这座桥也经得住，"埃丁说，"桥上连坦克都开过。"

"最晚到后天，这桥就没了，敢不敢打赌？"

在两条河的河口上生活。很早学了游泳，游得很好，很早学了钓鱼，钓得很好，很早学了在融雪的时候把水从被灌满的地下室里泵出去。夜晚乌云压顶，暴雨滂沱——士兵们给了我们被子盖，但楼梯间的墙壁似乎在不断地呼出混凝土一般凝滞寒冷的气息，我醒了好多次。光线从塞亚德叔叔的房子里洒落到楼道里，我用手影做了一只鸟，飞过墙壁，希望能有惊雷打破这无止息的雨声，但是雷声没有来。斯拉夫科爷爷曾经做给我看，怎么样训练手影做的动物。在手影动物里，小鸟早就有了带着我的失眠飞向南方的魔力。直到清晨，在士兵的轮舞离开楼房之前，雨才停住，但乌云并没有消散。

"要是妈妈们知道我们走了怎么办？"我说，"如果洪水冲垮了桥梁，我们肯定不能去拉扎河。她们到底在怕什么？就算城里有士兵，他们也不能冲城市开枪。"

埃丁耸耸肩。雨水钻进河里，打起了第一波涟漪。我们站在桥下。我把蠕虫穿到鱼钩上，又把钩子抛到河里。埃丁用一根棍子在烂泥里搅了一阵子，模仿着正沙沙地落在河面的雨声。浮标随着水流起伏，雨下得更大了，士兵们问道："咬钩吗？"是三个留着胡子的人，还有那个长着世界上最大脑袋的大个子。他们又是从哪儿冒出来的？

"没有。只有小鱼。最近几天噪音太大。鱼沉到更深的水底去了。"

"原来如此。躲起来了。让我们看看它们藏得有多好。"

手雷很快就沉了下去。士兵们穿着雨衣，吸烟的时候上半身前倾。水面仿佛炸开了锅，像是无数的水又流到河里，还有斜漂的鱼鳞和鱼肚子。捞鱼是行不通的，拉扎河在这个地方太深，流速太快，而且四月份还太冷，另外，这样的渔获显然完全没法吃。

对岸灌木丛里钻出来一条浅棕色的杂种狗，在河边喝水。

"小伙子们，打个赌？"

"不！"

第一发连射没有打中。那条狗缩成一团，跳起来，在边上蹦蹦跳跳地走着，然后站住了，抬起尖尖的嘴。它嗅到打赌的气息了吗？

"五十块，赌我这次能打中它。"胜利者对胡子兵说，其中一个在手心里吐了口唾沫，拍了拍手。一个头颅怎么可能这么大？一次打赌怎么可以闻起来这么有烧酒和泥土的味道？

第二发连射。

"这当然是条鲇鱼了！一百公斤，也许有两百公斤。"在去学校的路上，埃丁猜测说。他张开手臂，好像要拥抱谁似的："肯定有这么大，至少这么大！"

我懂鲇鱼，所以埃丁说的话，我半个字都不信。鱼钩要是在湖底挂到了什么东西，渔线照样会断，另外，鲇鱼是非常不知足的鱼类，它们是不会满足于生活在小小的拉扎河里的。我们捉了两条欧洲鲢鱼。到底是谁在云层里搅个不停？——我们从头到脚都湿透了。

顶棚下面是士兵，沙袋后面是士兵，小酒馆里也是士兵——既是客人，也是主人。在城里最大的百货商场，我们问："可以进去吗？"一个士兵从陈列橱窗里爬出来，要我们当心碎玻璃，然后把电视机放到了他车子的副驾驶上，还系上了安全带。尽管玻璃碴会发出嘎吱嘎吱的美妙声音，我们还是尽力避开。那些士兵、埃丁还有我，我们在购物。我们拿了很多的本子和笔，直到拿不了为止。当我们到学校时，这些都湿了。我们把泡了水的纸堆放在暖气片上，但那五百个卷笔刀怎么办呢？学校现在这个样子，我们是再也没法用了。我们把卷笔刀撒在地上，在阴暗的走廊上留下一条痕迹，撒在玻璃碎片和瓦砾上，穿过一片荒凉的教室。教师办公室里没有一扇窗户是完好的，在窗户开口的旁边，桌子被叠成了高塔，椅子腿横七竖八地架在一起，成千上万的空子弹壳散落在成千上万片碎玻璃之间。我们撒下的卷笔刀形成的痕迹碰到了一条血迹。我和埃丁跟着这条血迹，一直跟到一扇大窗户前，我们看着窗户外雨中的城市，没有雷声的雨。在这个房间的中央，破破烂烂的教学记录本堆成了山——红色的封皮。有些记着考字母表的情况，有些正好翻到了任意的某一页。

"要不要看一下我们俄语口语考了几分？"我问道。但是，这座教学记录本的山顶上堆着一坨已经干燥了的巨大的屎，在屎的上方还有两只苍蝇绕着矩形的线路在飞，于是我们只好满足于知道自己俄语写作得了四分，不敢翻那堆本子。

"埃丁，你说说，他们为什么要向那条狗开枪？"

埃丁耸耸肩，捡起几个空弹壳，把它们一个一个地从窗户里扔了出去。"夏天，我在下面给窗户外围画了一扇门。用红粉笔，踮着脚尖画的。没办法，我画的时候换了两次手，手都麻了，得用力地晃一下，窗户的木条就是有这么高。刚画完，楼管科斯蒂纳就走出来问我这是要干什么。我说，没什么，就一扇门。他说，擦掉，放学别走，留堂。"

"一次都没有坚持住？"我问。

"一次都没有，"埃丁说，一边分开了几条交错在一起的椅子腿，"如果手一直靠在上面，也许会把窗户压坏的。"

我们的物理老师菲佐跪在实验室里，他前面是一张全是碎片的地毯。当我们蹲到他旁边去的时候，他说："可以上课了，我们只要清理一下就行。我找到了三个完好无损的量杯和两个烧杯。你们的针孔相机都坏了，只剩下两个，弹簧摆还完整，大多数灯泡都坏了。戴上手套，小心玻璃碴。别碰那些沾了血的东西。"

大多数东西我们都没碰。菲佐摘下眼镜，在衬衣口袋里翻半天，摸出一块布来，先抹了抹眼睛，然后擦了擦镜片。埃丁找到了一根完好的滴管，高高地举着，大喊："好，好，好！"并且笑起来。菲佐点点头，"不错，"他拿来了扫把，"我们很快就继续上课，你们带练习本了吗？马上，马上，我要给你们听写几个公式。写完了，你们就可以回家，好吗？"

实验室里一切物体都不在原来的位置上了。只有黑板上方的铁托像还挂在那里。我越想轻点踩上去，脚下反倒越是吱吱嘎嘎地响。铁托的白色海军上将制服。铁托的牧羊犬。铁托的右眼：被子弹打成了一个洞。铁托又死了，第四次。这次是被开枪打死的。

"毫无意义的象征。"菲佐说。

在这样一所已经不是学校的学校，或者说只是菲佐的学校，是菲佐的电阻、电功、功率的学校。在独眼铁托的尸体之下，我没办法觉得这所学校里面有任何事物是真正重要的。"象征"这个词，我以后会查词典搞懂，但单纯是这个词让我愤怒。我想知道，独眼的人是更愿意左眼看不见，还是右眼看不见，想知道我们到底有多少血可以流，想知道是不是每一发击中脖子的弹药都会致死。我想知道，铁托究竟还有多少次死亡。

实验室里没有任何东西还在原来的位置上。我站在那儿。

"克尔斯马诺维奇，"菲佐喊道，"你不来帮我们一下吗？"

"耶莱尼奇同志，我不知道该怎么帮。"

我用干的海绵擦着黑板。如果我是能赋予事物超能力魔法师，玻璃就能自己决定是否要碎掉。菲佐，这所学校里最严厉的老师，说："行。"

"行。"镶着金牙的士兵说，当时我和埃丁正拿着渔具、鱼和百货商店里拿出来的本子，拐进了我们的街道。也许妈妈们还什么都没有注意到。而且，我们可是在学校里，在学校是永远不会错的。只要不让她们看见鱼就行，至于渔具，我们立刻就藏到了院子里。

我把装着渔获的塑料袋举到空中，要放到香烟店的房顶上。那个士兵刚从香烟店后面出来，正把裤子拉链拉上，手里还拿着面团。他见了我，说："行，但鱼放在屋顶上干什么？"

"喂猫的。"埃丁答道。

"行，"那个兵说，"喂猫。我要是找不到我的埃米娜，那就把什么都拿去喂猫，所有战斗都拿去喂猫，所有鸡眼都拿去喂猫。你们认识埃米娜不？阿梅拉不是我的埃米娜。"

我想起了太爷爷在丰收节上唱的歌，想到歌里唱的埃米娜和她散发着风信子芳香的头发。这个士兵在路边的石头上坐下来，坐到一个头发稀疏的穿白袍的男人旁边，打开烟草的包装，开始卷烟。那个男人的手到手腕都盖在一顶黑色礼帽下面，他正紧张地摆弄着帽子。看到那顶礼帽，我才认出来这个人是谁，他的脸肿得不成样子，他的背也弯得不成样子，缩在角落里。是穆萨·哈萨纳吉奇，但他的花椰菜去哪儿了？

"我求您，"穆萨恳求士兵，"您告诉我，我的马会怎么样！"

"那匹马让我感到很难过，"这个兵说着舔了一下卷烟纸，"对马来说，什么战争是最糟糕的战争？我们现在打的是什么仗？1914 年，1942 年，1992 年……那时候，马就像苍蝇一样一批一批地死掉。现在，人在马之前一个接一个死去，马已经忘记了什么叫自由。"

埃丁用手肘撞了我一下："快走，现在！"但我完全动不了，只要这个士兵还用这种腔调说话，只要他还用这种腔调讲述，我就不能离开。他摘掉穆萨头上的帽子，把香烟塞到他的嘴唇之间。接着，他从背包里拿出一根长条面包，掰成小块，喂给这个老头吃。这是阿梅拉的面包。穆萨没有牙，嘴巴一鼓一鼓地嚼着，手铐叮叮咣咣地响着。

"被我放倒的女孩子有很多，"那个兵说，"但我没有吻过的只有一个，那就是埃米娜。她从我手里吃樱桃的样子多么可爱！她的下巴碰得我手腕痒痒的！"那个士兵尴尬地低下了头，抠着指甲缝里的面团。

"埃米娜逃出了你的手心！她逃脱了！"穆萨叫道，眼睛里闪着光。

"原来你在这儿！你在这儿！"在我和埃丁踏进院子的那一刻，我妈妈就冲着我跑来，"亚历山大，你好好地听着：我们要走了。收拾好你的东西。赶紧。我们要出城一段时间。"

楼梯间几乎已经空了，米洛米尔叔叔抽着烟，打扫着过道，烟灰落在地面上，然后又被扫走。大多数房子都大开着门，邻居们默默整理着东西，到处都是玻璃。

卡塔里娜奶奶站在敞开的窗户旁边。奶奶？

埃丁和我走到奶奶身边。奶奶？

四个留着胡子的士兵想把一匹马从桥上扔进河里。他们拉着缰绳。那匹马和士兵们从桥上越过栏杆，向河里看。士兵们推着马，用力地推。那匹马还是站在那儿。它自己是不可能爬过栏杆的。"我受够这个骄横的畜生了！"其中一个士兵像个耳背的人那样叫道，用手枪抵住了马额头上那块白色的毛皮。士兵们在抽烟。士兵们抚摩着马的鼻孔。士兵们把马从桥上牵回了岸边。

"干脆把这头畜生毙了吧！"一个戴着墨镜的士兵向他们喊道。

他在被雨淋湿的装甲车上玩着任天堂的游戏机。

"马没用了才会被打死。"那个拉着缰绳的士兵回答，牵着马往水深的地方走去。

"花椰菜很喜欢吃花椰菜，"奶奶说，"哪儿有一匹马叫这个名字的？"

穆萨·哈萨纳吉奇戴着礼帽，训练着他的花椰菜。我和埃丁经常看着。留声机里播放着波莱罗舞曲。这匹母马伴着音乐拍子走步，昂着头小跑着。"横过来！"穆萨喊道，敲打着礼帽。"高级快步！"他又喊道。穆萨打了响指，花椰菜立刻转了过来。

枪声响了，马受了惊，奶奶吓了一跳。"如果我的斯拉夫科经历了这些，"她朝着自己的手心轻轻地说，"他的心脏就不会停止，它会破裂成成千上万的碎片。"

那个拿着面团的士兵迈着大步跑过街道，头上戴着礼帽，手里提着装我们鱼的塑料袋。我把脸贴在奶奶的髋部。她要从窗户那儿把我们送走，她要把窗户关上。她悄悄地说："花椰菜，对这匹漂亮的动物来说，这是个多么难听的名字。"

这匹漂亮的动物害怕了，这匹漂亮的动物弓起脊背，这匹漂亮的动物用前蹄去踏那个士兵，这匹漂亮的动物挣脱了缰绳，这匹漂亮的动物飞奔过河流，向对岸跑去。对岸站着三个留胡子的士兵，嘴里叼着烟，双手拿着枪，做好了射击的准备。

我颤抖着走了一步，从窗户边离开，捂上了耳朵。但我还是没办法不听到枪声。我转身冲出房间，抓起了我的背包。埃丁默默地在一边帮我，表情严肃。我在纸上涂抹了最后三幅未完结的图画，把它们和剩下的纸藏在卡塔里娜奶奶的衣柜里，一共有九十九幅了：埃米娜远离了镶金牙的士兵，花椰菜在没有围栏的地方自由地奔跑，没有上膛的手枪。

在楼梯间里，我碰到了爸爸，他正喘着气上楼，像个熟人一样冲我点点头，手臂以下的衣服上全是汗水。我在每一层都呼喊阿西娅的名字，却没人回答我。

我把行李塞到我们家优格车后座的一大堆东西里。现在，我们的车看起来也像几天前放弃了维舍格勒的那些车子一样，装满了东西。"法蒂玛外婆，你在后面不闷吧？"法蒂玛外婆冲我微笑了一下，装着我的绘画用具的塑料袋飞到了她怀里。我还想带上足球，妈妈摇摇头，我把球传给了埃丁。爸爸和奶奶从楼里出来了，奶奶哭着吻了同样在哭的邻居们，然后停在了一个站岗的士兵面前。她从头到脚地打量着这个士兵，踮着脚尖，对着士兵的耳朵说了些什么。士兵阴险地笑着，耸耸肩膀。奶奶挤到了后座，坐在法蒂玛外婆身边。

埃丁用脚掌停住了球。他从裤兜里拿出一截粉笔，在手指间打着转，又踩在毁坏的车库门上晃来晃去。昨天，一辆装甲车在停车的时候，雷鸣般地撞倒了车库的门。一个士兵从装甲车上下来，仔细看着损坏的车身，一边咒骂，一边用袖口擦去金属上的刮痕，然后又开走了。车库门从枢轴上掉了下来，门上的小窗户直接碎了。埃丁模仿着门倒下来的声音，用脚尖在玻璃碎片里划来划去。"不管怎么样，"他说，"整个城市都会碎的。现在你也要跑路了吗？"

"只是离开一会儿。"我回答说，下意识地咽了一下唾沫。

"我们再也不会经过那座桥走到一起了，我跟你打赌，"他喊的时候已经向着我挥手了，"今年不会再有洪水了。洪水根本不能来，"他喊道，"这不行，再来一场洪水是不行的，"他哭了，"这怎么能行呢：一个没有居民、没有桥的城市，没有一座桥让我们站在上面吐口水喂鱼，这怎么能行呢？"他说——也许：我听不到他说话了，我从反光镜里看到他怎样用粉笔画一扇大门，怎样凌空踢回足球，左上方回旋，触地得分，半空右射门——每一次射门都击中了，直到雨水把粉笔画的门冲刷得模糊不清。

埃米娜被抱着穿过自己的村庄

"我抱着埃米娜穿过村庄,"那个镶着金牙、手里拿着面团的士兵说,"我认真地抱着埃米娜,从一栋房子到另一栋房子,没说什么话。她的手臂搂着我的脖子,这样她就不会从我手里滑落。我用靴子踢开过柜门,见过上千条连衣裙,摸过上百种布料,直到在一个用最暗的樱桃木做的柜子里为我的埃米娜找到了那块布。比丝绸还软,颜色雪白,映衬着埃米娜的白皮肤和黑头发。我拿着这块最美的布料,抱着我那最漂亮的吉卜赛女郎,去了村庄的广场。我的战友们给口渴的村民喝水,用小推车把他们弄到卡车上。

"'你们在那儿干什么?'我向同伴们喊道,'你们可不能这么做!'我需要一个女裁缝,还需要一个能为我和我的新娘伴奏的人!我唱着这支歌,连队就合唱似的附和我的话。我让许多女裁缝感受布料,我托着布料的一端,怕它碰到地面。这块布不允许沾上脏东西,上面只允许有我手上的污渍。我让乐师们从火里抢救乐器:'谁还在这儿放火?明天一大早,这儿就要办婚礼!老头,你就是那个人人都夸你手快的手风琴手吗?裁缝,你用这块

料子给埃米娜做一条连衣裙，要精美，要别人一辈子都没穿过的那种！老头，还有你这手艺高超的裁缝，你们想不想活命？'

"'别杀我的女儿和外孙。'那老头哀求道。'别杀我妹妹和她的孩子们。'那裁缝小声地说，亲吻着洁白的布料。卡车开走了，他们几乎还没离开村庄，机枪的声音就突突突地响起来了。

"五分钟以后，我的战友们回来时，我冲他们喊：'你们为什么总要开枪？'我摊平巴掌，对着司机的耳朵就是一下，'别再这样了！你们不准再这样了！给我开到林子里，往更深的地方开！'

"'疯子！'司机这话简直就像是奉承，但他却打了回来，'你的枪呢，你这疯子？我们被攻击了！保持射击，站好位置，守住桥梁，十个人进攻侧翼，远离大火，无线电报务员，重机枪在哪儿？不，弗拉基米尔出去，阿德勒过来。'我们站在炮火下面，爆炸了，弗拉基米尔和杜莱躺在地上，弗拉基米尔抽搐着，向后爬过去，男人们紧紧地靠在一起，撤退，击中，瓦砾碎片哗哗地掉下来，手指间都是血，把他留在那儿——不要把我留在这儿，撤退，夜幕降临，战役结束，我向着一片黑暗喊着埃米娜的名字，没有任何回答。她有没有拿到布料？她是不是正在和裁缝和老乐手一起穿过燃烧着的土地？我们放弃了村庄，从此以后我就在寻找我的埃米娜，但是再也找不到安宁。"

士兵扯掉手指上黏着的干面团。他赤裸着潮湿的上身，坐在老穆萨旁边，敲打着穆萨的手铐，小声地念叨着："埃米娜，埃米娜，埃米娜。"

1992 年 4 月 26 日

亲爱的阿西娅：

　　如果我的爷爷斯拉夫科还活着，我就会问他，现在最令人感到耻辱的是什么。

　　我给你写信，我没有再找到你，我为大地感到羞耻，因为大地承载了冲我们开来、开往贝尔格莱德的装甲车。我爸爸看到每辆装甲车、每辆吉普和每辆货车都要鸣笛。如果你不鸣笛，他们就会把你拦住。

　　在塞尔维亚的边界上，他们把我们拦住了。一个歪鼻子的士兵问我们车上是不是有武器。爸爸说："有，汽油和火柴。"说着，两个人都笑了，我们就这样继续往前开。我不懂爸爸的话里有什么滑稽的。妈妈说："我就是他们在找的武器。"我问："我们为什么要自投罗网，开到敌人的怀抱里？"为此，我不得不向他们保证，未来十年不准再提出任何一个问题。

　　雨下个不停，街道拥挤不堪，我们不得不一再停下来。有一次，戴着白手套的蒙面武装人员在沿着汽车的纵队追两个男人。这两个男人都被堵住了嘴，眼睛被一块布蒙着，我想保证在未来十年都不再回想这一幕，但卡塔里娜奶奶反对忘记。对奶奶来说，过去是一座带花园的夏季小屋，在花园里，乌鸫叽叽喳喳，邻居太太们叽叽喳喳，咖啡从井里打上来，而斯拉夫科爷爷和他的朋友们在周围捉迷藏。现在的时光犹如从夏季小屋延伸出去的一条路，在装甲车的履带之下抽泣着，散发着浓烟的味道，处决着马匹。"无论是过去，还是现在，都一定要回忆，"后座上的奶奶趴在我耳朵边说，"那个一切都还美好的时代，还有这个什么都不好的时代。"

阿西娅，我们逃脱了，我们在贝尔格莱德的熟人们拥抱了我们。刚开始拥抱的时候，好像我们是橡树，然后又好像我们是易碎的玻璃。我祝愿你们在维舍格勒的所有人都能逃离，都能被拥抱。

维舍格勒很快就上电视了。在我们的电视里是保卫者的那一批人，在这儿却是侵略者，而城市不是被攻陷，而是被解放，因为要炸毁大坝的不是一个英雄，而是一个疯子。新闻播音员说，学校复学了，工厂也复工了。不过，通信公司似乎没有复工，我们仍然只能收到占线信号。

法蒂玛外婆在卡塔里娜奶奶面前撒了豆子，无言地解释着卡塔里娜奶奶的未来。我问法蒂玛外婆到底想干什么。外婆看都没看我。我说："现在对我沉默，以后会给我带来严重的创伤。"当妈妈问我这是从哪儿学来的时候，我回答说："我不知道。"

阿西娅，你能通过豆子解读未来吗？

卡塔里娜奶奶想回维舍格勒。爸爸没有劝奶奶。妈妈听说爸爸对此一言不发的时候，就大声喊叫。

爸爸想沉默。

妈妈想喊叫。

我问自己，米基叔叔想干什么。到现在谁也不知道他在哪儿。

我想听一个来自另一个世界或另一个时代的故事，但大家都只谈论现在，谈论一个问题：现在怎么办？当我要讲述这个时代和这个世界的时候，就不得不保证在未来十年里再也不提起这些。我会这样开始讲述：妈妈们还没有悄悄地叫大家吃饭，士兵们就冲进了这座高楼，问有些什么，然后坐到我们旁边，围着地下室里的胶合板桌。

如果我要讲述另一个世界和另一个时代，我不需要想。

今天夜里，我听到妈妈在睡梦中叹气，她醒来了，鼻子下面流的血结了痂。我们和邻居有矛盾，因为我们住在他们旁边，而他们不想我们在旁边。如果有人给他们一场战争，他们也许立刻就会开枪把我们打死。宗教不是人民的鸦片，宗教意味着人民的毁灭。至少我爸爸是这么说的。街上有一个男孩说我是个杂种，说我妈妈把我的塞尔维亚血统给污染了。我不知道，是该把那个男孩狠狠地揍一顿，还是应该倔强地保持骄傲。可我既不倔强，也不骄傲，而且还被人家狠狠地揍了一顿。

阿西娅，我随信寄一幅画给你。画里的人是你。很遗憾没有一种颜色和你的头发一样漂亮，所以也许你认不出来画的是你。这是我最后一幅没画完的画。没有画完，是因为上面只有你一个人。我曾经喜欢过未完结的东西，但现在不是了。

祝福你。

亚历山大

1993 年 1 月 9 日

亲爱的阿西娅：

我想在"沃尔特湖"[1]号上给你写信——德国的火车是有名字的——但是沃尔特湖号实在开得太快，我的眼睛跟不上车窗外呼啸而过的景色。看着这么多飞快掠过的田野和房屋，还有一包很快被我吃掉的巧克力夹心三明治，我甚至觉得有些想吐。我们在博拉叔叔和台风婶婶那儿已经住了两个星期，在一个叫作埃森的城市，就靠在高速公路旁边。卡塔里娜奶奶已经回维舍格勒了，她说："我要待在我丈夫的身边。"

"他在那个地方不需要任何人。"爸爸说。

"每个人都需要别人，而死去的人是最孤独的。"我不得不从房间里走出来说。到现在为止，我们还没听到关于奶奶的任何消息，要安全地到达并不容易。

从到了贝尔格莱德开始，法蒂玛外婆就开始保守一个秘密。她一直在写些什么东西，但写完了就放在自己的头巾下面。如果

---

[1] 沃尔特湖（Wörthersee），奥地利克恩滕州最大的湖泊。

我可以给法蒂玛外婆挑选一种嗓音的话，我会选一个自信的巫婆的声音，一个在童话的美好结局出现之前还能大笑的巫婆：一种粗糙扎人的、胜券在握的、计划周全的声音。我外婆说话的时候会不会说出些聪明的东西？她唱歌会是什么样子？

新年前夜是一场灾难。他们送了我一条牛仔裤。博拉叔叔买了鞭炮和烟花，我们戴上了五颜六色的帽子，听的音乐也比往常大声了一些。妈妈说："我煮什么都无所谓，反正都不好吃。"爸爸说："我喝什么都无所谓，反正都帮不了我们什么。"他把脸埋在双手里，当时已接近午夜。夜里 12 点左右，大家都相互拥抱，然后我和博拉叔叔就去放烟花，小埃玛，小台风，就在这时醒了，开始哭闹。

你们那儿怎么样？你们那儿有雪吗？这儿已经有雪了，但是只有五分钟，而且看起来似乎在落下的过程中就已经变脏了，落在地上的雪是褐色的。

从明天开始，我就要去上德国的学校了。我要试着不像法蒂玛外婆那样又聋又哑，所以我把词典的前十页背了下来。博拉叔叔说，我的数学程度比德国学生超前了三年。如果算上我那比较差的数学天赋，那也还比他们超前一年。学校的成绩是乱打分的，在我们城区几乎只有土耳其人。在百货商店里，有任天堂的游戏可以玩。到目前为止，我还没有成功地让大人把我一整夜忘在这样的商店里面，但我已经有计划了。上周，我妈妈生病了，但是她在医生面前说不上来自己的疼痛是什么样的，只好回去，后来病得更严重了。

在我们这栋房子里还住着五六家来自波斯尼亚的家庭，两层住了二十五个人。一切都很拥挤，卫生间总是被占用的，我可以用我叔叔的遥控器关掉扎希德叔叔家的电视，这让他快要发疯了，他觉得这是纳粹的幽灵干的。在我们住的地方附近有一个火车站，扎希德叔叔在那儿等着绿灯，然后穿过铁轨。在高速公路的桥洞下，我和他儿子萨巴赫丁坐在沙发抱枕上，玩开车的游戏，载着鲍勃。刚到这儿的时候，萨巴赫丁用刮胡子的泡沫刷了三天牙。

　　昨天，我们获准待在德国了。在一个有上百扇门的巨大的办公室里，我们等了三个小时，等轮到字母 K。一起等待的人说着我们的语言，现在已经不应该再叫塞尔维亚－克罗地亚语了。他们挤在烟灰缸周围，在地上留下烂泥，在墙上留下鞋印。负责我们这些姓氏以 K 开头的，是福斯女士。她笑起来很温和，有一对漂亮的小酒窝，她那件粉色女式衬衣的领子上夹着一只粉色的胸针。在姓氏以 K 开头的人等候的房间里，到处都明信片，明信片上有一只叫迪多的老鼠龇牙咧嘴地笑着。福斯女士是这个世界上最友好和最耐心的人。她像她的老鼠一样笑着，还送了一块手帕给我妈妈。我们会说的还很少，但也不需要说很多，福斯女士知道我们要办什么。我们的护照上被盖了印章，因为福斯女士同意我们留在这儿。现在，"ß"成了我最喜欢的字母，这是个绝妙的发明，用一个字母装下两个"s"。[1] 我很愿意把自己的名字亚历山大·克尔斯马诺维奇从"Aleksandar Krsmanović"改成"Alekßandar Krßmanović"。离开办公室的时候，我对福斯女士背

---

[1]　福斯（Foß）一词中的"ß"，在德语里相当于"ss"。

诵了一连串德语词典中以字母"A"开头的单词，然后用德语说了"谢谢"。虽然我还没在词典里背到"谢谢"这个词，但我知道谢谢怎么说。博拉叔叔说，福斯女士还从来没有捉弄过他。

阿西娅，我们都睡在这个小小的房间里，而且都比在家的时候更生气了，甚至在梦里也是这样。有几次，我夜里醒来以后就用手做出鸟的样子，影子投在墙上，窗外的路灯严厉地朝我们房间里看着，仿佛在监视我们。博拉叔叔向我保证，很快就会把这个明亮的鬼东西给砍倒。钱是不可以优先花在窗帘上的，也不会给爸爸花在画布和颜料上，不过，妈妈和爸爸明天就会去找工作。

今天夜里，台风婶婶照看了我一会儿。她变慢了，我那漂亮又迅捷的金发婶婶，因为对女儿埃玛的爱而常含泪水，也怀有给每一个人的无数良好祝愿。在刺眼的路灯下，我在婶婶的脸上、皱纹里、身影里细数着疲惫。她对着我微笑，小声说："亚历山大，没有人像你这么聪明，我的太阳，不要害怕。"

阿西娅，不要害怕！我多么希望能有更多关于你的回忆，我多么希望对你的回忆能有从埃森到维舍格勒来回的旅途这么长。回来的时候，你就跟我们一起来。

"小水鸡"[1] 是目前为止我看到的最有趣的德语词。

诚挚地问候你。

亚历山（ß）大

---

[1] Wasserhühnchen，德语词"骨顶鸡"，一种水鸟。

1993 年 7 月 17 日

亲爱的阿西娅：

　　我从卡塔里娜奶奶那里得知，你已经逃到了萨拉热窝。也是从她那儿，我拿到了你现在的地址。奶奶也不知道你有没有收到我前两次写给你的信，几乎没有邮件到这儿，更不用说包裹了，信也会失踪。

　　所以，我在这封信里寄给您十七马克二十分，这是我所有的钱了。打开这封信的亲爱的人，请收下这些钱，但请把信封重新粘好，让这封信继续旅行！里面只有话语和思念，没有泄露任何军事机密，因为我还没有一米六高，从来没有任何人跟我透露过什么。但是，我想跟一个非常重要的人说一些非常重要的事。您甚至可以继续看这封信，但最重要的是，您看完以后不要把这封信扔掉！非常感谢！

　　亲爱的阿西娅，我妈妈如今在一家洗衣房工作，她用来生病的时间都更少了。她说，那个地狱一样的大厅太热了，她的脑子都在沸腾。妈妈失去了看到美丽事物的能力。她一根接一根地抽烟，像埃森的烟囱一样冒着烟。爸爸和博拉叔叔在同一个工厂里干活。他们俩一整天一整天地在路上。他们打的是黑工。黑工的意思是：工作会把你的脊背累坏，同时让你变成一个罪犯，就算你实际上什么东西也没偷。

法蒂玛外婆的状态维持得最好。她给我们大家做饭，洗很长时间的澡，我看不出来她有什么忧虑。有一次我抓到她在吹口哨，在这个最无声无息的人身上，吹口哨听起来真是无尽地美好。她和超市里的女收银员们成了朋友，每天都带咖啡到收银台给她们喝。作为回报，法蒂玛外婆可以偷价值五马克以下的东西，女收银员们就假装好像什么也没发觉。

我还没有弄明白外婆的秘密，她写啊写啊，她的纸条被画满了道道儿，一直到边缘。当我的父母谈论那些我们所没有的东西时，比如健康和钱，还有我们在维舍格勒的房子，他们就一定要离开房间。法蒂玛外婆就在门外笔直地站着放哨，防止我去偷听。我没有获准听到的事情是最恐怖的事情。

如果有人问我从哪里来，我会说，这是一个艰难的问题，因为我来自一个国家，但这个我曾经生活过的国家已经不存在了。他们叫我们南斯拉夫人，甚至阿尔巴尼亚人和保加利亚人也叫我们南斯拉夫人，这对所有人来说都更简单。

我拿到了第一张成绩单，除了数学以外的其他课程连分数都没有，但这根本不值一提。只说一件事就够了。我在课程上的领先优势很快就消失了。在德语课上，我们要写一篇作文，题目是

《埃森，我们喜欢你》，而我写的是我们怎么做布雷克卷。[1] 每个人都要大声朗读自己的作文，轮到我的时候，全班都笑得前仰后合。你一定要明白，"埃森"就是"食物"的意思。我知道，但我对埃森这个城市的任何东西都喜欢不起来，我就写了肉馅和土耳其面团。这并不容易，因为我根本不知道肉馅这个词怎么写，却要试着跟每个人解释这是什么！其他来自波斯尼亚的学生抄了我的菜谱，还把它带回了家，因为他们认为不需要加洋葱，而且要用做酥饼的面团。两个来自克罗地亚的男孩——约瑟普和托米斯拉夫说，他们那儿根本就没有布雷克卷。阿西娅，你能想象吗，一个没有布雷克卷的国家？

阿西娅，我想念那变化无常的德里纳河了。这儿看似也有一条河，叫作鲁尔河，但我觉得，不是每一种流动的水，都必然可以被称为河。

昨天，我和菲利普、塞巴斯蒂安、苏珊玩了"城市—国家—河流"的游戏。凭借杜伊斯堡、德国、德里纳河、龙口花、德拉甘、德语教师、达尔马提亚，我没有成为最后一名。"龙口花"这个词，我都没办法给你翻译。昨天，我竟然第一次没能想起来那个词用波斯尼亚语怎么说，至于"桦树"这个词，我不得不查词典才想起来波斯尼亚语是"breza"。在这儿，桦树长在一个叫作克虏伯森林的公园里。其实，整个埃森就是一个巨大的车库，我们甚至要感谢路边石头缝里的野草，感谢它们顽强地活着。

---

[1] 城市名"埃森"（Essen）和德语"食物"（das Essen）是同一个词。

桦树、龙口花、狐尾藻、龙胆草和鲁尔河。我记住了这一切，阿西娅。我收集着德国的语言。这种收集可以抵消我在想到维舍格勒的时候所产生的艰难的答案和沉重的想法，没有斯拉夫科爷爷在我身边，我没办法说出这些答案和想法。你不认识斯拉夫科爷爷，如果他还在，他应该是唯一能解释清楚你的头发的人。

　　在奶奶回到维舍格勒的那天清晨，她送了我一本空白的书。第一页是她自己写的。除了安德里奇写的狼口逃生的故事——阿斯卡围着狼跳舞，把狼绕得晕头转向，然后逃脱了——之外，奶奶的这一页是我所读过的一切当中最值得称道的。

　　阿西娅，我想不起来那些桦树了。我感觉好像有一个亚历山大留在了维舍格勒和维勒托沃，留在了德里纳河边，而另外一个亚历山大生活在埃森，想着什么时候去鲁尔河钓一下鱼。在维舍格勒，在还未完结的绘画上，还有一个已经开始，还未结束的亚历山大。我已经不再是管理未完结事物的领导同志了，相反，未完结的事物成了我的领导同志。我不再画未完结的东西了。我在奶奶的书里写故事，写那个一切仍旧美好的时代的故事，就为了以后不会为了遗忘而悲叹。如果我是能赋予事物超能力的魔法师，阿西娅，那么回忆就会像那时的丝黛拉牌冰激凌一样好吃。

　　你还记得我吗？

　　　　　　　　　　　　　　　　　　　　　　　　亚历山大

1994 年 1 月 8 日

亲爱的阿西娅：

　　南希·克里根在滑冰训练的时候被一根铁棍伤到了膝盖。她的竞争对手托尼娅·哈丁被卷入了这场"暗杀"。[1] 新闻里播报这条消息的时候，我妈妈愤怒地离开了客厅。然后，新闻里就出现了索马里。现在，索马里和波斯尼亚没什么区别，只不过我们那儿没有留着短发扛着枪的黑皮肤孩子。"而且也没有石油。"博拉叔叔说。

　　我妈妈买了《冰上的魔法 1—6》，一共六张光碟，上面有花样滑冰大赛和奥运会所有明星的肖像和报道——萨拉热窝也在里面。到了夜晚，她就坐在电视机前面，喃喃自语：循环跳跃、后内结环跳、勾手跳和后外点冰跳，两周，三周。有时候，法蒂玛外婆会把电视关掉，把光碟藏起来。但妈妈还是坐在那里，说着什么

---

[1] 南希·克里根（Nancy Kerrigan）与托尼娅·哈丁（Tonya Harding）均为前美国女子花样滑冰运动员。二人在 1994 年争夺冬奥会参赛资格之前，一个男人打伤了克里根的膝盖。警方调查显示凶手受到哈丁夫妇的指使。此事成为美国体坛的重大丑闻。

阿克塞尔跳、后内点冰跳之类的。妈妈的手因为洗衣服而坏掉了，坏成那样，使我除了"坏掉"这个词以外，实在找不出其他词来形容它们。

我们有了一幢新房子，只有我们家住。老房子那儿来过三次警察。他们穿着绿衣服，其他地方也和我们的警察不一样，他们把手放在枪托上，也不想要烧酒。他们不仅严肃地朝里面看，而且也确实认为事情很严重。有时候，如果你像扎希德叔叔那样，太快地靠近他们，他们就会把你的手扭到你背后。他们给了我们一个搬走的期限，我们超过了这个期限，因为我们不知道搬到哪儿去。那个清晨，为了不让警察最后一次兴师动众地来——不按门铃、大声敲门，我爸爸说："我们搬家。"他吃完面包，然后我们收拾东西。"我已经给大家准备好了。"他说。房东过来把沙发搬走，然后我们就能进去了。

在新房子里，我们有了更大的空间，离开了一切污秽、闲话和一切从高速公路那儿传来的噪音和汽笛声，也摆脱了比任何时候都强烈的没有家的感觉。阿西娅，你的家在哪儿？我不知道你在哪儿。萨拉热窝还有地址吗？

我给维舍格勒打了电话。除了卡塔里娜奶奶和佐兰，谁都没有联系上。卡塔里娜奶奶说了很多从前的事。我们认真地听着她讲，我们没有否定她的回忆，我们说："是的，奶奶。"

你还记得佐兰吗？他是从维舍格勒来的一个朋友，一个沉默寡言的叛逆分子！他说，整个城市全都是塞尔维亚的难民。他们住在学校里，或者索性就住在那些被驱逐出去的波斯尼亚人的空房子里。而那些波斯尼亚人现在也许正在塞尔维亚人的房子里住着。最后,没有人还在他原来生活的地方了。我们在维舍格勒的房子里也住了一个家庭。奶奶说,这没关系,因为他们有很小的孩子。佐兰说,维舍格勒人不能忍受那些新来的人,而他本人则痛恨他们。佐兰从来没有说过这么多话,他的仇恨很多。

沙尔克04足球俱乐部是我最喜欢的球队,我现在有了钓鱼证,我在这儿最好的朋友菲利普把《感官足球》借给了我,我听涅槃乐队的歌,用德语做梦。我梦见一台真的可以让我玩《感官足球》的电脑,这样我就不用跟菲利普撒谎,说我和巴西队踢的时候进了几个球。

我要洗头了。

真诚地问候你。

亚历山大

喂，亚历山大！啊呀，你是从哪儿打来的电话？不错啊！
糟透了，那又怎样？

……我也恨中午的时候会停水，恨路灯不亮，恨经常停电，
恨垃圾没人清运。我最恨的，是天气一定要这么冷。他们把两座
清真寺都烧了，烧得一干二净，现在据说那儿应该是个公园，但
那不是公园，那是一种被四条长凳围起来的败落的空洞。我恨每
一个坐到那儿去的人，甚至连流浪汉斯波克先生都不会去坐。偶
尔会有一个人提着浇水壶经过，但没有什么会生长。你可能会说：
"一道张开的伤口，没有什么可以从一道伤口里长出来。"然后你
会念一句不知哪里来的胡说八道的咒语，你得有一种特别强大的
魔法，才能把这儿的事情变得更好。士兵们围着清真寺的废墟跳
轮舞。我恨文理中学，我恨那里的老师，我恨我们一定要五十四
个人坐在一间教室里，我恨自己干点儿什么都得先站起来，因为
什么都缺，就是不缺人，不缺死亡。我恨我爸爸，我恨他的高傲、
他的顽固和他的那些原则。半年以来，米莉察和我都试着说服他
离开这个地狱。我恨他对此不以为然；我恨他开了个香烟店，而
且就开在博戈柳布曾经的香烟店那儿。但除此以外，他还能干什

么呢？篮球裁判是最没必要的职业，这儿不再有人玩任何的球，甚至连训练厅都挤满了人，我简直不知道究竟是俘虏还是难民。我恨那些士兵。我恨所谓的人民军队。我恨白鹰[1]。我恨绿色贝雷帽。我恨死亡。我读书，亚历山大。我读书，而且喜欢读书，死亡是一名来自德国的大师，死亡更是一名来自波斯尼亚的世界级大师。我恨那座桥。我恨夜空中的子弹和河里的尸体，我恨人们不听身体坠落时的水声，我恨自己失去了力量和勇气。我恨我自己，因为我躲在上面的老文理中学里，我恨自己的眼睛，因为我的眼睛认不清被推下深渊的人是谁，也认不清在水里，甚至在空中被射杀的人们是谁。另一些人在桥上就被打死了，第二天清晨，女人们跪在那里，把血迹擦干净。我恨巴伊纳巴什塔[2]堤坝上的那个家伙，他抱怨说不能一次扔那么多人到河里，因为排水沟都堵住了。我恨那些宾馆——弗拉斯度假村和比卡瓦茨[3]。我恨消防站，我恨警察局，我恨装满了女孩和妇女，开往弗拉斯度假村和比卡瓦茨的货车，我恨燃烧着的房子，我恨燃烧着的窗户，燃烧着的人因为枪炮而从窗户里跳出来。我恨工人在工作，我恨教师在教课，我恨鸽子飞到空中，我最恨的，是天气一定要这么冷。因为这糟糕的大雪什么都遮不住，什么都遮不住，什么都遮不住，

---

[1] "白鹰"是波黑战争期间的塞尔维亚军事组织。

[2] 巴伊纳巴什塔（Bajina Bašta），塞尔维亚西部城镇，该城镇有塞尔维亚第二大水电站。

[3] 弗拉斯度假村（Vilina Vlas）是位于维舍格勒东北方向四公里的度假宾馆。波黑战争期间被塞族军事组织征为拘留营，里面发生了各种暴力行为。1992年6月27日，维舍格勒附近的比卡瓦茨（Bikavac）发生纵火案，至少有60名波斯尼亚平民在被关押的房屋中被害。

但我们能遮住自己的眼睛，仿佛我们在这么多年的邻居之情、兄弟之爱和统一之国里就学会了这一件事。我恨所有人在判断所有事，我恨所有人在仇恨所有事，我恨所有人在仇恨之中仍然是好人。而我最恨的，是我自己是好人，我恨这一点胜过恨大雪和塞尔维亚的青铜士兵。我恨自己不敢去问雕塑家，为什么塞尔维亚青铜士兵雕像手里是一柄剑，而不是一把鲜血淋漓的刀。我恨你。我恨你，因为你走了，我恨我自己，因为我不得不留下来，留在这儿，一个连吉卜赛人都没有必要扎下帐篷的地方，一个群狗聚在一起闹事的地方，一个没有人去德里纳河游泳的地方。我问自己，这个胡说八道的人，如果她真的能讲故事，她现在会讲什么呢？如果她真的有味觉，她会觉得什么好吃呢？这样一具尸体的味道如何？一条河流会不会仇恨呢？你觉得呢？

我的仇恨无穷无尽，亚历山大。即便我闭上眼睛，一切仍然历历在目。

1995 年 12 月 16 日

亲爱的阿西娅:

米基叔叔还活着! 他终于又回到了维舍格勒的家, 他甚至就住在我们的房子里。三年来, 没人知道他怎么样, 后来他寄了一封信给奶奶。他说自己过得很好, 他很快就回来——奶奶在电话里念着他写来的信。至于从哪里回来, 信里没有写。奶奶说, 有人 1992 年就在维舍格勒见过米基。

"在比卡瓦茨宾馆?" 爸爸的嗓音一下子提高了, "绝不可能!"

关于卡塔里娜奶奶和她的电话, 没有人再摇头了。有一次, 爸爸对着听筒说: "我不知道, 我就是不知道。" 他紧紧地闭上嘴唇, 食指和拇指捏着鼻根。奶奶已经没有现在了, 她只有我们每一个人的过去。"我现在在还债," 她解释说, "这是时间借给我的债。" 一年半以前, 医生发现她的血糖高得惊人, 在胰岛素治疗以后, 她的人生就变成了一段回旋滑道的旅程, 忽上忽下的。在那些日子, 她打电话时忧虑不安, 若有所思, 然后突然又给所有亲戚打电话, 非常兴奋。台风婶婶认为我太夸张, 把什么都看得太认真，她说，知道自己以前什么样也挺好的。但自从她也接到了奶奶的一个电话以后，谈到这个话题时，她就一句话也不说了。

昨天有个庆祝活动。博拉叔叔称之为"代顿协议酒会"[1]，而且还写了一篇充满机智幽默的讲话，关于战争、和平、老兵以及我的长发。我的头发已经可以编成一条辫子了。爸爸说："关于代顿的笑话是不需要讲的，代顿本身就是最大的笑话。一份承认种族清洗的和平协议！"

在爸爸的一生中，他几乎会说出任何的话，但几乎不会做任何事。在这一点上，我们非常相似，我和他。只不过，我说得比他还多些，做得比他还少些。

我想象着，在你们那儿，因为和平而产生的喜悦要大得多。说实话：我虽然也非常高兴，但是我现在害怕将会发生在我们身上的事情。看起来，我似乎不得不回到波斯尼亚了。但是，我并不愿意回到那个驱逐了所有人的城市里去。不愿回去，这是我和我父母唯一观点一致的事。当他们和叔叔婶婶谈论这件事的时候，妈妈说："我宁愿死，也不愿意自己的眼睛看到这些谋杀犯。"这时，法蒂玛外婆站起来，在画报上电影女郎的低领上写下"谢谢，再见"，撕下这张纸，贴到自己的额头上。

在外面下着蒙蒙细雨的时候，法蒂玛外婆还会戴头巾，而吃饭的时候，总是会飘雨。她在内院里弄了一个巨大的园子。西红柿、黄瓜和辣椒。房管在，和房管在一起的还有警察，他们看着

---

[1] 1995 年 12 月 14 日，波黑战争交战的各方于巴黎正式签署《代顿协议》，同意结束战争。

法蒂玛外婆的园子，我们都紧张地看着这次告发的后果。在家族里，法蒂玛外婆是唯一和我合得来的人。邻居们所有的猄犬都到院子里来拉屎，现在我已经不再吃任何沙拉了。

我和外婆坐在园子里，外婆把她的秘密告诉我。她把手伸到头巾下面，拿出一张皱巴巴、破破烂烂的纸条放在我们中间。她递给我一把梳子，转过身去。外婆长长的头发。我梳着她的头发。当我梳好头发，她站起来，纸条就留在那里。

致以亲切的问候。

亚历山大

我究竟想做什么

我想说话，一次又一次地说话

我想说话，一次又一次地说话，但是我需要一个理由，应该是一个好

的理由，就是这样

我想看到一切

即便在坟墓里，我也想继续看，最好在睡梦中也继续看

我想拥有一个什么都不去看的绝妙理由，死亡不是个好理由

我想看到我在煮的东西

我想去世界看看

对我来说，这场糟糕的战争来得正合适

我的丈夫，我的拉菲克没有了

他脑子里总带着他那弯曲的脊背

他整个人生都是弯着腰的，这也没什么

我现在还想有点儿年轻，我没这么老

和拉菲克在一起，我只能老，只能待在家里
他干活，我在家，他不愿意
男人们看到我的头发多么漂亮

我想永远都有漂亮的头发，这需要保养

我想出去看世界，因此我离开了拉菲克
因为从德里纳河到中国，他都有原则

我想友善待人
我想要一个没有戴面具的太阳，但是谁能挡住云彩

如果我和你一样是魔法师，事情就不一样了
下雨、进步和火山，梅格丹会喷火
我们的烦恼就和现在完全不一样

我想对你们再有用一点儿，但是更想对自己有用

我不再想对每个人都好，我更愿意等

我想知道你二十岁的时候怎么样，你二十岁的时候知道什么
我不得不嫁给你外公时，他二十岁
在我村子里有棵核桃树，在夏天

树下的雪和没结婚的女孩子一样多
我想找另一个男人，或许也不找

我再也不想照看牲口，也不要照看礼貌的鸟儿

我总想有那么一次为自己所打破的东西而自豪

我不想死于孤独或死于愧疚或
死于某一种渔具或死于某一条河流，我想在死的时候
感到自己戴了许多首饰，就是这样

我想飞，想登上火山，想往火山口里扔一块石头。

法蒂玛外婆

1999 年 5 月 1 日

亲爱的阿西娅：

抱歉这么长时间没有给你写信了。你真的收到了我的信吗？你还在吗？我继续写，前一段时间，我大多是一个人，但我并不觉得有什么大不了。

我父母住在美国已经一年了，在佛罗里达。永远定居，目前是这样。爸爸摘了一个椰子，并且七年以来第一次又作了一幅画。他把这幅作品称作《拿着椰子的自画像》，选择的颜色仿佛是赭石和褐色的二重奏，底色是夏日草坪般饱满的绿色。妈妈的工作是从律师事务所开始的，她觉得这份工作并不难，美国的法律比我们的法律要清楚得多。她给自己买了溜冰鞋，每个星期天都去滑冰场，想在体育馆里看足球赛，不带爸爸。她觉得队员的球裤很合身。

如果我的父母没有移民，可能就被送回波斯尼亚了。这叫自愿回国。我认为，安排好的事情不能叫自愿，而回到一个原先居民的半数已经不在那儿的地方，也不能叫回国。那地方已经是一个新地方了，去那儿不叫回去，而是去一个新的地方。我可以想象在波斯尼亚上学是什么样子。我只看到我的旧教室，看到埃丁坐在我后面的长凳上。铁托的画像还挂在墙上。因为上学，我还能待在德国，我父母认为，我应该在德国考完毕业考试。妈妈给我写了十一个菜谱，十个简单的菜谱，还有一个是李子煎肉末排。她还向我解释什么是烹饪用的布。

去年在埃森期间，我们的生活好了一些。妈妈在一天清晨索性辞掉了洗衣店的工作。她报名参加了德语课程，三个月，每天去上德语课。此后她写了七十份求职申请书。在第七十一份求职申请里，她没再提自己是波斯尼亚人，然后得到了一份收银员的工作。

在这儿，我几乎没有和爸爸说过话。有时候听到爸爸的声音在叫我的名字，我甚至会感到惊讶。妈妈生病了，然后又好了，爸爸变得沉默了，也变老了，现在他坐在阳光里，画着静物，甚至还卖作品。

阿西娅，你知道吗，我从来没有努力过。我到了这儿以后就从来没有试着去问问父母在想什么，他们想做什么或者我可以为了让大家过得好一点帮上什么忙。我觉得和他们一起去面试很尴尬，我觉得把给他们的问题翻译过来也很尴尬："您的德语水平怎么样？"尽管法蒂玛外婆又聋又哑，听笑话的时候却会笑，睡觉时嘴巴还一张一合的，像在说梦话，但我从来没有为她而感到过不好意思。她在这儿有很多女性朋友，比我有过的朋友都多。外婆听她们聊天，她们也会问外婆的看法，外婆就点点头或者摇摇头。然后她就坐在房子前面的走道上，剪着手指甲。她最喜欢佛罗里达。她早早地起床，每天在邻居的游泳池里多游一趟。

有时候我希望人家用德语来写我的名字"亚历山大"，我也经常希望别人干脆不要打扰我。很长一段时间以来，我都在想，我只是在假装自己有青春期，就为了让父母不再担心。真的，我总想什么时候不再看到战争，不再听到困难，不再听到逃亡。

今天是 5 月 1 日，卡塔里娜奶奶想从维舍格勒给我寄了一个包裹。每到 5 月 1 日，卡塔里娜奶奶都会给我寄一个包裹。铁托的相片、爷爷的演说稿和奖章、我的少先队制服。每年的这段时间，奶奶都会跟我说，我曾经特别喜欢在宗教节日穿制服，我曾经可以成段成段地背诵《资本论》，并且理解它的意思。

现在，我爸爸会给自己买嚼烟了，他说："椰子！"说："我是第一个知道嚼烟怎么吃的波斯尼亚人。"妈妈说："这个赛季，杰克逊维尔美洲虎 [1] 有个好团队。"

晚上，其他波斯尼亚人应邀前来。妈妈做的切巴契契 [2] 和超市卖的汉堡包在走廊的烤架上烤着，蟋蟀叽叽地叫着，沥青的路面凉了下来，闻着像肉桂的味道。有个叫迪诺·萨斐洛维奇的，说他如何带着自己的军队，在战壕之间和塞尔维亚人踢了场足球赛，如何用自己的脸接住了一脚决定性的射门，并且从此以后嘴里就发不出爆破音了。他说自己如何在有一枚手榴弹的空树桩里生火，而我妈妈说她想我。她买了斯洛文尼亚葡萄酒，爸爸说，我们的蟋蟀能打美国蟋蟀的屁股。

---

[1]　职业美式橄榄球球队，位于佛罗里达州的杰克逊维尔。

[2]　切巴契契（Ćevapčići），一种用碎肉做成的肉卷，流行于巴尔干半岛地区。

阿西娅，我曾想在网络上搜索你的名字，那时我才注意到，虽然我在信封上总是不假思索地写上你的名字，但我其实根本不知道你姓什么。我一页一页地读着失踪者的名单，"阿西娅"这个名字出现了两次，这说明不了什么。不过，我毕竟还是明白了你的名字是什么意思。

　　当我在里面找自己的名字时，我也找到了一个。校园剧院里的《仲夏夜之梦》。我演过浦克。浦克是个精灵，仙王给了他一个任务，要他采一朵花，花汁能让沉睡者爱上自己眼睛看到的第一个活物。故事不算奇妙，但是浦克会魔法。在戏里，所有人都得到了爱情，甚至一个长着驴脑袋的也是。如果观众最后决定这是一场梦，那么一切都可能是一场梦。

　　阿西娅，我可以愚弄纳粹说自己来自巴伐利亚，我说："我出生于巴伐利亚。"我可以取笑弗里森人[1]，他们有点像我们那儿的黑山人——如果今天他们的裤裆拉链不是拉开的，那他们就索性明天再撒尿。我为五个国家队而感到高兴。如果有人说我是一个融入德国社会的成功范例，那我可能会得意到忘乎所以。

　　阿西娅（Asiya/Asija）：女名

　　1. 阿拉伯语名：治疗的、养护的；缔造和平的女人。

　　2. 据流传，虔信法老的女人的名字，曾将摩西从尼罗河中救出。

———————

[1]　弗里森人（Friesen），德国北部少数民族。

我爸爸问我知不知道，每年被椰子砸死的人比被鲨鱼咬死的还多。他用英语说："椰子是谋杀犯。"

　　我决定，这一切都是梦。

　　致以衷心的问候。

亚历山大

亚历山大，我一定要把这个包裹寄给你

我特意为了你——仅仅为了你——收拾了这个包裹。卡尔和弗里德里希，克拉拉[1]和铁托。整册书都在里面。你想起来了吗？你以前喜欢卡尔。还有，斯拉夫科的党员证，我也一定要寄给你。他的节庆演说。他的论文。你爷爷的手写体多么优美，就像画一样！大写字母像藤蔓一样！没有人再用手写字了。你也肯定是用打字机来打字的。这是不正经的！你怎么可能通过机器知道你看的是谁写的东西呢？还是说，你在亲嘴的时候，只想亲你女朋友的唇膏？报纸上登的关于你爷爷的文章，我也一定要寄给你。你曾经坐在他怀里，和他玩纵横填字的游戏。唉，斯拉夫科和他的纵横填字游戏！弗拉基米尔·伊里奇[2]的相片，铁托的相片你也一定要拿到。这是什么？《革命青年的使命》？没错，太好了！你就是青年！还有你爷爷填在字谜里的笔迹！还有铁托的制服，我

---

[1]　分别指马克思，恩格斯，蔡特金。蔡特金（Clara Zetkin，1857—1933），德国政治家，1917年之前活跃于德国社民党，是该党内马克思主义派别的重要代表人物。
[2]　即列宁。

们当时过得多好,我们这些绵羊!我简直受不了拍照时候的那一整出戏!我又不是因为你爷爷的会议纪要和他做的报告才嫁给他的。拥抱政治,多可悲!那些劳动歌曲,画着蔡特金头像的邮票,还有那些告诉我们如果铁托来市里,大家该怎么表现的传单——我该拿这些东西怎么办?里面写着,第一点:我们要装饰自己的露台,尽可能多在外面放绿色植物!除了绿色植物之外的东西,比如内裤、床单之类的,都要从露台上拿走!对,不然还像个什么样子!第四点也不错,第四点:每个人至少要带一枝花来,花要丢到街上去,而且恰好要丢在铁托车队第一辆车前面的两百米处。绝对不允许有什么东西扔到铁托同志的车上。亚历山大,我这辈子都从没用上过这些东西,但你肯定还有这一类的雄心壮志。虽然斯拉夫科和你一起读《资本论》的《商品》那章的时候,从来都是打瞌睡的,但你大段地背诵过这一章。甚至在不是节日的时候,你还自愿戴着自己的蓝帽子和红领巾。甚至在已经没有义务穿少先队员制服以后,你还是双手交叉放在背后,就像你爷爷经常做的那样。在四年级毕业典礼上,你还是红旗手。半个学校的人都跟在你和红旗的后面列队前进。因为开心和激动,你的耳朵都是通红的,就像烧起来了似的。红旗巨大。到队伍停下来的时候,要在某个指挥员头顶念一首诗,你坐到了那边,把红旗放到地上。有一张相片,照的就是你在红旗边休息的样子。这张照片我也一定要寄给你。你说,德国人现在是不是还会把所有南斯拉夫来的包裹拆开检查?德国人是不是还一直在监视我们?我不想给你惹上麻烦,要你去解释那些材料是干什么用的。斯拉夫科要在南斯拉夫共产主义者联盟第九届大会上做个报告。1970年开的会，可不是件小事。可惜那时没有一个报告人生病。这个报告，我也一定要寄给你。无产阶级中婚姻和家庭的角色与视角！母亲问题！教育问题！性的问题！具有高度的当下性！斯拉夫科对资产阶级的伪善感到愤怒！而我……我是他自豪的同志！唉，我的斯拉夫科……亚历山大，你什么时候结婚来着？

一切还如当初一般美好

亚历山大·克尔斯马诺维奇　著

附一篇卡塔里娜奶奶写的前言
和法兹拉吉奇先生写的作文

献给我的斯拉夫科爷爷

目　录

前　　言

亚历山大：

　　你那个时候四岁。你和我们睡在一起。睡在我和爷爷中间。你最喜欢这么睡觉。爷爷很早就要走。党委会。你又哭又闹。你要跟着一起去。他和你说了几句悄悄话。你就安静下来了。你笑了，笑了。后来，你妈妈到我们家来了。她要带你去理发。她知道爷爷不在家。不然爷爷总是会带着你。然后什么都不会离开了。思想者的头发总是落在前额上。你爷爷就是这样。我和你妈妈去旁边喝杯咖啡。去阿梅拉家里。"浪费时间。"你当时说。你还待在楼上。你在整理你的小汽车。你从来都没有正确地玩过这些车，你只是把它们换个地方停。你还给每辆车都编了点内容。哪儿来的，谁开的，那个古板的女司机出了什么问题，保时捷的排气筒吹着游击队员的歌儿。一个小时以后，我们回来了。小汽车还没有整理好，还是那样放在那里。你躺在那儿，在斯拉夫科的沙发前面。你在看电视。声音很小，小汽车很乱。你关了电视。你把前额的头发拨到一边去。小汽车放得到处都是。我立刻就看到了，看到花瓶不在窗台上了，而且其他地方也没有。你也没有吸地，因为你害怕吸尘器，也怕洗衣机。地毯上有微小的碎片。打这儿以后，你再也没提起过这个花瓶。打这儿以后，我也再没提起过这个花瓶。而爷爷可能从来就没注意到花瓶不见了，尽管这花瓶是他送的礼物。这你是知道的。他连续给我摘了三天的花。他用花把整个房子搞得漂漂亮亮。不管在这之前，还是在这以后，我从来都没见过这么多花。花瓶里曾经插着火红的罂粟花。小汽车还在那里。你已经穿好了衣服。我看着你。你说，你们现在要去理发。你妈妈感到惊讶。我什么也没说。我没有亲你的额头。我没对你说，晚上会有热牛奶。你总是刚好等十二分钟，然后就喝掉热牛奶。我没对你说，什么都没问题。没对你说，你还是个孩子。没对你说，你是我们的太阳，不需要因为几个碎片就战战兢兢。没对你说，你睡在我和爷爷中间的时候，我是多么开心。没对你说，你每天一起床就问五个问题的时候，我是多么高兴。每天，还没和我们说早上好，你就开始问，五个问题。你在梦里到底做了些什么？我没对你说一切都好。你们走了。我把牛奶架到了灶上。我把你的小汽车重新摆放了一下，把法拉利放到了前面。法拉利的司机是个荒漠游牧民，有一个病重的爷爷。这个老头躺在一顶帐篷里，在一个参加不结盟运动的非洲国家里。他用虚弱的声音对自己孙子说："我的太阳，我马上就要死了，但还有最后一个愿望。有一个遥远的地方，那里的水是固体的。你可以扔水，就像扔石头一样。你把这样的石头放在手里，只要足够久，石头就会变成柔软的冷水。我想在死之前喝一口这样的石头。我的太阳啊，给我取些这种石头来吧。"从此以后，这个游牧民就开着自己的法拉利，穿越世界，为了找到一条路，好把石头水带到荒漠，给他爷爷。这是那个时候你的故事，那时还没有人想到什么都不对了。那个时候，一切都还是好的。

你的奶奶

冰　激　凌

　　冰激凌永远都有，但这种冰激凌，不是永远都有的，这是我最喜欢的冰激凌，有着一个我最喜欢的名字：丝黛拉。"如果我有一个妹妹，"我对妈妈说，一边用蓝色的塑料小勺在冰激凌杯子里挖着，"那她就叫丝黛拉，好吗？""我又胖了吗？"妈妈吃惊地问我。我说："没有，但是在这个家里，有时候我说话也得算。"

　　我出生的时候，爸爸因为睡过了头，错过了，而妈妈则在生了我之后立刻昏迷了过去，她没法忍受这么多的血和粪便。所以当时唯一在场且意识清醒的亲戚，就只剩下我叔叔博拉了。他立刻喊道："这个难看的屎袋子，他应该叫亚历山大！"他说得完全没错。

　　我当时虽然还很小，但这样一个句子，你是永远不会忘记的。

　　我最喜欢的冰激凌丝黛拉是一种香草冰激凌，装在一只蓝色的杯子里。在冰箱里放着包在塑料纸里的彩色小勺子。如果买丝黛拉，就可以拿一个彩色的小勺子，免费的。我最喜欢的是蓝色。丝黛拉是一种怀孕的冰激凌，它孕育着一个秘密。在香草冰激凌的某个地方，有时候是顶上，有时候是中间，有时候在底下，总是埋藏着一颗冰冻的、暗红色的、酸酸的腌樱桃。

愿　　望

　　我的父母对愿望一无所知。我在清真寺。我明白这是怎么回事：跪着的时候想着一些还没有成为现实的美好事物。每一次弯腰都许给自己美好。去吧，但愿这些都能成真！清真寺铺满了五彩斑斓的地毯，从外面看是一支火箭，从里面看是一个胃。我很害怕。我有点儿特殊，因为我是里面唯一穿鞋的人。清真寺里没有四月，没有春天。我鞠躬，鞠躬，再鞠躬。

　　尊敬的清真寺，保佑红星队成为冠军吧。尊敬的清真寺，保佑红星队成为冠军吧。尊敬的清真寺，保佑红星队成为冠军吧。

　　尊敬的清真寺，保佑妈妈忘记怎么叹息吧。

游　行

　　少先队员的帽子被我戴歪了，我是个任性的少先队员。我坐在红旗前，精疲力竭，却非常满足。合唱团唱着《国际歌》。

1989 年 5 月 1 日或者少先队员手中的小鸟

我爬到椅子上，把额头上的头发捋到一边，清了清嗓子：

今天是五月一日，
风儿抚摩着红旗
红旗飘扬着你的名字：铁托。

雌鸟生下一个蛋
在我们博爱的巢里，
在我的手里。

小鸟从少先队员的手里钻出来
马上就变得和兰博一号 [1] 那样肌肉发达
长着蓝、白、红的羽毛和亚得里亚海一般的眼睛。

---

[1]　史泰龙主演兰博系列电影主人公，是威猛男性的代名词。

它是一只和平的白鸽
它是一只战斗的雄鹰
它是一只午饭食用的肥鸡。

它是孩子们的一只恐龙，
恐龙歌唱铁托和工人阶级
唱《国际歌》。

那鸟吃了五月一日
因为五月一日是未来
那鸟就长大了，也有了未来
就像我们的南斯拉夫。

我读着，把额头上的头发捋到一边，向观众表示了感谢，在斯拉夫科爷爷的掌声中爬下了椅子。

再也没有游击队员了

　　再也没有游击队员了。有特派员。有制服，有制服里面的士兵和制服前面的机枪，有将军。有红色的五角星。有阅兵式，有民族解放斗争，有装着人人会唱的歌曲的唱片。有黑面包和为领黑面包而排起的长队，还有愿意和游击队员做一切可能和不可能之事的爷爷。有少先队员的帽子，和游击队员的帽子一样，只不过是蓝色的，就算不是必须戴的时候，我也会戴着。有白色的坚果巧克力，厨房里有橘色的大储气罐，我们打篮球，用储气罐的环做篮筐，我叫德拉任·彼德罗维奇 [1] 而且三分球每投必中。奶奶在燃气灶上煮着牛奶。我总是精确地等待十二分钟，然后喝热牛奶，而另一个灶上，奶奶煮着床单，为了消毒。浴室里有绷带，院子里放着一个巨大的、不常清理的垃圾桶。有印第安人，有穿皮夹克的摩托车手。这些车手有时候会在城里停下，他们看女孩的样子和我们男孩没什么两样。在我们这儿，角落里有一座绿房子，屋顶很特别。有日本人，唯一一群在我们城里迷路的日本人就是在有着奇特屋顶的绿房

---

[1]　德拉任·彼德罗维奇（Dražen Petrović，1964—1993），南斯拉夫篮球运动员。

子那儿下的车。没人看到他们离开过这座房子。有暗地里悄悄画下的纳粹万字符，这个符号是被禁止的，所以每一张画着它的纸都被揉成一团，扔到了垃圾堆里。有德里纳河。有长达数小时的德里纳河边的静坐和垂钓。德里纳河里有鲇鱼，我认识一条留着小胡子、戴着眼镜的鲇鱼。有电脑游戏，叫作《推石小子》或者《太空侵略者》，或者《国际足球》，我一个又一个地打破游戏的纪录。有生日时送给我的自行车，我的第一辆"小马"自行车，绿色的，骑起来很快。我绕着圈骑，我是个大腿粗壮的短距离自行车运动员，穿着紧身衣。我因为紧身衣而被嘲笑过，但是嘲笑我的这些笨蛋，他们懂什么公鸡力动学[1]。有塑料袋。我奶奶从来不会扔掉塑料袋，她把塑料袋洗干净，当羊奶酪水流干的时候，她就把塑料袋放到一个叫储藏室的房间里，这个房间仿佛永远都装不满。无论什么东西，她都往里面囤，她说："谁也没法知道下一个来的时代是什么样。"有一个想法，我爸爸说："我要开一家店，满足艺术家的需求。"在梅格丹墓地的一座墓碑后面，当内绍的姐姐埃尔薇拉向我展示我和她之间有什么区别的时候，那是艺术家的需求，那是周日的午后。

这个区别看起来不太好。

有故意装作好像不是早就知道这回事的我。

墓碑上有一个游击队员。他藏在一个圆圆的框里，严肃地看着一切，头上的帽子镶着一个五角星。

再也没有游击队员了。

---

[1] 原文为 Erodimanik，亚历山大德语不熟练，本想说 Aerodinamik（空气动力学），但他不会这个词，把字母弄错了。

一次美好的旅行

　　每个夏天，我都和父母一起去伊加洛。在爸爸工作的那个工厂，全厂的人都去伊加洛。行业协会把人们从一个没有海的小城运到一个有海的小城，让他们在那儿待上一个月。伊加洛有一片艺术家的殖民地。所以爸爸成了唯一期待去伊加洛的人。艺术家殖民地的男男女女除了都留着飘逸的长头发之外，别的什么都不往身上挂。而当爸爸回家之后又不得不系上领带的时候，他就感到沮丧和压抑。至于妈妈是不是有所期待——不管是期待伊加洛，还是期待别的什么东西——却很难说。

　　"家人们，我们今年要去，去……"我爸爸上周以一种热情洋溢的电视台主持人的腔调宣布，手里挥动着宾馆的宣传手册。

　　"哎，爸爸，你可是只有当我向法兹拉吉奇先生——这位不再是教师同志的老师——证明我掌握了引号用法的时候，才会这么说话的呀。"

　　"没错，另外，我从来都没有用过那种热情洋溢的电视台主持人的声音说话。"

　　"……伊加洛！"妈妈用一种疲惫的电视台主持人的声音说，

然后去整理行囊。主持人只有在宣布一个无法改变的悲惨事实的时候，才会用这样的声音。

如果斯波克先生可以一起来，那么真正美好的旅行就将发生在今年。一次对于斯波克先生来说很美好的旅行，他是全城那些从来哪儿也不去的酒鬼的领导同志。当我看见斯波克先生在街上踉踉跄跄地走，就不由得想起拉菲克外公。对我来说，回忆外公很难，因为我想不起来外公的脸，只知道一个醉汉的故事。一只蛤蟆让我感到很难过，因为它不懂人们正要把它点燃；博拉叔叔让我感到很难过，因为他逼自己把膝盖弯下去，却永远都做不到；您，法兹拉吉奇先生，让我感到很难过，因为如果您还继续这么固执和不通情理，您很快就会忘记怎么笑。而斯波克先生也让我感到难过，因为他说："我比蛤蟆还惨，我连个伴儿都没有。我周围的什么东西都是石头做的——街道、山、人心，我这儿从来都没有海。"

我想给斯波克先生一片大海，也许对他来说，去伊加洛是可能存在的最美好的旅行了。于是我在一张彩色的明信片上写下"抽奖""斯波克先生"和"伊加洛"。我祝贺斯波克先生，但没有和他握手。这部分是最艰难的。我邀请了斯波克先生来我们家，这样他就可以冲个澡，梳洗一下。在他冲了第一次澡以后，我请求他再洗一次。我问梳洗完毕的斯波克先生是否知道怎么刮胡子，但他并不知道。作为奖品的一部分，我从爸爸衣柜里两件西服中拿了一件给斯波克先生，同样给他的还有四条领带，因为我知道爸爸是多么痛恨领带。我穿上爸爸妈妈觉得我最好的那条裤子。就这样，斯波克先生做好了准备，洗了澡，梳了头，清醒地和我在客厅里等着爸爸妈妈。我问斯波克先生是不是能听到命令就哭出来。

先来的是妈妈，她只问了斯波克先生是不是素食主义者。"我什么都吃。"斯波克先生答道，我给了他一个苹果、两片面包和两个鸡蛋。他可以晚些时候再煮鸡蛋，现在没时间了，爸爸已经穿过房门进来了。我用主持人的声音大声说："家人们，我们今年要去伊加洛啦……"我指了指斯波克先生，他立刻激烈地大哭起来。我诚恳地扬起眉毛，拥抱着爸爸。显然，这样的举动对我们两个来说都显得非常奇怪。

"亚历山大，到我画室来！"爸爸吩咐道，斯波克先生停止了哭泣。"这确实是一件公益的事，"爸爸教育我说，"但是很遗憾，只有家庭成员才能享受行业协会的这个福利。抱歉，斯波克维奇先生不能跟着我们去。"

"你们不可以收养斯波克先生吗？这样一下子就解决了两个问题：他可以跟我们去伊加洛，而我也不再是独生子了。"

"儿子，这些都不是真正的问题。"

"爸爸，您现在进行的也不是真正的对话。"

"替我向法兹拉吉奇先生问好。"

"好的。"

"不管怎么说，你还是离题了。"

"但从形式上看，我可是一点错都没有。"

亚历山大·克尔斯马诺维奇

人们是怎么消失的

　　在那个更好的德国，一堵墙倒下了，从现在开始，就只有那个更坏的德国了。这堵墙迟早是要倒的。大家都这么说。博拉叔叔，这个谁都需要的外来工人却说：在他看来，这个更坏的德国更好，因为这个德国付给他钱，因为那里一排有上百座一样的房子，大家不会相互嫉妒，交通也更有序，红绿灯不是摆设，而是真的会绿，而且那里还有洛塔尔·马托伊斯[1]，还有适合台风婶婶的探棒[2]。探棒就是台风婶婶塞进屁股里的小棉条，这样她就可以慢下来一点。有时候，我们这儿也有探棒，但是在那些太快的人身上，它也许作用没这么大，我也不知道。

　　因为墙的事儿已经安排好了，我们这儿就有了艾滋病，还停了一次电。在那看起来完全不像已经倒下的高墙顶上，快乐的人们摇动着黑色—深灰色—浅灰色的旗子。当他们在上面开心的时候，下面的人还在工作，把墙上的小石头敲出来。博拉叔叔说：

---

[1]　洛塔尔·马托伊斯（Lothar Matthäus，1961—　　），德国足球运动员，世界足坛巨星。

[2]　原文 Tanpon，应为 Tampon（卫生棉条），亚历山大误说成了 Tanpon。

"德国人就是这样，一直工作。"

德国看起来非常堵塞，到处都是人，几乎连街道都认不出来了。

现在又是留着正经发型的新闻播报员。他说：瘟疫。又说：美国。又说：性病。又说：在南斯拉夫又有四例确诊。艾滋，他说着扬起了眉毛。宇航员透过小望远镜看着，有人说：病毒。还有：血液。还有：致死。

因为在更好的那个德国，墙倒下了，所以一切糟糕的事情都来找我们了！停电也来了——奶奶吓了一跳，声音没了，电视机只能发出沙沙的声音，一片漆黑。当人从活着突然一下子不再活着时，大概就是这个样子吧：人们吓了一跳，后来不知是谁点了一根蜡烛。在我们这儿，点起蜡烛的是爷爷，于是桌边的面孔在烛光里染上了烤过的半个土豆的颜色，而且这半个烤土豆还得了艾滋病。在一个夜晚，我明白了墙是如何倒下的，人是如何倒下的，甚至光是如何倒下的：需要为此负责的永远是一种疾病，而倒下之后就是消失。更好的那个德国病了，而且消失了。艾滋是个骄傲的病，它甚至不会小写字母，也不通过咳嗽或摸狗传播。它看重的是我们的血液。

我躺到地毯上去。躺着的时候，我就不会倒下了，也不会割伤自己的手指而染上艾滋。尽管如此，我还是等待着，等待着自己消失，而斯拉夫科爷爷、卡塔里娜奶奶、台风婶婶和博拉叔叔则在烛光里打着洛梅牌。

为什么医生叔叔切开了某人的小腿肚

摩托车手在维舍格勒城中呼啸而过。奥地利人，瑞士人，意大利人。德国人的马达最大。米夏埃尔骑的是川崎摩托车，于尔根骑的是本田摩托车。医生叔叔说"德国和日本一直是好朋友"，却不愿意回忆这个事实。

有时候，骑摩托的也会两两坐在车上，全身都是皮衣。在河口饭店里，这些穿皮衣的摩托车手喝着柠檬水，说我们的河很好。医生叔叔——我们这么叫他，因为他曾经切开过某人的腿肚子——向我们眨眨眼："我给摩托车手倒上的可不仅是柠檬水。"当医生叔叔没有客人，无事可做的时候，他就会坐在宾馆的花园里，打开自己的折叠小刀，又合上，打开又合上，发出啪嗒啪嗒的声音，然后就在阳光里睡着了。

从六月份开始，我们已经数过有十五个骑摩托的了，但我们也并不总是一直站在那儿，数着骑摩托的人。

"柠檬水里有一些我的东西。"医生叔叔把柠檬水的秘密透露给我们。他没有说柠檬水里究竟有他自己的哪一部分，我们也永远都不可能把秘密泄露给那些穿皮衣的德国人，因为意识形态的关系，他们那儿的话和我们这儿的不一样。在我们这儿，没人骑这样的摩托车，因为没人敢穿着这种滑稽的皮衣上街。

我和埃丁在医生叔叔那儿分喝一杯柠檬水，叉开两腿坐着，装得好像我们是德国人似的。"Hans kugl kluf nust lust bajern minhen danke danke"，[1]我们俩学着德国人的口音说话。也许这样，医生叔叔就会告诉我们，他总在德国人的柠檬水里放的，到底是他自己的哪一部分。

---

[1] 这句话是模仿德语的发音写的，并无实质意义。

为什么武科耶·武尔姆被打破了三次鼻子，
却没有打破我的鼻子

今天，铁托的画像从教室里被摘走了。武科耶·武尔姆信誓旦旦地说，放学以后要狠狠揍我。

最后一节课的铃声响了。所有人都暴风雨一样地冲出教室，武科耶指着我，然后用手在自己的脖子上划了一下。埃丁耸了耸肩膀。"我坐到你身边，"他说，"那样他就得打两个人，很快就累了。"

埃丁的主意最好。

三次被打破过鼻子的武科耶·武尔姆已经在操场上等着了。他不是一个人。"武科耶，老朋友，你还好吧？"我冲他喊道。武科耶脱下夹克衫，绑紧靴子，推了我好几次，问我到底是要挨踢，还是挨打，还是要让他勒脖子。很快，我们身边就围了一大群学生，像成串的葡萄一样，挤挤挨挨的。

"勒脖子吧，因为你不可能勒得住我的脖子。"我答道。

"答得好。"一个长得很高的年轻男子从学生堆里站出来，杵在武科耶面前。这人比武科耶高三个头。"滚蛋，"他冲武科耶发出嘶嘶声，"不然我就用额头把你的额头撞出布丁来。"

武科耶站在那里，两手叉在身体两侧。在他的鼻梁上，雀斑像一条穿着珍珠的线。他向一侧吐出一线唾沫，威胁地指着我。当武科耶和他的人慢慢地向前走过来的时候，我发现了自己的救星。达米尔·基契奇。达米尔是我们这个城市出来的最有天赋的足球运动员，他甚至以前就来过我们学校。

"谢谢！"其他学生失望地走上回家之路的时候，我对他说道。

"我其实还真想看看你们打这一架。"达米尔说。

"布——谷——"埃丁学着布谷鸟的声音，摊开双手，骨节咔嚓咔嚓响。"要对付我们，武科耶是没有机会的。"他说。

"达米尔，你在城里做什么呢？我想你现在正在萨拉热窝踢球吧？"我问道。

达米尔笑了。"叫我基科吧。"他说。

"基科，你说，人们说的那些是真的吗？他们说，你可以用头顶球，想顶多久，就顶多久，"埃丁问道，"他们说得太夸张了吧？"

"我们可以打个赌……"基科抓了抓脑门，"而且这个赌是我们不会输的赌。"基科笑了，喉咙里的那个小球跳上跳下。我们开球了。

星期天，12点。操场是空的，只有一个女孩，小心翼翼地骑着自行车在那儿拐着弯，她妈妈帮她扶着座椅。

埃丁带着球。我们射进去了几个球。

"你觉得他会来吗？"埃丁问。

"他显然会来。你带打赌的钱了吗？"

天气很热，球掉落下来时，热气形成了一个空间，皮面拍打着混凝土，发出回声，这就是夏天。如果我是个能赋予事物超能力的魔法师，那么冬天和秋天就是两个休息日，安排在十一月份的某个时间，而春天就用来替代四月这个词，一年的其他时间就可以当夏天了，于是生活发出回声，沥青融化，妈妈把酸奶抹到我的晒斑上。

"他来了。快把钱给我！"

"你们好，小伙子们！"

"你好！"

"天气热得很，不是吗？"

"没错。"

"有铜板吗？"

"你不用数。"我说着，把那一摞钞票递给基科。他用食指和拇指在舌头上蘸了一下，在手上整理起那把皱巴巴的票子来。"把他的赌注也给我拿来。你最好清点一下。"

"都在，都在。"我说。

"那就可以开始了。"

"等会儿！"埃丁手里拿着一把直尺。他把尺子放在基科的脚上，然后从小腿量到大腿，经过屁股，一直到头上。基科必须得好好地把身体舒展开来。女孩的妈妈放开了女孩，她摇摇摆摆地骑着车，越来越慢，往前面滑去，用脚刹住了自行车。妈妈拍着手，女孩大声地抱怨着："你没有扶着我，你放手了。"她叫起来，"再来一遍！"

"从上星期到现在长高了四厘米，不错。"基科龇牙咧嘴地笑着，脱掉上衣，把球抛得高高的。"一，二，"埃丁数着数，"三，四，"炎热是一个在自行车上叫喊的女孩，"五，六，"埃丁继续数着，晚夏是一个一百九十二厘米高的赌，"七，八。"他数着，那个女孩喊道："妈妈，你看，我在骑车，我在骑车，我会骑车了！""九，十。"我们数着，数到十的那一刻，基科开始吹口哨，"十一，十二。"他几乎一动不动地站在那儿，只有当球即将碰到他的额头时，他才把头稍微往回缩一下，到第十三下的时候，他把球顶到高高的空中。"如果不顶得高些，就会招来厄运。"他喊道，于是球飞呀，飞呀。埃丁说："十四，十五，十六，十七，十八，十九，二十，二十一，二十二，二十三，二十四，二十五，二十六，二十七，二十八，二十九，三十，三十一，三十二，三十三，三十四，三十五，三十六，三十七，三十八，三十九，四十，四十一，四十二，四十三，四十四，四十五，四十六，四十七，四十八，四十九，五十，五十一，五十二，五十三，五十四，五十五，五十六，五十七，五十八，五十九，六十，六十一，六十二，六十三，六十四，六十五，六十六，六十七，六十八，六十九，七十，七十一，七十二，七十三，七十四，七十五，七十六，七十七，七十八，七十九，八十，八十一，八十二，八十三，八十四，八十五，八十六，八十七，八十八，八十九，九十，九十一，九十二，九十三，九十四，九十五，九十六，

九十七，九十八，九十九，一百，一百零一，一百零二，一百零三，

一百零四，一百零五，一百零六，一百零七，一百零八，一百零九，

一百一十，一百一十一，一百一十二，一百一十三，一百一十四，

一百一十五，一百一十六，一百一十七，一百一十八，一百一十九，

一百二十，一百二十一，一百二十二，一百二十三，一百二十四，

一百二十五，一百二十六，一百二十七，一百二十八，一百二十九，

一百三十，一百三十一，一百三十二，一百三十三，一百三十四，

一百三十五，一百三十六，一百三十七，一百三十八，一百三十九，

一百四十，一百四十一，一百四十二，一百四十三，一百四十四，

一百四十五，一百四十六，一百四十七，一百四十八，一百四十九，

一百五十，一百五十一，一百五十二，一百五十三，一百五十四，

一百五十五，一百五十六，一百五十七，一百五十八，一百五十九，

一百六十，一百六十一，一百六十二，一百六十三，一百六十四，

一百六十五，一百六十六，一百六十七，一百六十八，一百六十九，

一百七十，一百七十一，一百七十二，一百七十三，一百七十四，

一百七十五，一百七十六，一百七十七，一百七十八，一百七十九，

一百八十，一百八十一，一百八十二，一百八十三，一百八十四，

一百八十五，一百八十六，一百八十七，一百八十八，一百八十九，

一百九十，一百九十一，一百九十二。"

为什么哈桑大爷和塞亚德叔叔不能分开，最聪明的鲇鱼学者预料不到的是什么

哈桑大爷和塞亚德叔叔去钓鱼不是为了消遣，他们钓鱼不是出于和鱼斗争的兴趣，也不是因为要寻找安宁，也不是因为在德里纳河边钓鱼时不会想什么坏事。哈桑钓鱼是因为他想比塞亚德抓到更多的鱼，塞亚德钓鱼是因为他想比哈桑抓到更多的鱼。而我钓鱼则是出于完全不同的原因，因为我爱吃煎鱼，而且抓的鱼比他们俩加起来还多。

哈桑老婆车祸去世之后，他第一次献了血。几天以后，塞亚德也和他一样去献了血。事情就这样继续下去，最近哈桑告诉所有人，说他早已把塞亚德甩在了后面：82升比53升[1]，他完胜。

我站在桥上，用蚂蟥钓鲇鱼。在初夏的炎热中，哈桑和塞亚德从桥头走到我这儿，一路都在讨论。我没仔细听他俩争了些什么，但是从他们激烈的手势和谈话的碎片来看，争执的内容关于生命，关于死亡，也关于黄瓜沙拉。"水清着呢，亚历山大！"

---

[1]　这两个数字远大于正常献血量，二人应在互相吹牛。

他们不再抱怨，搭起了台子：一张三条腿的板凳，一张四条腿的板凳，一个白色的钓鱼箱，一个黑色的钓鱼箱，蚂蚱，还有蠕虫。浮标刚抛到河里，这两只好斗的公鸡就开始相互埋怨，说浮标抛得这么近，都是对方的错。"就算是最蠢的鲑鱼，也不会相信蚂蚱和蠕虫会一起到河里去洗澡！"哈桑摇着头说。

一般来说，在钓鱼的时候，任何不是从河里发出来的声音都会打扰到我，但是哈桑和塞亚德的闲话却挺有意思，而且他们需要我这个裁判。就这样，我不得不一直笑下去，然后他俩再让我评判他们吵的时候哪些话还算可笑。平局在我这儿是不存在的。如果非要出现难分胜负的局面，那只有一种可能，就是他们不再吵架，只管钓鱼。但要是这样，不仅是他俩，连我，甚至水里的鱼都不会愿意。

塞亚德说，素食主义者都指定有点儿毛病；哈桑说，他们也没这么差，哪儿有鱼没有刺，哪儿有人没毛病。当我正被问到这回塞亚德和哈桑哪个赢的时候，我的浮标猛地一沉，往水下走，拉扯得急，我顾不得多想，使劲把钓竿扯起来。浮标没有再从水底下出来，阻力太大了，渔线绷得死紧，哈桑叫道："啊呀，你这胖……"他看到我扛不住这种力量，看到我被拖住，双手紧紧地抱住被拉弯了的钓竿往水里滑去。塞亚德伸手去够钓竿，但是很笨拙，眼镜从他鼻子上飞下来，掉进了河里。最终，我放了更多的线，留给水里这个疯狂的巨物更大的空间。"应该还能再游一会儿，应该先游一会儿，不过马上，亲爱的，马上我就又能呼吸了。"

"在钓鱼人讲述的故事里，那条鱼永远比他们手里捧的鱼更大。"斯拉夫科爷爷打断了我的讲述。

"我的鱼是条鲇鱼，现在和挂在钩子上的时候一样大，"我像爷爷教我的那样回到故事里，"我们看得出来，这是条鲇鱼，它在十五分钟之后第一次浮出水面，漂亮极了，至少有两米！这鱼的力气就像一个哈桑和一个亚历山大合起来那么大，或者像一个塞亚德和一个亚历山大合起来那么大，但绝对不会像一个哈桑和一个塞亚德合起来那么大——这是不行的，因为他们俩一合起来就会立刻导致争吵，然后大家就忘记了钓鱼。"

半个小时之后，我仍然没有搞定这条鲇鱼，但鲇鱼也没搞定我，塞亚德也没搞定他自己的眼镜。是这条鱼把我们弄得筋疲力尽，而不是我们把它弄得筋疲力尽——我们一把它拉到靠岸更近的地方，它就用有力的尾巴拍打水面，像一条狗一样，左左右右地拉扯着渔线，突然沉到水里，使得鱼竿危险地弯曲起来，渔线濒临被扯断的地步。塞亚德变得越来越沉默，建议我们放弃。哈桑倒变得越来越健谈，既然塞亚德想放弃，哈桑脱下上衣和裤子，做了五次蹲起，跳进了河里。日头挂得高高的，天气很热，哈桑浮出了水面。"小伙子，用尽全力吧，让我们把这条鱼搞定！"

我摇动线轴，直到我的双手感觉到了重量，鲇鱼也感受到了我的重量，扯着线往左边走，但这次不行了，我给了它一个反向力，鲇鱼现在该多么痛！这次不行了，鲇鱼也这么想，完全沉入河流，我——往前抢了几步，用脚抵住一块石头。塞亚德跳过来帮我。"您别管啦。"我说，我拉着鱼竿，鱼竿在空中写了个字母

"C"。"这是私人恩怨,现在——或者说这是它自找的。"我低语着。哈桑有力地挥动双臂,向着渔线出水的位置走去。我的手臂在颤抖,钓竿在颤抖,每转动一次线轴,我都等着一声清脆的咔嚓声。我感到自己的心脏在飞快地跳动,一厘米都不肯退让。鲇鱼终于跳出了水面,似乎在表明这是最后一轮较量。它炫耀着自己无鳞的黑色脊背上明晃晃的疤痕,炫耀着自己跳跃的高度,炫耀着自己挑衅一般的黄色眼睛:我拥有一个博学男子的美貌,而且这次不会是我将赢得的唯一战斗。它了解我,它能识破我的每一个伎俩,但它不了解疯狂的维舍格勒人。我用尽最后的力气,使它停留在水面上,一切几乎都要断裂了,钓竿、渔线、我的手臂。哈桑潜到水里,整条河流都和他一起沉潜到了一种巨大的寂静之中。

什么都看不到了。哈桑不见了,鲇鱼也不见了。渔线松了,在水面上画出一个弧形。完了,我想,鱼跑了。就在这时,鲇鱼突然蹦起来,渔线又绷紧了,它猛烈地和我对抗,让我吃了一惊——我不肯放松,我摔倒了,撞到了头,我失去了控制,血从下巴上滴下来。而在河里,离冰冷的德里纳河岸边不远的地方,哈桑和鲇鱼正在水面搏斗,突进,水花四溅,漩涡,缠在一起。我躺在地上,伸手去抓钓竿,肚皮着地,被拖到了河里。塞亚德抓住我的腿,给我鼓劲:"小伙子,把它从水里拖出来!"我在水下继续摇动着线轴,现在只有重量,钩子上已经没有反抗了。塞亚德把我拉到岸上,在我们面前首先浮出水面的是哈桑那为数不多的头发,然后是他的脸,脸上挂着水草,最后是他怀里的:鲇鱼。鲇鱼留着小胡子，鼻子上架着塞亚德的角质边框眼镜。

我躺着，笑着，笑着，流着血。哈桑笑着吐出嘴里的水和烂泥，"它一直把我拖到河底……"他说。塞亚德笑得最大声："学者先生！你戴这副眼镜比我合适多了！"他擦了擦鲇鱼头上眼镜的镜片。我把手放在鲇鱼冰凉的大头上，摸着这个疲劳的学者的脊背，还有它长长的腹鳍。我想着能从它身上留下些什么。鳞片，它是没有的，而且也没从水里带上来点什么。

"放走？"我问道。

哈桑和塞亚德第一次达成了一致。

"那你留下了什么呢？"爷爷问。

"我留下了那一天。"我看着爷爷说。

象棋和国际政治之间是什么关系，为什么斯拉夫科爷爷知道明天革命就会来，有些事情怎么可能这么难说出口

　　斯拉夫科爷爷和我首先放倒了几头牛，然后在一头倒下的牛身上下起了象棋。棋盘上，皇后打了国王一个嘴巴，带着黑卒子，骑着白马，一路烧到保加利亚去了，烧到黑马在黑海边的故乡。这么多的黑和白！

　　"这来自国际政治上用于宣传煽动的非黑即白的绘画艺术，将军！"爷爷说着打开了一份三十年以后要印出来的报纸。我当时正在帮太奶奶扶着一棵橡树。她把橡树扛在肩上，要煮橡子汤。泥土从橡树的根上扑簌扑簌地掉下来，我就把碎肉李子种进去。

　　"政治宣传是业余艺术家吗？"我在德里纳河上喊道，正在和一条鲇鱼搏斗。鲇鱼留着小胡子，戴着眼镜。爷爷说："政治宣传是一个讲童话的人的名字。"

　　报纸和爷爷的关系，就像人人都有的便宜货和唯独我有的昂贵货之间的关系。

　　"亚历山大，你总和德里纳河说话，你究竟和它说了些什么？"爷爷戴上了约翰·塞巴斯蒂安的假发，把体育版面上红星队

的排位改到第一名。

我在爷爷耳边轻轻地说话，吻着他的头发，仿佛他才是孙儿。爷爷闻起来像刚印出来的报纸上的字谜，递给我一盒丝黛拉的冰激凌。

"绵羊其实不是从天上落到地上的白云。"我说，而且在爷爷面前模仿着德里纳河的声音。这个声音如此冰冷地从我手上流过，爷爷和我游进一座温暖的房子，躺到了带有土耳其语借词的床上："jastuk""jorgan""čaršaf"——枕头，被子，床单。爷爷说："土耳其人把自己的语言带到了我们这儿。"爷爷向马里察·波波维奇招了招手，马里察正从窗外飘过。如果人们待在一起的时间很多，那么不知道从什么时候开始，大家讲话也变得相似了。

人们在背后说我讲话就像我爷爷。这世界上没有比这更高的恭维了。

"扁桃体是最差的身体政治宣传！"我躺到新铺的床上，咳嗽着。我得了扁桃体炎症，把吐出来的液体抹得满脸都是，这样人们就会以为我脸上的眼泪多得不行，比谁都哭得厉害，所以就不会给我打青霉素针了。

醋——土豆——热敷，这些真的可以退烧。爷爷给我带来了橘子和碎肉李子，放在床边，解释说："饥饿的热度会游走到小腿肚。"

海象说："唯一有用的敷法是用烧酒，敷在脚上，但你年纪太小了，不能沾酒。没什么比从脚上开始醉起更糟糕的了。"

"穿好衣服，我们开车走。"爸爸吩咐道。

艺术家是最锲而不舍的业余职业。

在去医院的路上，我们在桥上停了一下，因为伊沃·安德里奇骑着一匹马，正要跳过德里纳河去。整个维舍格勒都在场，而且在跳舞。前奏是台风婶婶和卡尔·刘易斯的过桥赛跑。诺贝尔奖得主给马喝酒，他们开始起跑。

我可以永远不知疲倦地看着爷爷刮胡子。我靠在洗脸池边，身上都起了鸡皮疙瘩，爷爷和我就是这么安静。

马蹄一声声敲打着沥青路面，安德里奇纵身跃起。

"你觉得，他能成吗？"爷爷问我，然后给奶奶采了三天的花。

"难说。"

堤坝必须恪守什么样的诺言，世上最美的语言听起来什么样，
一颗心需要多么频繁地跳动才能打败羞耻

　　弗兰切斯科搬到了对面去，老米蕾拉做了他的二房东。老米
蕾拉把她那积了灰的梳妆盒拿出来，看到香粉都结成了坨，又碎
成了渣，口红也没法用了，于是她就在弗兰切斯科搬进来的那天
买了全套新的化妆品，红着脸颊在花园里到处摘西红柿。从花园
望去，可以很清楚地看到弗兰切斯科的房间。在温暖的夏夜，弗
兰切斯科坐在阳台上，坐在我们大坝的建筑图纸上，全副武装，
拿着一把巨大的圆规。他穿着汗衫，而从花园望去，也可以很清
楚地看到阳台。我们街道上的妇女，后来则是全城的妇女，都过
来了，都来帮老米蕾拉拔草、拔萝卜、摘黄瓜和采樱桃。在短短
的一年半时间里，在这么一片灰绿之中能长出这么多东西，简直
是植物学上的奇迹。我和埃丁把米蕾拉的花园叫作原始森林。埃
丁发誓说自己曾经在一个南瓜上见过蝰蛇。在去上班之前，妈妈
会从窗帘里向外张望，因为弗兰切斯科上班之前会在米蕾拉花园
里的樱桃树上做引体向上。樱桃和我妈妈的脸颊都绽放得很灿烂，
于是我决定，要么和弗兰切斯科交上朋友，要么把他赶走。

一天晚上，我走到篱笆墙边，盯着弗兰切斯科的后背看。我的目光如此具有穿透力，从他的脊柱向上爬到他脑袋上，使他不得不转过头来。我听不懂他说的话，他也听不懂我说的话。我指指足球，又指指他，说："迪诺·佐夫[1]。"我要和他打个赌，很简单：我射门五次，只要弗兰切斯科至少能够接住我的三个球，他就可以留下，如果他接到两个或者只接到一个，那我就要烧掉他的图纸，把他的圆规和汗衫一起埋到园子里草莓的下面，然后蛤蟆、鸽子和猫就要住进他的房间，怎么样都行。但是，如果他哪怕故意放过一个球，我就要告诉我们这儿人称"大屠杀"的屠夫米斯拉夫·沙基奇，说他老婆最近总穿着夏天的小连衣裙站在樱桃树下，在向弗兰切斯科的汗衫告别之前，她总摆弄着自己的头发，而且还大声地笑着。

　　就这样，弗兰切斯科和我成了朋友。那些不知疲倦的妇女——在园子里帮忙的、烤了点心端过来的——没人想阻止弗兰切斯科说意大利语，恰恰相反，她们喜欢听他说意大利语。但是，在弗兰切斯科轻轻松松地接住了我所有的球之后，就在那个晚上，我马上教了他几句本地话。他已经会说"我叫某某某""我是堤坝工程师"和"不用了，谢谢，我真的吃不下"这几句了。我打开他的字典，指着"婚姻""一点点""花饰"和"眉毛"这几个单词，然后指指自己的耳朵，用意大利语的腔调说："讨人喜欢。"我这么说并没有撒谎，而且听起来很像意大利语。弗兰切斯科跟着我

―――――――――

[1]　迪诺·佐夫（Dino Zoff，1942—　），意大利守门员，曾作为队长带领意大利国家队赢得 1982 年世界杯冠军。

说："我，有一点，结婚了，但是，我的，老婆，绝对，没有，这么，巴洛克式的，眉毛，也没有，像你一样，讨人喜欢的，大，耳朵。"

"如果你喜欢哪个女人，"我跟他解释说，"那你就这么说。"我指指自己的眼睛，又用手在空气中比画了一下，比画出一个大屁股女人的轮廓来。男人在吃多了熏肉以后经常这么比画。"对我妈妈，还有对那些丑女人，你就说：尽管您极其友善，但是我极其已婚。"我最终没有到弗兰切斯科的阳台上去喝柠檬水——我们关系还没有这么铁。当老米蕾拉把她自己做的樱桃馅饼端到阳台上去的时候，弗兰切斯科对她说："尽管极其友善。"弗兰切斯科听懂了我教他的一切。老米蕾拉感到尴尬，弗兰切斯科先指着词典里的"丑陋""女人""不"这几个词，然后又指着"男人""男孩""不要"，最后指了指自己的眼睛和单词"学习"。弗兰切斯科不仅是个造大坝的，他在爱情上也算个领导同志了。

从这个夜晚开始，我频繁地拜访弗兰切斯科。词典就放在桌子上，在我和他之间，弗兰切斯科画着图，我写作业，喝柠檬水或者读世界音乐百科。弗兰切斯科跟我解释说意大利是一只靴子。我画了一只一半浸在亚得里亚海里的拖鞋，送给了他。我的第一句意大利语是这么说的："美女！我叫亚历山大。我可以给你点一杯柠檬水吗？"[1] 我把这句话说给埃丁听，说的时候还把手放在胸前。埃丁看什么似的看着我，好像我是个唱歌剧的，又好像我是

---

[1] 原文为意大利语。

个在维舍格勒的日本人，然后他走开了，走得非常无语，非常缓慢，不停地摇着头。"我单纯是练练，为了和亚斯娜说这句话！"我在远去的埃丁身后喊道。

我试着跟弗兰切斯科解释意大利人和南斯拉夫人不仅仅是邻居这么简单。因为谁要是一起分享大海的美好，又一起分担"二战"的苦难，那他们一定要更多地在一起唱歌。我不知道他是不是听懂了，在说到墨索里尼的时候，他连喊："不，不，不！"我喜欢他聚精会神地沿着直尺画直线的样子，他在直角那儿停下，那线是多么细！我也喜欢他在计算器上按数字的样子，几个小时，自言自语地用意大利语低声念着"平方""五"或者"十万"。他说"十万"这个词的后半截的时候，我最开心，我对他说："弗兰切斯科，你看，大海、战争，还有我们表示'亲爱的'都是同一个词！"[1]

八月中旬，雨来了。激烈，短暂，意料之中，当雨点像鼓点一样敲打在阳台顶上的时候，甚至连蟋蟀的叫声都是那么波澜不惊。我们很安静，尽管我们聊了很多——我们的声音是翻词典的沙沙声，我们指着一个个单词，造着一个个漏洞百出的句子，一直造到意大利去了。

也有一些夜晚，我们什么也没有说，既没有用我们的声音，也没有用词典的声音。在这样一个夜晚，我给斯拉夫科爷爷写了一封长信，要在党内申请一个赋能魔法师的职位。我还在信的后

---

[1] 意大利语"十万"是 centomila，后半截的 mila 在塞尔维亚语、波斯尼亚语和克罗地亚语中恰好是"亲爱的"之意。

面附上了一张各种能力的清单，等待着用魔法去实现。弗兰切斯科喝着葡萄酒，在图纸上画着。在他把嘴唇贴到杯沿上之前，他总是先闻一闻酒，当他完成了工作时，他总会按摩自己的太阳穴，这让我感觉到疲惫，但很满意。

另一次，弗兰切斯科带着我到了德里纳河边的草地上，从一个黑色皮包里拿出一些银光闪闪的小球，开始扔球。"博洽[1]。"他说道。他把这个游戏的规则告诉我，还告诉我，虽然读起来是博洽（Boća），但写下来却是"Boccia"。我试着跟弗兰切斯科解释，我们南斯拉夫人在各方面，甚至在我们的文字上都很节省，因此当两个 c 写在一起，有一个 c 就纯属浪费。到了第二天晚上，海象参与进来了，一周以后，玩这个的就有了六个人，然后又变成八个人。弗兰切斯科擦拭着小球，屠夫"大屠杀"则用意大利语说着"小球"或"滑行"之类的。要是弗兰切斯科的小球多于 16 个，那很快整个城市都会玩地滚球了。我一直都在，这是弗兰切斯科决定的。有一次，我甚至都没有落到最后一名。

我把妮维雅面霜抹到头发上，让头发变得和弗兰切斯科一样油亮，还把意大利国家队员的名字记了下来。弗兰切斯科还是能接住我的所有点球。意大利的音乐很慢，歌手深受其苦。我听说，意大利人不全是黑头发的，我也向他透露，南斯拉夫人也不都喜欢布雷克卷。弗兰切斯科身上从来都没有过汗水或洗衣液的气味，而是总散发着同样一种柠檬香水的味道。如果我有一天和弗兰切

---

[1] 意大利式室外地滚球游戏。

斯科一样大，我也要穿一件画着短吻鳄的上衣，穿总是闪闪发光的鞋子，而且也要散发着柠檬的味道，柠檬则来自一个每个单词都用"i"结尾的世界。有一天晚上，塞费尔叔叔偏偏在我们家。他是个优雅的小个子男人，穿着西装，好像是管理堤坝的二把手。塞费尔叔叔说，弗兰切斯科喜欢男人。我把电视关了，一切都变成了另外一个样子，而这另外一个样子的一切都和弗兰切斯科有关。我仔细地听着塞费尔叔叔说话，却一点儿也听不懂。塞费尔叔叔说自己为一种叫作"声誉"的东西感到忧虑，还为一种叫"工作氛围"的东西担心。"这样的事情，"他说，"很可能是不规矩的。"他拿弗兰切斯科那梳得一丝不苟的头发打趣，而我妈妈则充当了他的应声虫。"这样的事情，"她说，"很可能是不规矩的。我真的从来没想到还有这种事儿。"

在弗兰切斯科读意大利老报纸的摇椅上，有什么"这种事儿"和什么"从来没想到"？在我们的街上，在第二天我妈妈和邻居妇女们聚在一起并且偷偷地看着弗兰切斯科阳台的街上，有什么"这种事儿"和"从来没想到"？"从来没想到还有这种事儿"到底是什么？

不久以后，不仅仅是妇女们，而且人人都在对弗兰切斯科指指点点。"这真是有病。"人们摇摇头。而我学到了，有这样的爱，有那样的爱，不是每一种爱都是好的。后来，弗兰切斯科仍然准时地来工作，还是把头发往后梳。对于人们的那些反应，他似乎懂得比我还少，或者他觉得根本就无所谓，但这让我很抓狂。他心情不错，还是读报纸给我听，永远在想着他那些愚蠢的图纸，甚至在他发现自己的车门被人故意用钥匙划了以后，还是这样。玩地滚球游戏的时候，现在只有海象还会来了。其他男人坐在河边的长凳上，嗑着南瓜子，看着河水。

我很愤怒。因为我不再需要在弗兰切斯科的短裤前面保护妈妈了，相反，妈妈对爸爸说，他们必须保护我不被那个意大利人伤害——"看看他们俩私下说话的那个样子。"她说。我很愤怒，因为我们的词典里没有解释"从来没想到还有这种事儿"。

塞费尔叔叔来访过去一周之后，我看到弗兰切斯科在阳台上，没有柠檬水，糕点也是昨天剩下来的。我咳嗽了几下，坐到角落里的摇椅上，接着坐到桌边，然后又坐到走廊的台阶上。我拔草，把草放在手掌里搓碎，抖了抖肩膀。这时，弗兰切斯科拿着词典，指着"发生""了""什么"这三个词，他用意大利语问我："发生了什么，亚历山大？"

我把词典翻到印着"对不起"的地方。

老米蕾拉也到了阳台上，她手里揉着一块格子花纹的洗碗布，要我把她的话翻译给弗兰切斯科听。她说，最晚下周，弗兰切斯科就得搬走。我耸耸肩，嘴里把几个听起来像意大利语的音节串在一起，不知道说些什么。弗兰切斯科还是用意大利语问："发生了什么？"

我混杂着意大利语告诉他："发生了很多事。"然后又对米蕾拉说："他要求再住两个星期，两个星期以后，他本来就要走了。"

米蕾拉在考虑。"两周，一天都不能再多了。"她说，拿起装柠檬水的壶子、烤饼的铁盘以及喝咖啡的器具。正要走出去的时候，她对我说："现在已经很晚了，你应该待在家里。"

此时此刻，我的愤怒已经像野兽的嘴、犬齿和爪子一样了，颠倒着挂在我的喉咙里，摇晃着。

还在什么都没有发生的时候，在阳台上一个最美的夜晚，弗兰切斯科把他要离开的日期写下来给我看，他还给我看了照片，包括那座建错了的塔的照片。我把手指放在上面，问道："你——工程师？"然后我们都笑了起来。

"比萨，"弗兰切斯科说，"那是我的维舍格勒！"在几张黑白照片上，一座特别大的堤坝矗立着。弗兰切斯科变得严肃起来，指着湖说："这是瓦伊昂湖[1]。"大坝直耸云霄，令人生畏。我很清楚，在我下一个坠落的梦里，我一定要从这里起跳。弗兰切斯科眯缝起眼睛，翻到相册的另一页——上面是沉在水底的村庄。然后他又翻回到那座巨大的堤坝，巨大的水流在大坝上泛着水花，势必要砸向底下的村庄和居民。弗兰切斯科用手指点了点大坝的照片，用意大利语说："我爸爸造的。"

就在老米蕾拉让弗兰切斯科退租的那天晚上，我悄悄从阳台上溜走了，没有用意大利语说一句再见。我坐到书架前面，读着《资本论》。但我并不是真的在读。我想的是弗兰切斯科身上的柠檬香味，想的是柠檬水和发出嗡嗡虫鸣的花园里夏天的风，想的是一轮面包片一样的月亮挂在樱桃树梢的那个夜晚。那个夜晚，

---

[1]　瓦伊昂湖（Lago di Vajont），意大利北部山区湖泊。瓦伊昂水坝建于1950年代末，1963年水坝旁发生山体滑坡，导致蓄水从水坝漫出，附近约两千名居民因此丧生。

他指着树间的那一轮光说："月亮很美。"

我平躺在地上，希望自己能消失。

没有难看的女人，只有做男孩时没有学会正确地看女人的男人——在我们最初见面的那个晚上，弗兰切斯科就试着跟我解释这个！没有一本百科全书上写着关于男性之爱的任何内容，在操场上，我们只会把最弱、最苍白的人骂作"基佬"。我在打架的时候也会这么骂我厌恶的人，只不过比起骂人来，我更痛恨挨打，所以这种事儿也就从来没出现过。我一直等到第二天清晨，等到弗兰切斯科去上班，然后我爬进老米蕾拉的园子里。弗兰切斯科的画图用具还放在阳台的桌子上。我把圆规放在手上掂了掂，金属材质，很冷。我用它挖了个孔。

后来，我再也没有去拜访过弗兰切斯科，而且当他坐在阳台上的时候，我会刻意地不到街上去。我感到羞愧。这种羞愧有着自己的心跳。人们所说的关于弗兰切斯科的一切，我自己所想的一切，都让羞愧之心跳得更加强烈。

一个星期之后，弗兰切斯科到我家来摁了门铃。他从来没有这么做过。我正在自己房里，爸爸从画室里走出来，和他打了个招呼。我从门缝里偷听他们说话，我的耳朵，我的整个脑袋都有一种被涂上了颜色的感觉，没有任何颜色像红色一样，如此具有压迫感。"亚历山大，玩球吗？"弗兰切斯科问道。我爸爸回答说："不玩，不玩。"

离开的那一天，弗兰切斯科靠在篱笆上，脚踩着球。他等着我从学校出来，等着最后一个点球。我拐到街道里，我看见了他，却把自己藏了起来。我像一个贼一样，贴着墙，绕了路，穿过李子园才到了家。我从厨房的窗户向外张望：放学的孩子们从弗兰切斯科身边跑过，"再见，弗兰切斯科！"他们喊道，他笑着把球传给孩子们，"再见，小伙子们！"我走到自己房里，继续补充着魔法能力的清单。门铃响了。妈妈叫了我的名字。我想：不知什么正把我掠夺一空。我沉默了。

晚上，当我饿着肚子离开自己的房间时，妈妈说："啊，你还在这儿。"桌子上放着一个包裹。"意大利人给你的。"妈妈说。不久以前，妈妈就叫弗兰切斯科意大利人了。我吃着豆子，当我觉得自己很不幸的时候，总是有豆子。

如果我是赋能魔法师，我就让柠檬水永远都像那个晚上一样美味——弗兰切斯科跟我解释意大利的月亮理应是阴性的那个晚上。如果我是赋能魔法师，我就让自己在每天晚上8点到9点之间拥有理解所有语言的能力。如果我是赋能魔法师，我就让世界上每一座大坝都能信守它自己许下的诺言。如果我是赋能魔法师，就有四千种走出悲惨心情的方法。如果我是赋能魔法师，我们就能真的有勇气。

那个包裹真的很重。上面写着我的名字，我名字下面写着：弗兰切斯科·巴伊洛。盒子里面听起来像金属的声音。室外地滚球。我解开包装绳，打开盖子。最上面是一张照片，照片里是瓦伊昂湖上的那座大坝。我将永远都不能知道弗兰切斯科的爸爸到底是工程师，还是一个普通的村民。

"妈妈，去比萨的机票多少钱？"我用意大利语问道。妈妈靠过来，在我脖子旁边闻了闻："嗯，小伙子，你很香。"

"我知道。"我说。因为我确实知道。"就这么香。"我翻着词典说。我把指尖放在"谢谢"上，放在"你"上，把被泪水沾湿的指尖放在"衷心"上。

我亲爱的朋友亚历山大：

　　你可以告诉自己生活在这么美丽的城市是多么幸运。德里纳河在谁的眼里都是漂亮的。土地上长着樱桃和李子，还有像柠檬水一样清澈的水。我会让海象在地滚球游戏里赢球。你们的大坝永远都不会坏。你的爸爸和妈妈，还有你，还有一切——当然了。但是没有人说再见。所以弗兰切斯科说吧："再见，一会儿见！"

　　这是给你的礼物，我亲爱的魔法师：地滚球、柠檬香水、词典、蓝色的短袖！还有维舍格勒的地图，我画的！你的房子和老米蕾拉的房子！我的亚历山大，人生是一个运气的问题。请让我们都好好地记得对方，记得阳台、寂静、有毒蛇和巴洛克建筑的丛林，还有月光下的女孩！

　　感激不尽！

弗兰切斯科

为什么房子有同情心且无私，它们演奏的是什么，以及我为什么祝它们保持同情心和无私，尤其是保持坚固

房子是有同情心的，而且无私，不过遗憾的是，它们并不会演奏乐器。如果房子是人，如果房子是素食主义者，或者绝对素食主义者，或者"素食者"，甚至可能只是"素者"。作为"素者"，你连理论上会有心跳的东西都不能吃，甚至水也不能喝，因为在印第安人看来——这是爷爷告诉我的——神就在亚马孙河里面游着，或者至少是有一种信仰在亚马孙河里面游着。

"如果德里纳河里也有一个神，"有一次我问爷爷，"那鲇鱼会不会就是鱼教皇了？"

"或者是伊斯兰教的鱼教师。"爷爷点点头。

如果我是能赋予事物超能力魔法师，就要有会演奏音乐的房子，要像塞巴斯蒂安·巴赫一样有音乐天赋。斯拉夫科爷爷的朋友——音乐教授波波维奇先生送过我一本音乐百科全书，我就是从那里看到巴赫的贡献和他那辉煌壮丽的假发的。在这本百科全书里，我们还可以查到"巴洛克"这个词的含义，我默默地记住了这个词，"巴洛克"曾一度成为我恭维他人或赞美事物的主要形容

词，直到最近才被"出色的"这个词替代。

一个独居的老奶奶，看电视、浇花、施肥，她等着有人来敲门，总是做太多吃的，因为她自己没法习惯这种孤单。在这样一位老奶奶那儿，房子应该演奏那个轻快得多的时代的歌曲，因为那时有更多悠闲地嚼着草的母牛，而排气管和吸尘器则没有现在这么多。

我的塞尔维亚－克罗地亚语老师，法兹拉吉奇先生，他的房子应该有大海的声音，因为海浪拍岸的沙沙声能够降血压。

我们家的房子则有一系列演奏曲目。这曲目广博无比，深不可测，就像人的心情一样，层出不穷，种类繁多，和我们居住在一起，而且就住在我们的内心。我们的厨房要演奏大门乐队[1]的歌曲，因为吉姆·莫里森可以让妈妈充满忧虑的目光变成一种向往的眼神。当爸爸消失在自己的画室里，应该响起的是法国香颂。当米基叔叔和爸爸凑在一起看政治新闻，爸爸叫着"没有！我们没在吵架，我们在讨论！就是声音大了点而已！"的时候，就该轮到巴赫出场了。当爸爸用口哨吹着法国香颂，请妈妈去河口吃晚餐的时候：平克·弗洛伊德。弗洛伊德先生使人成长，使人烦恼，但烦恼得那么舒服。我在爸爸的烧酒上抿了一口，看着静了音的电视。

如果台风婶婶路过，那就得放足最后三分钟，用最大的音量

---

[1] 大门乐队（The Doors），美国摇滚乐队，1965年成立于洛杉矶，主唱是吉姆·莫里森。

放拉威尔的《波莱罗》舞曲[1]。

在法蒂玛外婆位于德里纳河畔的花园里，向日葵演奏着外婆还是小姑娘的时候唱过，直到今天还会唱的歌曲。外婆会沉默地跟着哼唱，如果她流了眼泪——因为能够记住一些东西往往是世界上最悲伤的事——这时，狡猾的烟囱就会演奏圆舞曲。泪水和圆舞曲没法共存。我的这些会奏乐的房子有个特别之处，那就是聋得像大炮一样的人也能听到它的音乐。

我的房子将用我太爷爷的声音唱歌，而且会在白天许下一些长久的诺言。

我把这本关于世界音乐的百科全书放回书架，问妈妈到底什么时候能逼我去学一种或三种乐器，或者就直接学个手风琴。妈妈正在看新闻：路障和正在燃烧的旗帜。我用同样的音量重复了一遍刚才的问题。

我画着十个没有武器的士兵。

我画着妈妈的脸，微笑的、开朗的、无忧无虑的面孔。

如果我是赋能魔法师，我就让图像在我们画它们的时候就能说话。

如果我是赋能魔法师，房子就能信守诺言。而且它们必须信守诺言，信守不会失去屋顶或者不会着火的诺言。如果我是赋能魔法师，枪炮的弹孔留下的疤痕在多年以后就能重新长好。

战争中的一座高楼会演奏什么音乐呢？

---

[1] 莫里斯·拉威尔（Maurice Ravel, 1875—1937），法国作曲家。《波莱罗》（Bolero）是拉威尔最后一部舞曲作品，具有西班牙舞曲特点，风格欢快热烈。

哪一种胜利是最美的胜利，斯拉夫科爷爷相信我会做什么，

为什么大家都表现得似乎不说出令人害怕的事，

恐惧就会小一些

　　没人能够知道我竟然会赢。米基叔叔拍了一下我的后脑勺，说："没人能预料到你会赢。"妈妈摸着我耳朵后面那一绺头发，但很快又摸回了额头。"确实，没人能预料。"她说，双手捧着我的脸。

　　这种"没人能预料"式的颁奖仪式刚刚过去，第二名至少年龄比我大六倍，个子比我高两倍。他向我伸出了手，我们俩的钓竿交叉在一起，就像两把佩剑。米基叔叔把他推向一边——他虽然不怎么喜欢我，但更不喜欢其他人，而太长时间的祝贺永远都是可疑的。

　　爸爸没有一起来。他必须在画室里完成一幅画作。前一段时间，他一直在画，只要画完一幅，他就立刻开始第二幅。他的画室里已经没有更多的空间，所以只能让卧室受罪了。妈妈在夜里醒来，叫道："到处都是脸！"

　　我往河边看，然后再看看自己的金牌，我没有任何把它拿下

来的打算。戴着这枚金牌，我就有资格，而所有获得资格的人下周六都要在德劳河[1]上碰面。一个矮胖的男人在给我颁发证书的时候说，获奖的都是共和国最好的钓手。随后，米基就在观众席很后排的位置冲他喊道："嘿，胖子，不要这么怀疑地看着他！"

虽然离水这么近，而且还和一个赢家是亲戚，但米基就是这样，风风火火。除了我以外，他是家族里唯一懂点钓鱼的人。今天米基不能参加比赛，因为他最近把卢卡叔叔扔到了德里纳河里，而卢卡只不过是要看看米基的钓鱼证。米基却并不承认，他说："这个愚蠢的管事佬是自己滑进河里的！还好我偶然在附近，把他捞了起来，不然这条丑陋的鲇鱼一会儿就不知被哪个鱼钩给钓起来了！"

"戴着眼镜，留着小胡子的鲇鱼。"我在米基正无辜地耸肩时补充道。我是站在米基这边的，因为不管是人还是鱼，都不喜欢卢卡叔叔，甚至连卢卡都不喜欢自己。我正是在他身上才明白了"沮丧"这个词是什么意思。

我今天能赢，是因为我的饵料里面有秘密。面包屑和水先拌好，加点香草糖，肝肠的碎块，再加上这个秘密。我撒了一点饵料之后，欧洲鲢鱼们都忘乎所以了，它们纷纷从水里跳起来，大叫着："快停手！"这种神秘的配方美味至此。

"真的不一定会去奥西耶克，"我试着安慰妈妈，"你们真的不会预料到我竟然能赢。"

---

[1]　德劳河（Drau），多瑙河支流，位于中欧北部，流向东及东南方向，最后在奥西耶克注入多瑙河。

妈妈说："奥西耶克确实是个问题，没人能开车送你去那儿，因为没人料到你会赢，所以大家都早有安排了。"她不说："因为克罗地亚已经有枪击了。"她不说："因为在奥西耶克，一辆坦克把一辆红色的汽车给轧了。"她不说："决赛早就被取消了，退一万步，假使上面还有人在，还有人能想着发个取消的通告。"

"可是我自己都害怕！"

我参赛号码的开头数字，那个"3"，仍旧留在河岸上。今天中午，我就在这儿钓了三个钟头的小赤梢鱼，一条接一条，还有几条兴奋的欧洲鲢鱼，甚至还有一条小鲑鱼。不过，这条鲑鱼脱钩了，因为米基叔叔在我背后叫道："傻瓜，你在那儿干什么！不要放手，你疯了吗？"

我确信没人在看，于是蹲了下去，用手背抚摩着水面。你的心跳是怎样的呢？

到家以后，我也没有把奖牌摘下来。妈妈冲着地下室喊道："毕加索！我们回来了，你上来，有东西看了。"

米基叔叔一屁股躺到沙发上，摁开电视机的开关。灶上坐了咖啡壶，爸爸吹着口哨来到客厅，用一块布擦着手。

"你闻起来像鱼。"他说着就伸手来摸我的头发。

"你闻起来像丙酮。"我说，一边躲开他的手。

他用手指敲打着奖牌，"不错！"

"是的，"我说，"很好。"可是爸爸根本就没有看我，而是看着沙发上他弟弟的脚。爸爸粗暴地把米基叔叔的脚从沙发上推到地上，坐到他旁边。

咖啡和骤雨。八月份的午后必然如此。电视里出现了奥西耶克，甚至德劳河也上了电视。也许很漂亮，但如果你周围的房子在燃烧，你就很难漂亮得起来了。

当斯拉夫科爷爷来我家，坐在我对面的时候，战争就会结束。爷爷看着证书和奖牌。"我早就料到，"他说，"哦不，我早就知道你会赢。"

"爷爷，没人能料到，那你是怎么知道的呢？"

爷爷扬起了眉毛，"我观察过你，上周是在桥上，昨天是在河口。"

"我完全没有注意到你。"

"我可以很静悄悄地看着。"

"那你怎么知道我会赢呢？"

"我看你很开心。我仔细看了你的嘴，你的嘴在动，而且你一个人在那儿。"

"我当时要背一首诗。"

"我还以为你在聊天。"

"爷爷，我那时一个人。"

斯拉夫科爷爷在我面前弯下腰来，悄悄地说："我觉得你当时不是一个人在那儿，我觉得，德里纳河也在。"

"爷爷！"

"亚历山大！"

我们俩都往后一倒，靠在各自椅子的靠背上，像两个中场休息时的拳击手，只不过拳击手很少像我们这样面对面地笑。爷爷的头发很密，很厚实，两边的头发是花白的，就像爸爸的头发，或者像我三十年以后的头发。他用大拇指扣着胸前背带裤的带子，我们俩都摇头。我很希望自己是一个和爷爷交朋友的爷爷，我们用谜语和自己的孙辈说话，每天晚上都带着交错在背后的共同回忆和陈年争吵一起散步。

"你在奥西耶克也赢了吗？"爷爷明知故问，他知道我不可能去奥西耶克了。

"没有。"

"为什么没有？"

这时，我弯下腰去，耳语道："那儿的河流不属于我。"

"你知道吗，"爷爷说，"有些民族，他们没有任何最后能决出一个赢家的比赛？"

"在亚马孙？"

"大概是的。"

我们往后一靠，心满意足地环顾四周。现在我才注意到，平时一直都是没人说话的。妈妈站在门前，今天她额头上没有因愁苦而生的皱纹。爸爸和米基叔叔两个人都在用手揉着什么东西。奶奶弄得碟子发出细腻的叮叮咚咚声。我看着我的家人，似乎我们都做成了一些事。

"我们明天要看卡尔·刘易斯吗？"我问爷爷，"我正在钓我们的晚饭，你来煎，然后我们一起看看卡尔能不能跑进十秒，好吗？"

后来，妈妈问我想要点什么。这时候大家都已经走了，我躺在了床上。妈妈称我为她的钓鱼领导同志。她知道，我多么喜欢"领导同志"这个词。面对疲惫的胜利者，人们往往都是温柔的。

"我想要一切都永远保持美好。"我说。

"什么是美好？"妈妈问我，她坐到了我的床头。

"假如你今天晚上为我做好明天的面包；我明天可以去钓鱼；你不会为我在哪儿而担心；爷爷永远活着，你们大家都永远活着；鱼儿永远在河里；奥西耶克停止燃烧；红星队明年拿到欧洲杯冠军；卡塔里娜奶奶永远不缺邻居和咖啡；法蒂玛外婆虽然什么也听不到，但其实什么都能听到；房子会演奏音乐；从现在起没人需要为克罗地亚操心；有可以放进不同口味的小盒子，我们可以互换盒子；我们不会忘记怎么拥抱，还有……"

妈妈的嘴唇在颤抖。"可以。"她说，这是她第一次没有说"但不要离开太远"。

我找了一条最粗的蠕虫。它蜷曲起来。我用螺丝刀在果酱瓶的盖子上扎了一些洞。骑着车，沿着德里纳河走了两个钟头，穿过晨雾，也穿过无名的村庄。钓鱼、捉鱼、游泳、与德里纳河聊天、向河流倾诉一切、吃面包：塞尔维亚奶油酱上铺着熏肉肠。李子酱上铺着李子酱。这么厚。把鲑鱼放了。大声地笑，因为我知道，德里纳河喜欢胜利者大声地笑。笑着把鲑鱼放了。我大声地笑，德里纳河说："我早就知道。"

放肆的德里纳河怎么样了，没有嘴唇的德里纳河怎么样了，
德里纳河怎么看小小的拉扎河，以及人们如果要像一只隼
那样幸福，所需要的东西是多么地少

　　我的维舍格勒向各个方向生长，长到山里去了。我的维舍
格勒从两条河里升起，这两条河流在这儿有个约定——德里纳河
与拉扎河有一个无限的约定，永远持续，每分每秒。"是谁走向
了谁，你们当中谁先到的这儿？"我在河口喊道。它们看起来如
何，它们听起来如何：水来到跟前的最后十秒钟，然后——突
然？——你们就遇见了对方？

　　群山陪伴着德里纳河，把她牢牢地系在陡峭的悬崖之间，让
我说的话在其间回荡。在我的感觉里，悬崖越高，河流越深，人
在其中就愈发感到迷失，无论在船上，还是在岸上。

　　昨天没人预料到我会赢，今天我沿着德里纳河骑车，什么都
不想，只想钓鱼。今天是星期日，现在是清晨，雾气冷冷地吹进
我的耳朵。妈妈给我抹好了面包，还在我背包里放了两个苹果。
"苹果你可以在路上买。"爸爸又把苹果从我背包里拿出来，拿
到他自己的画室。这幅画叫《静物写生：一种统治体系的颠覆和

石板路上的一辆破优格车》，爸爸已经在画板前面坐了好几个星期了。

熏火腿、塞尔维亚奶油酱、李子果酱，铺在黑面包上，足有一指厚。我的两根钓竿从背包里伸出来。两年前，米基叔叔曾经答应我，每逢我过生日就送我一根更好的钓竿，而米基叔叔是和我一样懂钓鱼的人，而且从来不会不守诺言。

我想在德里纳河边活到一百三十岁。

我还从来没有一个人在外面走这么远。清晨和星期天丝毫没有影响到狭窄土地上的农民。三个戴头巾的妇女，大手里拿着钩子冲着我，在后面看着我。悬崖与河流束缚着土地，田野被拉伸得长长的。那个苹果园也是这样，我曾经在爸爸的吩咐下从里面偷过苹果，两个红的，两个黄的。果园是一条被篱笆围住的狭窄的带子，处于危岩和流水之间。当太阳的光芒穿透雾气的时候，我正要再一次蹬上自行车。太阳无拘无束地穿过仍然厚重的大片云雾，光线变得很破碎，破碎的光斑跌落在河面上，闪烁着切入荡漾的波浪。在两株垂柳长发飘飘的枝条和高塔一般的白色崖壁掩映之下，在苹果园对岸的一个小河湾里，有什么东西在不停地闪烁。从现在开始，这个地方的名字就叫流光潟湖，因为不寻常的地方需要一个名字，就像不寻常的星星一样。我把自行车靠在倾斜的篱笆墙上，一只蜥蜴立刻爬上了车把手，冲着我一闪一闪地伸着舌头。我朝蜥蜴做了个骂人神经病的手势，穿过层层叠叠、不堪重负的柳枝堆成的拱门往岸边踏去，河水仍然因为阳光的碎片而显得在飞快流动。河湾里横卧着一个爬满了青苔的树桩，河湾的左边靠着悬崖，已经被磨平了棱角。透过雾气，最多只能隐约感受到高不可攀的崖顶。一只隼从树桩上凌空而起，灰蓝色的飞羽隐入雾中，尾羽画出一道红色：啾——它叫道，喀——喀——它又叫着，在空中翻着跟头，似乎这一切给它带来了巨大的快乐。它尖尖的翅膀的拍打声渐渐消失，只有风儿在柳树间发出沙沙声，生怕出现寂静。我环顾四周，从这里已经无法分辨篱笆、苹果树和道路了，我在一个空间里，流光潟湖。

我取出钓竿，坐在直接临水的一块石头上。德里纳河舞动着形成一个拥抱，我就坐在她的臂弯里。斯拉夫科爷爷说过，德里纳河是一条放肆的河。所以当有大人说我放肆的时候，我并不觉得有什么关系，我觉得放肆是好的，我大声地朝着水面喊出："你这条放肆——你这条——美丽——放肆——的河——美丽的河！"河谷里回荡着我的声音。"啾——喀喀——"那只隼答道，而河里正泛起泡沫，仿佛水底有什么大东西，也许是隼向河里扔了一块石头。然而，水里的声音却比以往石头与水的相遇来得更深、更长。我没有看到任何水花和波纹，不可能是石头，这是德里纳河自己的声音。是她自己在清嗓子，风变得更大了，德里纳河吸上一口气，问我："为什么说我放肆？"

我用鞋子的尖头抠松了河岸的一些土，堆到一起，踩在上面，因为这样，脚底就会有一种美好的感觉。"我不知道，"我说，"也许因为您在秋天阴暗得无法亲近，走得又快，在冬天不结冰，在春天淹没一切，在夏天还把我外公拉菲克淹死，就像淹死一只猫一样？"

我等待着。德里纳河沉默了。但悬崖没有沉默，石头松动了，从崖壁上滚落到河里。流光潟湖暗了下来。山上高处传来一阵隆隆声。德里纳河没有回答我。我从背包里拿出钓竿和装着鱼食的罐子。"啾——喀喀——"我生气了，因为德里纳河保持沉默，我向河里望去："您什么也不说吗？您一点儿也想不起来拉菲克了吗？"

我把打窝的饵料捏成球，压实，愤怒地抛了出去。面包屑、蜂蜜糕、磨成粉末的甘草、燕麦片和切碎的蛆虫。饵料球随着一声钝响落进水里，就是在这声钝响里，德里纳河问道："你外公长什么样子？"

"这您应该比我清楚，"我说着把手伸进水里洗，"您是最后看到他的，而我那时还太小了。"

"我很抱歉。"

"我还太小。"

"你想游泳吗？"

"谢谢，不想在刚聊完死亡之后就这么快游泳。"

我选择了一个六号的单钩。"鱼钩会弄疼您吗？"我问道。

"这话你不是更应该问鱼吗？"

我把第一条蚯蚓穿到鱼钩上，抛了出去。浮标随着水流而波动。

"人在钓鱼的时候，你是什么感觉？"

"鱼在跳的时候会让我觉得发痒。"

我用手摸了一下水面，"当有人把洗衣机扔进您身体里的时候，您也会发痒吗？"

"这些人都是猪猡！"

我直起身，收回渔线。蚯蚓还挂在鱼钩上。我抛出鱼钩，继续往左边抛了一些，离悬崖更近。"德里纳河？您怎么不说任何方言呢？"

"你说吗？"

我看着浮标，没有说话。我怕说了"我也不说方言"以后，她会用"你看你不也是"来回答我。也许，如果我什么也不说，她就会自顾自地说下去：说她和拉扎河多么地好，她如何讨厌大坝，河流是不是也会害怕等等。我没有暴露自己有多么嫉妒她，因为她能看见这么多东西，从源头到萨瓦河[1]，到天上到地下，左边，右边，无所不见。

德里纳河友好地在悬崖边上拍打戏耍，她告诉我，拉扎河虽然每年春天都尽情地发泄着自己暴躁的攻击欲，但仍然是一位细腻的先生。她说，大坝堵住了她的嘴，河流要快速流动，就像人要大声喊叫一样。她承认自己害怕了。她说自己执拗地抵抗着冬季的严寒，秋雨也没有能让她翻滚不息，但是她害怕枪声会让我们也染上战争的病。她对着悬崖哀叹，她说自己经历了无数的战争，一场比一场丑陋，一场比一场凶恶。她不得不背负这么多的尸体，这么多被炸碎的桥梁就永远躺在她的河底。她在岸边变得昏暗，她让我相信她，在这个世界上没有什么比失去了桥梁的桥

[1] 萨瓦河（Save），流经斯洛文尼亚、克罗地亚、波黑和塞尔维亚，在贝尔格莱德与多瑙河交汇。

石更加痛苦。她也无处可躲，没法在任何的犯罪面前闭上眼睛，她愤怒地翻滚着："我甚至都没有眼皮！我不知道什么叫睡眠，我谁也救不了，什么也阻止不了，只能眼睁睁地看着！我想抓住河岸，但什么也抓不住，我是一种丑陋的物态！在这无穷无尽的生命里永远都没有手！我恋爱了不能亲吻，我开心了不能抓住手风琴的键盘。没错，亚历山大，我看到的太多太多，无所不见，但这太多的看见都是徒劳。"

浮标动了，一下，两下，我站起来，感觉到了第三次咬钩，浮标完全沉到了水下，我反向拉线，手中立刻感觉到了鱼钩另一端的沉重。于是我放了一些线，又一次拉起，我知道，我抓住鱼了。鱼很快就累了，这是一条小鲑鱼，我把它放回德里纳河，德里纳河让它跃出了一道弧线。

德里纳河，为了今天晚上，我需要一条更大的。如果斯拉夫科爷爷已经在做饭，那么我就应该拿一条中规中矩的鱼回去。"卡尔·刘易斯能赢这场百米赛跑吗，您怎么看？"我问道，又一次抛出鱼钩，但是德里纳河没有再回答。风变得更烈了，或者这是峡谷的抽泣？又或者是雾气也想说些什么？雾中又显现了光亮，阳光又一次完全笼罩着流光潟湖，蟋蟀的叫声也在湖边响起。"喀——喀——"那只隼呼啸着冲进了峡谷，"喀——喀——"我问自己，就在此刻，德里纳河是不是也起了鸡皮疙瘩——水面上一层细密的微澜，喀——喀——啾——喀——喀——

（原书空页）

2002 年 2 月 11 日

亲爱的阿西娅：

你是我想象出来的吗？我把我们的手放到了电灯开关上，难道是因为一个战争中关于儿童的感人故事吗？你从来都没有把你的姓告诉过我，尽管这样，我还是在每一封信上都写上地址，仿佛我知道地址一样。我想起士兵跳轮舞的那天早晨。城市的建筑是由乌云、迷彩和玻璃碎片组成的。我和埃丁只想做一些正常的事，比如在鱼钩上感觉一下一条鱼的重量这类的事。你没有出现。没有在楼梯间里战战兢兢，没有向河里扔石头，我没有在那些堂而皇之地抢劫的士兵中间看到你美丽的头发。你没跟着我们来，我们从来都没有相互道过别，阿西娅。

不再有信了。我把自己灌醉，打电话到波斯尼亚，为自己演的这出戏道歉。我笔记本电脑上的时钟显示着：2002 年 2 月 11 日，星期一，23：23。我们的电灯开关是在哪一天呢？不再有信了，阿西娅，你真的曾经存在过吗？

我叫阿西娅。他们把妈妈和爸爸带走了。

我的名字有一种含义。你的画很让人讨厌

我把光标移到时钟上。"2002年2月11日，星期一，23∶23。"我点击了一下鼠标，"日期与时钟属性"的窗口弹了出来。电灯开关是在哪天？ 1992年4月6日是哪天？我把日期调回到十年前。立刻出现了闪电，我爸爸在我头上放了一本书，用铅笔在门框上标出我的身高。闪电，我的身高变成了1米53。

爸爸叫醒了我："亚历山大，今天学校不上课了，我们去奶奶家。穿好衣服，我告诉你要带上什么。"

人会在睡眠里长大。

闪电。我等待着被带回到某一天——电脑显示这是一个星期一，一个我害怕爸爸的日子。怕他给我列好的整理物品的清单，怕他的告诫：只带那些你需要的东西。害怕，因为他不说带东西是为了什么。

人到底需要什么呢？

1992年4月6日，星期一，7：23。闪电，一种几乎已经被忘却的感觉正在变成眼前的一幅景象：蒙着厚厚蜘蛛网的地下室墙壁，似乎在等待下一次枪击。我把奶奶地下室里那些能让我想起她的物品列进清单。已经没用的熨衣板，没了脑袋的布娃娃，装满了上衣的麻袋——这些旧衣服散发着老南瓜、煤炭、土豆、洋葱、蛾子和猫尿的味道。在爆炸声中一闪一息的电灯泡。鸡皮疙瘩上又起鸡皮疙瘩。不是因为恐惧太过庞大，而是因为在和平中入睡、在战争中醒来的概率如此微小。

今天学校不上课。妈妈坐在卧室里，往裙子里缝着纸币。

一切在醒来之前无法想象的事，都将在爸爸的话和他紧张的神态下变为现实。一切在那些无法想象的事出现之前存在的美好，都将随着爸爸的不安和第一批手榴弹飘向远方。点燃一只蛤蟆的想法比日本还要遥远；关于亚斯娜隆起的上衣的梦想显得如此不合时宜，我都为自己感到羞耻；李子丰收节已经庆祝完了，告诉埃丁应该如何摆脱那些隐身守卫的秘密符号也没用了。即将发生的事显得如此不现实，甚至没有留下多少可能性让我们去讲一个与此相关的虚构故事。

我列了一张整理物品的清单，我绝不会因为这些东西而受罚。放火烧桌子。在韦塞林叔叔把博拉叔叔叫作蒸汽压路机之后，让青蛙、鸽子和野猫们住进韦塞林的房子。当佐兰的婶婶德莎拜访大坝上疲惫的男人时，偷偷地从窗户里向外看。往汽车的挡风玻璃上扔雪球。打电话给地方委员会主席，用假声说："我是铁托，您是个草包。"从百货商店里偷卷笔刀和练习本。打碎奶奶的花瓶。

爸爸，你为什么没去上班？

爸爸用大拇指摁着我那张贝尔格莱德红星队海报上的大头针，把它更深地摁进墙壁里。"你装好那个大背包，"他说，"七条内裤、七双袜子、雨衣、帽子、牢固的鞋子。你穿上运动鞋。两条裤子、一件厚毛衣、两三件衬衣和短袖，不要带太多。有许多口袋的绿色钓鱼马甲。一条手帕、牙膏、牙刷、肥皂。我把你的手帕纸和护照放在了楼下的桌子上……你有最喜欢的书吗？"

"有。"

"很好。"爸爸点点头，抚平我那张"没人料到我能赢"的证书。他走出去的时候没有关门。

1992 年 4 月 6 日，星期一，7:43。手帕纸的旁边放着一把小刀，一个小笔记本，写满了我们所有亲戚和熟人的地址和电话号码。爸爸要清理掉自己的画室。画布、画作、颜料、画笔——他把所有东西都堆到一个角落里，盖上一块帘子。我蜷缩在楼梯上，看着他。他把我的旧枕头推到画布前面，在这些画布上放上自己那顶贝雷帽。爸爸关上了门。我们开车去奶奶家，那栋高房子有一个巨大的地下室。第一个手榴弹在巨大的地下室里炸开了，给人的感觉是狭窄，是光亮。我会想道：狭窄，光亮。这不像在电影里，不是严肃地爆炸，没有山崩地裂，没有纷纷扬扬。而是一些沉重的东西，没有足够的空间可以爆裂——狭窄。爆炸没有烟尘，清楚，干净，金属一般平滑——光亮，把空间的狭窄喷溅到了地下室的墙上。在第五十个手榴弹爆炸之后，埃米利娅·斯拉维察·克尔斯马诺维奇[1]打了一个嗝，打进了一片寂静里。

2002年2月12日，星期二，0:21。我给奶奶的邻居列了一张清单，他们也在地下室寻求庇护。我在清单里还加上了我能想起来的住在我们街道的邻居。在另一张纸上写下"小酒馆、饭店、旅馆"，下面写着"画廊咖啡厅、河口饭店、比卡瓦茨宾馆、维舍格勒宾馆、弗拉斯度假村"。

我在搜索引擎里疯狂地翻找这些词条：

"战争中的足球　萨拉热窝　训练　射击"，

"维舍格勒　种族灭绝　汉德克[2]　羞耻　责任"，

"遇难者　无辜　轰炸　贝尔格莱德"，

"米洛舍维奇[3]　国际性失败　利益"。

我滑动鼠标，进入一个又一个论坛，读着侮辱性的文字，带着怀旧式的沉迷，一次又一次地点击，记下陌生的回忆、关于黑山的笑话、菜谱、英雄和敌人的名字、目击报告、前线报告、德

---

[1]　即台风婶婶的女儿埃玛。

[2]　汉德克（Peter Handke，1942—　），奥地利小说家、剧作家，2019年诺贝尔文学奖得主。汉德克在南斯拉夫问题上的立场曾引发争议。

[3]　米洛舍维奇（Slobodan Milošević，1941—2006），南斯拉夫政治人物，塞尔维亚共和国总统。

里纳河里鱼儿的拉丁学名，下载新的波斯尼亚音乐。这些音乐很烂。我点击第一条链接："海牙　乌龙球　欧盟　斯雷布雷尼察大屠杀。"我读到，战犯拉多万·卡拉季奇 [1] 在贝尔格莱德停留，然后我的电脑就死机了。我按下重启键。我的脸映在黑色的屏幕上，我一下子想道：在这离我的德里纳河数千公里之遥的房子里，在这能望见鲁尔区的房子里，我究竟在寻找什么呢？维舍格勒那座桥的背景照片出现了，但是连这张照片都不是我自己拍的。

1992 年 4 月 9 日，星期四，16：14。卡车停在了门口。车上下来六个人。两个留在原地，喝着可乐。他们穿着靴子。四个透过房子的窗户打量着一楼大厅。他们穿过院子。"克尔斯马诺维奇和斯帕希奇？两个家庭？异族通婚？转租房客？"锁被砸开了。两个人搜查了客厅。两个人进入地下室。他们用枪射开了地下室的门。他们把帘子扯了下来。他们把那两幅静物写生《蛇与一封写给年轻民主政体的乐观的信》和《温柔的小提琴高手 B 的肖像》扫射得千疮百孔。他们把那个旧枕头踹到一边。他们不遗余力地把每一支画笔都折断。他们用丙烯颜料互相涂抹着的脸。他们穿着靴子。他们踹破画布。其中一个还戴上了爸爸那顶贝雷帽。

我打电话给奶奶。我叫醒她。她听起来忧心忡忡，"你怎么这

---

[1] 拉多万·卡拉季奇（Radovan Karadžić，1945—　），原波黑塞族共和国总统。海牙联合国特别法庭认定其在波黑战争期间犯下种族灭绝罪行和其他战争罪行，包括下令实施斯雷布雷尼察大屠杀等。

么晚打电话来？"

"奶奶，那座屋顶很奇怪的绿房子还在那儿吗？训练厅还在用吗？要办什么比赛？我们是哪个组的？"

"亚历山大……？"

"奶奶，事情很重要。我在报纸上看到关于先锋街的那座房子的消息。房子被彻底烧毁了吗？阿齐兹叔叔怎么样了？那些兵找到他了吗？哈桑大爷和塞亚德叔叔还活着吗？我列了清单。"

奶奶一句话也没有说。

"那座桥怎么样了？我们走了以后还发过大水吗？"

"你以前经常用脚步来数数，"奶奶用平静而困倦的声音说，"整座城市都被你用散步的方式丈量过了。"

"从你那儿到我们家需要走 2349 步。"说出来的时候我自己都感到震惊，我竟然直到十年后的今天还记得。

"你的腿变长了，"奶奶说，"你来吧，把这些路重新走一遍。"

我写下了那两座清真寺，尽管我知道这两座寺庙已经被拆掉了。一页又一页的名字，一页又一页的绰号，单子上堆着单子，把赌注压在记忆上。我列了清单，现在我不得不看着一切。我订的是今天夜里的航班。

"你得等着李子花开再坐大巴车来。"奶奶的声音不再有曾经电话里那种异常鲜明的轻松感，"你不要期待假期了，我们等着。"

"谁？"

"你迟到了，得打扫卫生。你到这儿来从来都不帮我，可很快春天就到了。"

"奶奶？"

"我很高兴，亚历山大，我给你煎肉，煮牛奶，我很高兴。"

2002 年 2 月 12 日，星期二，3：13。我不想睡觉。

"狙击手巷 [1] 路障 水桶"，

"哈利 希特勒 波特 米洛舍维奇 戈托维纳 [2] 德利奇 [3]"，

"没有绝对的恶，也没有绝对的回忆"，

"亚历山大·克尔斯马诺维奇，你在哪儿？"，

"萨拉热窝廉价航班"。

我拨了打往萨拉热窝的电话 0038733，后面任意拨了几个数字。我打听阿西娅。哪儿都没有阿西娅，大多数时候甚至电话都没有接通。好几次电话那头传来的是困倦的声音，然后转为愤怒。录音的电话留言。"是我，亚历山大。我要来。你在那儿吗，阿西娅？"

1992 年 4 月 11 日，星期六，10：09，闪电。围城的第五天，榴弹打进了山里，只是偶尔才从山上滚到城里。高楼前的院子里，牛羊挤挤挨挨，蹄子敲打着一辆辆菲亚特和优格车之间的混凝土

---

[1] 萨拉热窝市中心连接机场的一条大街，因波黑战争中，塞族狙击手经常对途经此地的百姓和车辆进行狙击而得名。

[2] 戈托维纳（Ante Gotovina，1955—　），在 1991 年南斯拉夫解体时担任克罗地亚军队总司令，战后因战争罪和反人类罪被国际法庭宣布为战犯，后被无罪释放。

[3] 德利奇（Rasim Delić，1949—2010），波斯尼亚军官。波黑战争之后，德利奇被控对塞尔维亚和克罗地亚平民和士兵犯下暴行。

地面。

　　夜里，逃难的人们跑进地下室和楼梯间。有老人，有母亲，还有像热面包一样被布裹得紧紧的婴儿。他们在建筑物里寻找庇护之所，因为他们的村庄里已经没有建筑可以保护他们了——没有大的，没有小的，没有完整的。只有断壁残垣、煤灰和地下室，但失去了地上的房子，地下室像个什么样子呢？我把纸铺在膝盖上，画着一个没有裂缝的玻璃杯。

　　"各位都留在这儿！人越多，越有伴儿！"海象就这么决定了。他的声音回响在楼梯间里。他似乎成了这座高楼里的市长，在总统阿齐兹手下干活儿。阿齐兹就像个总统该有的样子——他有枪。海象在和农民玩乌诺纸牌的时候能赢，我在看的时候学会了游戏规则。

　　"我们的马匹都被抢走了，我们的儿子，就算之前没有去当兵，也都被夺走了。"农民们因为马匹而叹息，因为他们的儿子而目光低垂，因为他们的女孩而悲恸。

　　"他们不会在我们村里停下来的。"一个小胡子上翘的男人说。我问了他的名字，在他杯子上写下"易卜拉欣"，给他倒上水。没了牙的妇女们张着嘴，嚼着面包。她们闻起来很干净，躺在楼道里睡觉。要过去的人必须跨过她们，女人们醒过来，无力地骂着。我不管她们叫逃难的，我叫她们保护者。她们保护的那个女孩头发颜色很浅，浅到我要去问爸爸这种浅色有没有名字。

　　他说："美丽。"

　　我说："美丽不是颜色的名字。"

美丽和她那小胡子上翘的叔叔和我们一起在地下室里吃饭。易卜拉欣等美丽把脑袋枕在他腿上睡着了，才小声地说起美丽逃亡的事情。他说自己和侄女饥肠辘辘，全身无力，碰见了其他保护者。这些女人把病恹恹的美丽安置在一辆只有半截的拉达车上，让两头驴拉着。"我们是村里最后两个出来的人，"易卜拉欣想了片刻说，"我们是最后两个从空空荡荡里出来的人。我们的房子没有了。我什么都告诉你们，你们就知道这是谁搞的，但我要先睡一觉，然后刮胡子，因为胡子里全是关于那个最糟糕的夜晚的回忆。"易卜拉欣的手温柔地拂过美丽的头发，"这个小家伙什么都没有了，"他说，"她失去了一切，也失去了每一个亲人。"

别的他不需要再多说。我不能让美丽离开我的视线，我不能允许她再遭遇什么不幸了。美丽不说话。美丽可以如此安静地坐着，你甚至都看不见她。如果美丽不在我身边，我就去找她。她抓着一个磨破了的包。包的袋子上挂着一个撕碎的、肮脏的泰迪熊玩偶。

我叫亚历山大。我画着未完结的图画，看，这是没有灰尘的书，那是没有尼尔·阿姆斯特朗的尤里·加加林，那是一条没有戴项圈的狗。这是法蒂玛外婆没编好的辫子。我叫亚历山大，总少些不那么美好的东西。你觉得耳朵大的男孩招人喜欢吗？

我叫阿西娅。他们把妈妈和爸爸带走了。我的名字有一种含义。你的画很让人讨厌。

阿西娅的父母在哪儿呢？

我认识外面的某个士兵吗？或许米基也在他们中间？

人到底需要什么？小刀，五十马克，还有一些运气，就这些吗？

2002年2月12日，星期二，5:09。我记下了维舍格勒所有的街道名，儿童的所有游戏，我列好了一张学校里所有物品的清单，包括我和埃丁像汉塞尔与格莱特[1]一样撒在轰炸后的废墟上的那五百个卷笔刀。我想画出这条叫作"过去"的变色龙。奶奶卧室的那个纸箱里放着九十九幅未完结的画。我要坐车回家，把每一幅都画完。

---

[1] 《格林童话》中的人物，汉塞尔和格莱特离家深入森林时，沿途扔下白色小石子作为记号。

在萨拉热窝的三百个电话号码里，随机拨一个，
大概每十五个电话中就有一个是电话答录机的声音

　　晚上好，我叫亚历山大·克尔斯马诺维奇。我给您打电话，是为了查清楚关于一个和我儿时一起玩耍的女孩的事情。内战爆发以后，她就离开维舍格勒，逃去了萨拉热窝。她的名字叫阿西娅。我为了找她试遍了所有的方法，政府机关、互联网都试过，没有结果。我没告诉您她姓什么，因为遗憾的是，我自己也不确定知道得对不对。如果您知道叫这个名字的人的任何事情，请您给我回电话。我的电话号码是00491748526368。现在阿西娅二十出头了，当时的她留着颜色很浅的金发。谢谢您。

　　晚上好，我叫亚历山大·克尔斯马诺维奇。我给您打电话，是为了查清楚关于一个和我儿时一起玩耍的女孩的事情。内战爆发以后，她就离开维舍格勒，逃去了萨拉热窝。她的名字叫阿西娅。我为了找她试遍了所有的方法，政府机关、互联网都试过，没有结果。我没告诉您她姓什么，因为遗憾的是，我自己也不确定知道得对不对。如果您知道叫这个名字的人的任何事情，请您

给我回电话。我的电话号码是00491748526368。现在阿西娅二十出头了，当时的她留着颜色很浅的金发。谢谢您。

喂？苏提扬先生吗？希望我没有念错您的名字——我是偶然拨出您的号码的，因为我每次打电话给特定的人，结果都很令我失望。我叫亚历山大，我现在是从德国给您打电话，我们那儿爆发战争以后我就住在德国。您的熟人圈子里有没有一位叫阿西娅的女士呢？这个名字不太常见，也许您曾经听到过，能给我一点提示，让我找到这个名字的主人。阿西娅这个名字的意思是缔造和平的女人，我在寻找我的阿西娅，但是只要我还不知道我的阿西娅现在怎么样，我就找不到我的和平。这听起来很俗套，甚至像是醉话，确实俗套，确实像喝多了。苏提扬先生，我的号码是00491748526368，如果您想起来点儿什么，不管是什么，都请打给我。

喂，阿西娅，我是亚历山大。你不在。我刚订了来萨拉热窝的机票。星期一到。如果我们能见一面，我会非常高兴。你可以通过这个号码联系我：00491748526368。

晚上好，我是亚历山大。阿西娅？是你吗？请拿起话筒……你知道我很想你吗？如果你能拿起话筒，也许我就能告诉你，我到底想你什么。十年时间里，我想对你说的话已经积攒了许多。你现在的头发是怎么样的？你喜欢碎肉吗？我爱碎肉。从明天开始，我要在萨拉热窝待上三天。00491748526368。

阿西娅？我是亚历山大。那个维舍格勒来的、耳朵很大的亚历山大。从地下室里出来的亚历山大。因为没有更好的色彩可以形容你的头发，所以叫你美丽的那个亚历山大。做过一天你兄弟的亚历山大。让我们在萨拉热窝或者维舍格勒回忆共同的经历吧。00491748526368。

阿西娅？我是亚历山大。所有日子里，星期一总是最好的开端。距离我们上次见面差不多过去十年了。也就是说，过去了五百二十个星期一，听起来也不算多。但如果仔细想想，却也算是很多个星期一了，本可以在这些日子里开始做些什么的。我很想知道你在人生中开始做的一切，我在自己曾经结束的地方又继续过了几天。00491748526368。

阿西娅，我曾经写过六封信。我给每一个信封都想了一个你的姓氏，但写上去的总是同一个。和我那区区六封信相比，波斯尼亚无边无际。在我的想象里，你是一个小提琴手。你尖尖的手指上长着老茧，每一场音乐会，你都倾尽全力去演奏。如果有人问你过得如何，你会因为骄傲而不知道怎样回答。你每天都跑五公里，你说法语，却对法国不以为然。从星期一开始我就过来了，请给我打电话：00491748526368。

喂，我是亚历山大·克尔斯马诺维奇，是阿西娅吗？我们要是能见一面就好了，我25号到。接骨木、李子和木梨现在还没有，但是有很好闻的楼梯间。我很期待你给我打电话：00491748526368。

很抱歉打扰您。从前有一个金发的女孩，她有一个阿拉伯语的名字叫阿西娅，还有一个深色头发的男孩，名字绝对不是阿拉伯语的，叫亚历山大。曾经，他们俩之间诞生一个爱情故事的可能性是完全存在的：父母们可能笃信宗教，反对他俩的恋爱关系，传统也绝对不支持他们的爱情，而战争使得每一种反对都变得更加严厉。如果一切都随心所欲地决定，那一切都是可怕的。我不得不让您失望了。那时的阿西娅和亚历山大还太小，没法开始一段爱情故事。对自己幸福的悲剧潜质，对自己可能发生的不幸，他们都还没有感觉。阿西娅，受保护者！亚历山大，保护者！哈！他们俩牵着手，打开灯，在这个时候，大概只有疯子才会想着无忧无虑吧。如果您想听更详细的内容，请打我的电话：00491748526368。很抱歉打扰您。

行李已经打包好了。葡萄酒味道不错。没有什么地方的李子能长得比维舍格勒的还好。00491748526368。在过去的十年里，我一直都在线。我用三十张清单给维舍格勒画了一幅肖像。但我先要来找你，阿西娅。

晚上好。我没什么特别的。我的故事也没什么特别的。晚上好。我做什么都太晚。我做特别的事也太晚。我写自己的传记也太晚。晚上好，波斯尼亚，请给我打电话：00491748526368。

阿西娅，我将寻找你的头发，在一切脸庞上寻找你额头的影子。我将把你的名字像种子一样播撒在每一次对话里，希望你的名字能长出花朵。亲爱的电话答录机，您认识一朵叫作阿西娅的花吗？如果认识，这是我的电话：00491748526368。不好意思⋯⋯

喂？喂？有人吗？我不知道您是谁，我是亚历山大·克尔斯马诺维奇，大学生、孙子、难民、长头发、大耳朵，在寻找自己的回忆，寻找一个女孩，或者说，一个女人。阿西娅。您认识阿西娅吗？我曾经碰到过一个疯子士兵，这个人在找某个埃米娜。您认识阿西娅吗？我正在有计划地寻找。计划是：加工和提升自己的故事，无穷无尽的清单。00491748526368。

阿西娅？阿西娅？阿西娅？阿西娅。阿西娅。阿西娅。
有一天，一个杰出的提问者会问：
这是谁，这是什么？原谅我！
它在哪儿，
它从哪儿来，
它要去哪儿，

这个

波斯尼亚?

说!

被问的人很快给了一个回答:

不知何处总有这样一个波斯尼亚,原谅我,

一个国家,冰冷贫瘠,

缺衣少食,

而且还——

请原谅我——

执拗地

不肯睡去。

　　是我,亚历山大。这首诗是马克·迪兹达尔[1]的。如果你收到了,请打电话:00491748526368。我要和你讲那个女面包师的故事,在1992年的一个夏夜,她把三十袋面粉撒在了维舍格勒的大街小巷上,撒在了桥上,撒在了耻辱上,然后在她自己的店里……

---

[1] 马克·迪兹达尔(Mak Dizdar,1917—1971),20世纪最有影响力的波斯尼亚诗人之一。其诗歌受到波斯尼亚基督教文化、伊斯兰教神秘主义和中世纪波斯尼亚文化的共同影响。

是什么让自作聪明的家伙们变得聪明，押在自己回忆上的
赌注可以有多大，谁正在被发现，谁依然是虚构

梅苏德和科默已经想不起来基科的真实姓名了。我听到的南
斯拉夫、波斯尼亚和萨拉热窝关于足球的传奇异事，便出自这二
位之口。他们俩滔滔不绝，一杯又一杯地喝着咖啡，一说就是几
个小时。我们坐在老城上边一个经营体育博彩的小咖啡馆里，梅
苏德说："也许他和那些巴西人一样，就叫基科。"

基科——九号，基科——头球怪物，基科——来自温柔的德
里纳河畔的铁头，他在战争爆发前的最后半个赛季进了三十个球。
其中二十个是用头顶进去的，三个用右脚，剩下的七个是用更弱
一些的左脚，而且这七个球都是他在最后一场进的，就在萨拉热
窝响起第一阵枪声的几天之前。

昨天到萨拉热窝以后，我在一个带着三个女儿的年轻女人那
儿租了一个房间，三十欧元租三天。我在有轨电车上坐到最后一
站，下车后往那些预制混凝土板建成的灰色塔楼走去。我穿过老
城区，双手交叉放在背后，目光注视着地面，仿佛陷入沉恩，仿

佛我就属于这里，毕竟没有什么游客看起来是若有所思的。我想知道人们在城里谈论些什么，但是不敢问，只是倾听。我想知道怎么到屋顶上去。我闻着味道走过楼梯间，在图书馆里拿到一张书桌的号码，桌上放着一盏台灯。我观察着大学生们读书的样子。晚上，剧院要上演《俄耳甫斯与欧律狄刻》。我想知道，河神的儿子[1]为了再一次失去已失去之物而进入的冥界会是什么样的，但我没有入场票。不过，我倒很为票卖完了而感到高兴。一切东西，只要看起来不像废墟而像财富，或者看起来无忧无虑，都让我感到高兴，尽管我力劝自己相信无忧无虑是不行的。我登上屋顶，有一种似乎放弃了什么的感觉。我看着城市，却不知道自己到底放弃了什么。我不想跳舞，我想看这儿的人们怎么跳舞。俱乐部门口没有排队，但我还是等待着，只在附近一个报刊亭里买了一份昨天的《南德意志报》。在出租屋的台子上，我发现女房东留了一张纸条：如果你饿了，皮塔饼在炉子里。我确实饿了，手影做成的鸟儿又一次飞过波斯尼亚的墙壁，我睡了三个小时。

第二天，我给女房东煮了咖啡，向她打听阿西娅的事。我到处打听阿西娅的消息，搜寻阿西娅的浅色头发。在有轨电车上、在各个终点站、在预制混凝土板之间、在老城的各家咖啡馆里。我读着房子上的门牌，又一次登上屋顶，搜寻着这片区域。我把她的名字穿插到每一次对话里，我努力地让公务员和公证员确信我这次找人的紧迫性。他们让我看了花名册，看了难民统计，看

---

[1]　此处疑原文有误，俄耳甫斯实为太阳神阿波罗与缪斯女神之子。

了遇难者的名单。人们告诉我，我来得太晚了，我礼貌地恳求他们给点建设性的意见就行，不要让我绝望。我在专业音乐学院里偷偷地翻找图书馆的读者索引，我仍然坚信阿西娅是一名小提琴手。录影带出租店不允许我看客户信息，好在日光浴所没有禁止我看。在辗转于各个地点之间的路上，我也没闲着，而是在翻看电话簿。我给八个叫阿西娅的打了电话，向其中六个道了歉，剩下两个没在家，这倒是给我留了些希望。

几年前，卡塔里娜奶奶给过我一个阿西娅的地址。当我在出租车上把这个地址告诉司机的时候，他却说萨拉热窝没有这条街道。我再三要求，司机才向总部确认。我让他开到了一条名字和我纸条上写的差不多的街道上。我一共按下了五家的门铃，仔细地读着门牌。天空是阴沉的，我走到街道尽头，四顾茫然。孩子们用彩色粉笔把自己的名字写在沥青路面上，没有一个名字像阿西娅的名字这么美。

我买了一本关于维舍格勒种族屠杀的书。我想一直就这样在街上瞎逛，直到碰上一条同样在路上游荡的狗，或者直到有从维舍格勒逃难来到这儿的人认出我来。我想观察窗户里虎皮鹦鹉的喙，我悄悄地问有没有切巴契契里要放的李子果酱。"不要拿我寻开心。"侍者甩回这句话。后来就下雨了，我没有去驾照考点，而是回到了能看到老城的那个小咖啡馆。

梅苏德摆弄着自己的小胡子，急切地打量着我，说："基科。来自柔和的德里纳河边的基科。就像你一样。"

我想喝杯咖啡，等着雨停。墙上挂着四个电视，每个电视上都滚动播放着文字广播，屋子正中摆着一张台球桌，几张塑料桌子上放着烟灰缸。穿着皮夹克或球衣的男子们弯着腰，聚精会神地盯着赔率表格。我点了一杯土耳其咖啡。宽阔的玻璃台前的一张桌子边上，两个有些年纪的男人在看报纸，其中一个穿着球衣，上面还有字，写着"红白埃森"[1] 和"11号"。

"真巧，"我说，"我就住在埃森。"

这两个男人放下报纸，环顾四周。我站在他们后面，手里拿着咖啡杯。他们没有说话。

"那件夹克。"我用咖啡杯指指那个留着小胡子的男人。另一个人往自己的咖啡里放着糖，小心翼翼地吸溜着咖啡，重新沉浸在自己的报纸里。

"德国，北部地区联赛，周日对杜塞尔多夫，平局。"那个穿夹克的说，他的小胡子恰好遮着他的嘴，一上一下的，仿佛嘴里在嚼着些什么。

"我叫亚历山大，那儿还能坐吗？"我听到自己说出这句话，不过小胡子下面传出的低沉声音却不怎么热情。

"我们太聪明了。"那个声音说道，手指着那把空空的椅子。

"这是什么意思？"我一边坐下来，一边问。

"就是说，我刚说周日埃森对杜塞尔多夫的比赛会打成平局，这话肯定应验。"

---

[1] 红白埃森足球俱乐部位于德国北威州的埃森，现属德国足球乙级联赛球队。

这两个聪明人：留着胡子的是梅苏德，他那件夹克是好多年前女婿从德国带给他的；科默，那个糖尿病患者，从来不听关于糖尿病的劝告。科默是两个人中间比较沉默的那一个。大多数时候，他都坐在那儿，沉浸在体育报纸里，写下数字，画着圆圈、三角、闪电，然后又在旁边写上数字。梅苏德和那些不断来到我们桌边的短发男人进行了无数次对话。"安德莱赫特[1]输了？齐达内黄牌罚下，踢成平局？拉科鲁尼亚[2]客场——让分盘[3]加二，梅苏德大爷，你觉得怎样？"这些男人说着这类话，问梅苏德。关于每个球员，梅苏德都能给出回答和建议，我看不透这背后究竟是什么机制。

"您多久赌一次球赛？"我问这两个聪明人。

"没有，没有，"梅苏德抗拒地抬起手来，"我们不赌，赌是不会让人幸福的。我们在这儿，就是怕有人不相信统计数据或者不知道下一步怎么办。其他没别的。"

许多人不知道下一步怎么办，或早或晚地过来进行一次愉快的聊天，或者带着问题来到我们这桌。一个略显腼腆的男人穿着西装，戴着蝴蝶领结，想知道国际米兰今天赢球的可能性有多大。"我还从没去过米兰，"梅苏德说，"你别沾意大利。"科默伸出大拇指："米兰能行的。"

---

[1] 安德莱赫特，比利时布鲁塞尔首都区安德莱赫特的足球俱乐部，成立于1908年，是比利时最成功的足球队之一。
[2] 拉科鲁尼亚足球俱乐部，位于西班牙加利西亚自治区的拉科鲁尼亚，成立于1906年。
[3] 赌球术语，指将假设的入球数字加给弱队。

咖啡馆越来越拥挤，玩家们不得不贴着墙填完单子。音乐响起来，一个女人唱着被骗是怎么样的，然后一个男人唱着欺骗又是怎么样的，两首歌里面都出现了好朋友。自动赌博机前挤满了穿着皮夹克的人，他们砸着机器上的按钮，咔嚓咔嚓地响。雨已经停了，但我不想走，我想要别人把我当成梅苏德和科默的熟人。我押上了两个波黑马克，赌埃森和杜塞尔多夫平局。

两个最多只有十岁的孩子拿着球杆把白球撞到了围栏上。科默给他们投了一枚硬币，抚摸着那个比较小的孩子淡黄色的头发。台球在桌上滚来滚去，电子显示屏上闪动着第一批实况结果，外面的天空已经暗了下来。我们聊着贝尔格莱德红星队，我们聊着那时和今天的国家队。梅苏德说："如果我们今天还是一个国家，我们就不可战胜。"在头发淡黄的孩子的球杆下，台球一个接一个地进洞。突然有人喊道："本菲卡[1]！种马就是行！"一把椅子倒了，邻桌有人在说自己的表哥侯赛因天天把屎包在信封里，寄到检察院去，另一个问他邮费要多少，然后我就听不进去了。那个淡黄色头发的男孩喝着罐装芬达，先打中了 10 号球，10 号球碰上了 14 号球，14 号球则消失在洞里。穿球衣的男人问我们是不是认识那个男孩子，然后就讲起故事来：

"穆约和苏尔约在散步。穆约突然倒地不起。苏尔约打电话给急救医生：'快点来，我觉得穆约死了！'急救医生：'一切不要着急，您先确认一下他是不是真的死了。'短暂的沉默，然后传来一

---

[1]　本菲卡，位于葡萄牙首都里斯本的综合体育俱乐部，本菲卡足球队是历史上第二支夺得欧冠冠军的足球队。

声枪响。苏尔约在电话里问：'这是怎么了？'"

黄头发男孩用球杆指着黑球，然后指着中间的球洞，打完以后把球杆靠在吧台上。他的对手给他付了第二罐芬达的钱，摇着头离开了咖啡馆。这人的球全在桌上，一个也没打进去。科默认可地点点头，那个男孩也严肃地对着他点了点头。

"你在这儿能找到两种人，"梅苏德转过身来对我说，"一种是怀念一切的人，另一种是咒骂一切的人。我个人从不咒骂怀念，而且也从不会怀念咒骂。"梅苏德耸起肩膀，满脸都是怪异的笑容。"智利六十二，"他喊道，"这个国家情况不错，如果国家情况还行，一般体育也不会差。可今天呢，这儿就是一坨屎——那儿也是。然后，半决赛对战捷克。贝利曾经说过，最好的球员是南斯拉夫的 10 号球员，甚至比贝利本人还要好。他越说不出那个名字，我就越想告诉他：德拉戈斯拉夫·舍库拉拉茨[1]！"

梅苏德往后一靠，看着我。这个名字对我来说毫无意义，但我点点头，说："德拉戈斯拉夫，没错。"

"斯普利特和里耶卡是最好的客场了，"科默插话道，他的脸也变得亮起来，"1970 年代在亚得里亚海，我亲爱的！我们在体育馆和捷克女足踢过！这几场比赛是怎么结束的……我不知道，兄弟。但比赛以后，她们还给我们写信，战争期间还给我们寄香烟。"

当有人问起波斯尼亚现在哪支球队领先时，科默往自己续杯

---

[1] 德拉戈斯拉夫·舍库拉拉茨（Dragoslav Šekularac, 1937—2019），贝尔格莱德红星队历史上最著名的球员之一。

的咖啡里倒了满满两勺糖，摇着脑袋，"唉，波斯尼亚……"他摆摆手，"你可以去赌芬兰不知道哪个犄角旮旯的球队的输赢，但是在这儿，要是赌本地的联赛，我看还是算了吧！"

"来点小点心。"梅苏德说。"来点甜的。"科默说。这时已经是晚上了，大多数比赛还在进行，每个人都紧盯着电子显示屏。我给大家买来了菠菜面饼、塞尔维亚奶酪酱和果仁蜜饼。当我拿着吃的回来时，欢呼声迎面而来。国际米兰领先了。

"你到底是哪儿来的？"梅苏德问道，眼睛看着温热的菠菜面饼。

"从维舍格勒来的。"我说道。几个小时以来，我第一次又想起了阿西娅，想起了卡塔里娜奶奶，想起了我列的清单。这场旅行，恰恰不像是一场旅行。

"不错。不错的城市。"梅苏德咬了一口面饼，"德里纳河是一条好河，但从来不出好的足球运动员，也许一个人可以除外。科默，你想得起来……"——这时梅苏德将说起"基科"和"回忆"——"他真名叫什么来着？他从青少年直接变成了职业球员。头球一个接着一个地进。他有一种弹跳力"——梅苏德会浮想联翩——"他连支撑都不需要。天哪，天哪，天哪，你听得到看台上像炸开了雷一样！基科"——梅苏德会说——"来自温柔的德里纳河的基科。就像你一样。"

在文字广播上，赛事分数表闪烁着红红绿绿的光。告别的时候，我们握手，互祝成功，老男人们的手粗糙、干燥、凹凸不平、坑坑洼洼。老城里，路灯一闪一闪，在一户户昏暗的客厅里，电视机一闪一闪。一阵冷风吹起，天空中看不见星星。我把手插在兜里，把夹克的衣领竖得高高的。在兜里的是我的手。路上是我的脚步。这是我的钥匙。我在这儿打开门。我在这儿踮着脚尖走上去，经过顽固地嘎嘎作响的楼梯。是我在蹑手蹑脚。这儿是我暂时的家。这儿放着我的箱子。这儿堆着一张又一张的清单。这儿堆着一条又一条的街道。这儿堆着一个又一个的名字。而我跪在箱子前面。我在这儿读着"达米尔·基契奇"。这儿写着"达米尔·基契奇——基科"。

在上帝的脚后面打的是什么比赛，基科为什么拿起了香烟，
好莱坞在哪儿，米老鼠如何学会了回答问题

14 点 22 分，他们在领土保卫战的战壕里用无线电发着停战的消息。这是本月第三次停战。14 点 28 分，炮弹从北边的森林边缘和塞尔维亚的战壕里打出来，画出一道高高的弧线，落到林间空地上。这片空地位于双方阵地之间，使双方隔出了大约两百米。然后，大炮再次上膛，炮弹滚到被炸成一堆、瘫倒在地的冷杉树上。而在上一次休战期间，这些冷杉还被当作立柱使用。

南斯拉夫边防军[1]的指挥者迪诺·萨斐洛维奇，人称迪诺·佐夫。他从站立的地方跳到战壕的边缘，用双手在嘴边围成喇叭状，向后伸展上身，冲着另一边喊道："怎么回事，切特尼克[2]？你们又想找打吗？"他抓着自己的裆部，摇晃着胯部，一前一后，一前一后，然后朝着炮弹的方向跑了几步。就在那个方向上，乔拉直

---

[1] 边防军为南斯拉夫社会主义联邦共和国联邦军队"南斯拉夫人民军"的辅助部队，1974 年之后同时也是联邦各成员的军事部队。在南斯拉夫解体过程中，各共和国的军队便是基于原先的边防军组成。
[2] 切特尼克，见第 52 页注释。

挺挺地摊开四肢躺着，脑袋上被炸开了一个大洞。

"你们老娘的屁眼儿被我们操了两回，这些圣战的婊子！"从塞尔维亚的战壕里传来一阵沙哑的声音。与此同时，基科，九号的基科，头球怪物基科，来自温柔的德里纳河的铁头基科，来到迪诺·佐夫的旁边，抓着乔拉的脚脖子，往自己身后的战壕拖去。他用大衣盖住乔拉，把他额头上沾着血的碎发拂到一边。"看哪，你现在变成什么样了，我的乔拉，"基科轻轻地说，"到处都是草和泥土。"

在基科身边，梅霍哑巴着舌头，从背包里翻出红星队的红白色球衣，套在自己的背心外面。他颇费周折地清空着自己的口袋：一把瑞士军刀、一个打火机、两颗手榴弹、一盒打开了的香肠酱罐头。他多次心醉神迷地亲吻奥黛丽·赫本的照片，然后又把照片放回去。面对迪诺·佐夫那狐疑的目光，梅霍龇牙咧嘴地笑着说："每个人都有自己的幸运物，你知道马拉多纳把自己的内裤……"说到这儿，他注意到基科和已经死去的乔拉，就不再说下去了。"他本不该出去的，不管有多黑……"梅霍又开始说，又像道歉，又像控诉，但碰上基科的目光之后，他便叹了一口气，不再说下去，掏出一盒德里纳牌香烟，推到基科鼻子底下。军队里每个人都知道，梅霍还藏着烟屁。有人甚至在私下里说，梅霍的烟盒有一半是满的。基科从烟盒里抽出剩下的倒数第二支烟，把烟靠在上唇上，吸着它的香气。

"黄李子，"基科闭上眼睛自言自语地说，"哈妮法在我训练结束后来接我的时候露出的脖子，咖啡，货真价实的土耳其的咖啡。

乔拉，你看，你死了，而我抽到了一根烟屁。"基科用指尖拂过乔拉的眼皮，把香烟夹在耳后。"赛后再吸。"他低着头说。

塞尔维亚人分别凭借五比二和二比一的成绩，决定了上两次休战。他们那儿有个叫米兰·耶夫里奇的，人称米老鼠。在第一场比赛中进的五个球里，有三个是他踢进去的。米老鼠是一个二十二岁的农村小伙子，身高两米零六，体重一百公斤。单是他那个岩块一样的脑袋就得有三十公斤，他的鼻子往前突起，两三缕细细的头发搭在公牛一样的脖子上。他本来是中锋，当他在下半场之初发起冲锋时，在三十米开外停球，正中迪诺·佐夫的脸：这种远距离射门的能力震惊了大家，而最震惊的是他自己。直到马尔科——那两个塞尔维亚前锋之一——把一杯烧酒递到迪诺的鼻子底下时，迪诺才缓过神来。但是在接下来两个小时里，迪诺除了说些正确的拉丁语之外，就毫无建树了，他甚至还引用了几条古罗马哲学家西塞罗的智慧名言。自从这一次命中之后，米老鼠开始负责中场进攻。他从任何可以想到的地方狠狠地射门。当他抬起鼓足了劲的右腿射出一脚，球像子弹一样精准地向球门掠去的时候，迪诺每次都会扑向球飞行的路线，虽然不能说是无所畏惧，但也算是勇敢。然后，迪诺就会躺下，脸上的表情因为痛苦而扭曲，或者整个人昏昏沉沉的。大概除此而外，他就完全没有办法挡住米老鼠那雷霆万钧的进攻了。或者，他只是希望这样做马尔科就能再给他来一杯烧酒。米老鼠的射门毫无技巧可言，既没有转弯，也不会外旋，所以他第一次成功以后，就没人再为他的射门感到惊奇了。在这些射门毫无装饰性的朴素特征背后，是米老鼠极少表达的直线似的思想——这就是纯粹的努力。这个伟大的男人正是因为这种努力而受到人们的称赞和敬畏，而他本人也因此像一个孩子一样，兴奋得一次又一次重复着自己的努力。

米老鼠右脚的神力只有唯一的缺陷，而边防军则毫无怜悯地利用了这个缺陷。每一次射击之后，这个巨人都会在一声大吼之中卸下他所有的气力和喜悦。从音乐的意义上说，这一声吼叫介于公牛发情的叫声和斜坡上二十五吨挂斗车的刹车声之间。在这样一声响彻山巅谷底的欢呼之后，长着山羊胡的边防军左边锋科奇察喊道："这是真正的莫妮卡·塞莱什[1]！"并且开始发出呼哧呼哧的声音。

"莫妮卡今天不打了吗？莫妮卡，莫妮卡，在我边上吹口琴吧！"从此以后，只要米老鼠在踢球，迪诺·佐夫的人就会这样嘲弄米老鼠。而这个大山一样的男人，因为没办法找到任何合适的制服，只能穿着从家里带来的庞大的工装裤，却被这些嘲笑搞得坐立不安。在第二场比赛上，他刻意压低了自己的喊叫，于是他的远距离射门也突然变得克制起来，不再让迪诺·佐夫头疼欲裂了。如果有一个对手在旁边唱起山歌来，米老鼠就会吓一跳，他那岩石一样的脑袋就在他同样有力的肩膀上摇晃，狭窄的额头也因为思考而皱了起来。米老鼠其实很乐意把自己的所思所想说出来，但比赛的主动权已经转移到了另一方，嘲笑声也席卷而来。

---

[1] 莫妮卡·塞莱什（Monika Seleš，1973—   ），南斯拉夫匈牙利裔美国籍女子网球运动员，单打最好成绩曾排名世界第一。塞莱什的标志性特征是贯穿全场的震天喊声。

今天，科奇察也同样在热身的时候冲着塞尔维亚那边乱叫："哎呀，伯爵小姐不能来伊格尔曼山，多么可惜！她在温布尔登网球锦标赛上，让我向莫妮卡致以亲切的问候，指甲油的事儿已经过去了。"科奇察"呜——呜——呜"地叫着，他的队友们也一块儿叫起来。

两个四十分钟，第一个半场由边防军的一个裁判执哨，第二个半场是一个塞尔维亚裁判——既然事情已经变得糟糕了，那么就让两边都糟糕。在林中空地南缘犹如柱子一般直立的冷杉树之间，米老鼠扯着一根钢丝做横杆。在林中空地上交叉着两条小推车走的路，其中一条路的两边还围了篱笆，残存的篱笆就构成了另一个球门。篱笆横杆之间的金属丝网已经被截断了，钉着木板的柱子被延长到了两米半。谁要是能控制这两条路，就能更快地向山上挺进，不需要在密林里艰难穿行。毕竟这片林地还没有被精确地测绘成地图，而且地里的雷管比蘑菇还多。两个月以来，双方争夺的就是这两条路。其中一条路深入下方的山谷，延伸到一条通往萨拉热窝的柏油路上。在正经的时代，苍蝇绕着干燥的牛粪飞，但最近没有新的牛粪可供干燥了。农民那些还没赶到更高的群山里去的牛早就被人用枪打死了，牛屎也埋起来了。现在，苍蝇只好绕着不能总来得及掩埋的尸体飞。

16点，队伍在大致位于球场中间的位置相遇了，剩下的士兵作为场外后备力量，在草地上坐成长长的一排。没有人大张旗鼓地扛着武器，树上只靠着几把枪。队员们默默地相互传球热身，塞尔维亚人赢得了挑选场地的权利。

在稍远一点的地方，基科和米老鼠在互相拥抱。他们在学校时就认识了，两人都在八年级的时候留过两次级，这已经很不一般。更不一般的是，竟然有人能重读两次一年级、四年级和六年级。在一次数学考试中，米老鼠当堂张着嘴问应该怎么学习。在他的同学们看来，米老鼠是个安静、好心的大个子。当被问到哥伦布是什么时候发现美洲的时候，他会回答"马铃薯瓢虫"。相反，还不满十七岁的基科属于国家最优秀的足球人才。当基科第一次被国家联赛征募的时候，米老鼠还没日没夜地在他父母的农庄里干活儿，没有任何迹象表明会有更好的日子等着他。

不过，更好的日子还是来了——和战争一起来的。米老鼠问："战争在哪儿？"他母亲回答说："谢天谢地，战争离我们还远。"他又问："好，我们是哪一伙儿的？"他父亲回答说："你是塞尔维亚人。"第二天，米老鼠就背着包站在了门前。在他宽阔的脊背上，那个背包看起来就像是一个微小的化妆袋。对着父亲，对着父亲面前的十个荷包蛋，对着贴了淡蓝色瓷砖的厨房，对着刮痕斑斑的樱桃木桌面，对着灰尘漫天的院子，对着牲口棚里散发出来的粪臭味，对着无时无刻不在拉紧他后背肌肉的犁耙，对着无数装着玉米的麻袋，他说："再见，我现在要出远门了，我要参加战争。"一夜又一夜，他怀着满腔怒火踹着这些麻袋，他恼恨自己的父亲，恼恨父亲每天早上吃的十个荷包蛋，恼恨那被自己刻上了名字的桌板，恼恨院子，恼恨粪堆，恼恨犁耙。正是在这张桌子下面，他不得不睡了两个礼拜；正是在这个院子里，他被父亲摔到尘埃里践踏；正是在这些粪堆里，他不得不翻腾一辈子；正是因为这把犁耙，他成了自己本不该成为的公牛。对着这一切，他说:"再见，我现在要出远门了，我要参加战争。"

米老鼠的父亲嚼完荷包蛋，喝光花菜汁，用擦碗布抹了抹嘴巴。他把椅子往后推了推，在他儿子那坚定的声音里愣住了。米老鼠说:"你要是站起来，你要是走出一步，我就像拧断鸡脖子一样掐断你的脖子。我要出远门。"米老鼠游荡了五天，到处问，一直说自己是塞尔维亚人，终于有人给了他一把枪。"我能开枪吗?"他想知道。他学着怎么给枪上膛，怎么打开保险。他被派到了伊格曼山——塞尔维亚军队准备围攻萨拉热窝的地方。米老鼠从不抱怨。他甚至觉得这些偏僻的地方都比家里要好。但他的战友常说他们去的这些地方是早就被上帝抛弃和遗忘了的角落，而这样一位上帝是绝不会再一次转过身来的。战友们说这是"在上帝的脚后面"。

米老鼠完全没把这个绰号放在心上。"我还喜欢狗和鸭子，"他说，"布鲁托就是有点笨拙。"在念书的时候，他还不叫米老鼠，而且即便是今天，基科也还是管他叫米兰。

"米兰，"基科说着就把一只手搭在米老鼠的大臂上，"今天夜里你们把乔拉给搞没了。"

米老鼠挑了挑眉毛，把头往回缩了一点，吸一口气，似乎要答话。他的脸失去了任何一丝对称，面色苍白，带着痤疮的疤痕，仿佛一块未经加工的糙石。基科等着米老鼠回答，米老鼠却把那口气呼了出来，闭上了他那张无时不张着的嘴巴。他紧闭嘴唇，就像其他人低下目光一样。

一阵尖利的哨声标志着热身的结束。

米老鼠把基科的手从自己身上拿开。"基科，他们说：'米老鼠，你又打后场了。'"

米老鼠没有说自己是这个夜晚唯一一发起过射门的人。一只沉重的鸟从森林里飞起，这个大个子男人跑回去防守。

加夫罗是塞尔维亚这边的核心队员，留着一头黑色的卷发，肩膀上文着一只乌鸦。加夫罗跟在那只大鸟的后面，吹着尖锐的口哨。除非他在说话或者吃饭，否则他嘴里总是要么吹着口哨，要么哼着歌曲。甚至在睡觉打呼噜的时候，他那小胡子下面传出来的都是《蓝色多瑙河》悠扬的调子。那只鸟飞过林中空地，向南往山谷下方滑翔，飞到了树林的后面。加夫罗接到了球，向西里走去。此时的西里正呆呆地盯着自己的手表看，好像被施了魔咒一样。

"日了天了，大哥，你这是在等安拉的指示吗？我们没时间了！"

西里听了加夫罗的话，连看都没有看他一眼，仍然盯着秒针看。于是加夫罗只好用脚尖把球弹得高高的，左右交替地保持着球在空中的状态，用额头保持球的平衡，再让它落到大腿上，最后停在脚背。加夫罗还大声哼唱着《彩虹之上》的曲调，哼得很漂亮，引起了大家的关注。在这场由午后的阳光、高超的球技和优美的曲调构成的音乐会上，男人们眯缝起眼睛，坐立不安，或者干脆站得到处都是，双手叉在腰上。最近几个月，伊格曼山变得安静的频率增加了，尤其是在林中空地和山谷里停火的夜晚。然而，这片被称为"上帝的脚后面"的地方再也没有像争端开始之前那么安宁了，或许也不会像加夫罗在致敬格伦·米勒[1]时那么安宁了。

塞尔维亚战队的指挥官米卡多将军抬起手，照着正在吹口哨的加夫罗的后脑勺就是一下，顺便拿走了加夫罗脚上的球，自己把手指塞进嘴里吹出尖锐的声音，开始了第一轮传球。"你要是能早七秒钟吹停比赛……"上身壮实、眼睛细长的米卡多喊道。米卡多的绰号正是由于他这双细长的眼睛。他带球冲锋，从西里的身边跑过，移到右边锋的位置——不到两分钟之后，他将在这里为塞尔维亚打开一比零的局面——这个边线球将贴着刚才还在吹口哨的加夫罗的头顶飞过。

1980年代初，为了成为足球名人，德扬·加夫里洛维奇·加夫罗放弃了自己作为单簧管乐手的事业。接着，他在乙级联赛里打了五年降级赛，后来他的十字韧带断裂了。康复期间，他重操旧业，又一次拾起了单簧管。到1980年代末，他和兄弟在贝尔格莱德的爵士乐酒吧开过音乐会，灌制了唱片，甚至还颇受关注。1991年11月，他兄弟被拉去当兵，四天以后就倒在了克罗地亚省的战场上。加夫罗又一次放下了单簧管，不过这一次不是为了当球星，而是去当兵。他同样在克罗地亚省战斗，在克罗地亚经历了战争的结束。当被问到是否想继续复仇，比如去打萨拉热窝的时候，加夫罗只想知道自己是不是能冲个澡，只想知道干净的

---

[1]　格伦·米勒（Glenn Miller，1904—1944），美国爵士乐手、作曲人和乐队领袖。

手帕看起来是什么样子。

　　二比一的突破要归功于米老鼠的大力射门。他在角旗的位置拿到了球——这儿只能把机枪插进地里当角旗——穿过一排排的敌人，周边嘲讽之声不断，米老鼠却没有受到持续的、足够的进攻。这次，这些侮辱似乎对米老鼠毫无影响，甚至在自己那半场当中，他也盯着迪诺·佐夫，嘴巴张得比什么都大。米老鼠连过两人，一个假动作，射门，哇！迪诺·佐夫也束手无策，没法当机立断地把球引开。射门之后，米老鼠突然站住了，伸出手臂致意似的目送着射出去的那个球，仿佛在目送一位好朋友远行。

　　当上半场临近结束时，基科以一记射门炸响了冷杉树门柱，结束了单人突破对方防守的行动，边防军拥有了唯一一次绝好的进球机会。对方立刻采取行动，加夫罗这个吹单簧管的，把球传给了风口浪尖上的马尔科，但梅霍领先一秒拿到了球，使尽全力把球从罚球区踢了出去，踢出了球场，踢出了林中空地，踢到了森林深处。

　　"哎，去他的森林仙女。"梅霍摇着头，蹲了下去，像是要吐的样子。西里吹了口哨，先指指梅霍，然后指着森林——世界上没有任何一场足球赛有过这种手势，这个手势的意思是：梅霍把事情搞砸了，所以他得去把那玩意儿捡回来。但是，没人可以给梅霍一张精确标明林子里地雷分布状况的地图，也许这样的地图压根儿就不存在。但地雷是真真切切存在的。就在围绕着林中空地的战事陷入胶着之前，塞尔维亚人曾试图从后面接近边防军，也正因如此在森林里丢掉了两个人，而第三个派过去的人则丢掉了一条腿。"你们把他们都带回去吧，一个也别留在那儿，别可惜了那几头种公羊！"[1]当时边防军的阵地轰隆隆地响着这样的声音。

迪诺·佐夫搂住了梅霍。"天哪，梅霍，"他悄悄地说，"我们不是说过一千回了吗：一次好的防御是不可以把球弄丢的！控制后场，传短球，这不可能真的那么难吧。"

"不可能那么难。"梅霍自言自语地说，当时他正由两个卫生员陪着到了森林的边缘，四处张望。所有球员，包括两个场外球员都在往梅霍的方向看。有人在招手，梅霍也冲着那人招手。球在距森林边缘约二十米的地方，静静地躺在鲜红的蕨类植物之下，地面上覆盖着青苔。阳光弥漫在这片林子里，光芒耀目，光线斜斜地穿过树叶，落在森林那轻微隆起的地面上——在这个穿着贝尔格莱德红星队球衣的颤抖的男人面前，这片土地隐藏着几十个地雷。那件球衣！梅霍慌忙脱下这件属于他最喜爱的球队的红白球衣，吻了一下上面的红星，小心翼翼地在地上把它叠起来。

"梅霍，等会儿！"马尔科跟着这位对手跑上了高地，"这儿，给球用的，"这个塞尔维亚前锋眨巴眨巴眼睛，递给梅霍一件防弹背心，"你回来之前好好地把球包上。"

梅霍盯着那件黑色背心看。

"梅霍，你说，这到底是怎么回事？"马尔科拿起梅霍的球衣，摇着头说，"他们是贝尔格莱德人？"

梅霍的下巴在颤抖。"永远的红白队！"他硬邦邦地说道，擦

---

[1] 此处种公羊是骂人的话，指和边防军迂回过程中被打死的那几个塞尔维亚人。

了擦额头上的汗水。他披上马尔科递给他的背心，声音颤抖："你还是回去吧。"然后，他向森林里迈了一步，飙了一句标准的英语："里面他妈的很危险。"

马尔科手里拿着梅霍的球衣，跑回了其他人在的地方。大家坐在草丛里聊着天。梅霍消失在树林的阴影之后，大家还是望着那片树林。加夫罗用一根碎木片抠着脚指甲，嘴里哼着走调的歌曲。饱满的口哨声在塞尔维亚这十一个队员赤裸的上身之间飘荡，也在边防军那聚精会神的面孔前舞动。这是一首克莱兹莫舞曲[1]，所有人都在仔细聆听这首歌，有些人跟着节奏敲打草地或者拍打自己的大腿——另一些人没动，这是人群之中唯一的区别。小心观察森林入口的树木，一边倾听一边等待。等待梅霍，等待一首新的歌曲，或者等待一声爆炸。

当米卡多将军再一次把手拍在加夫罗的后脑勺上的时候，真的爆炸了。歌曲静默了，将军大声地发问，每一个音节都咬得很重，似乎是在舞台上说话："如果那个傻子把我们的球弄坏了，我们要怎么办？"

没人回答。将军抓了抓自己被毛发覆盖的后脖颈。

森林边上那两名卫生员一边吃面包，一边往森林里看。他们想尽可能精确地记住梅霍的足迹，以便循着足迹，在梅霍飞到空中的时候立刻出手。

梅霍没有飞到空中，他拉在了裤子里，不过这是可以洗掉的。

---

[1]　克莱兹默（Klezmer）是东欧德裔阿什肯纳兹犹太人的传统器乐，曲风特点富有情绪，包括模仿笑声和抽泣的元素。

当他臂下夹着球，肩膀上顶着脑袋，骄傲地向林中那片空地走来时，活像刚刚在加时赛里至少打了巴西队一个一比零，正要去站位那儿等待大家来簇拥他。就在此时，梅霍的自己人和几个塞尔维亚人都冲着他欢呼起来。近看时，梅霍的骄傲更像是愤怒，他的手臂和球都在颤抖，他的脸色是灰白的，额头正中暴起一条粗大的青筋，散发着凛冽的气息。他走近了说："球在这儿，都搞定了，马上继续，我得先换衣服，但我没衣服了。"他又对马尔科说："过来，和你换球衣——这个防弹的，可以对付红星队。你知道吗，我根本不在乎自己的队伍是从哪儿来的，那些小伙子只不过是踢球而已。在我只有这么大的时候，"梅霍比画了一下到自己胯部的高度，"他们曾经是我的英雄。1991年红星对马赛的决赛！那场胜利！那次十一米远的射门！我根本就无所谓你是不是塞尔维亚人。只要你不冲着我开枪，不和我老婆睡觉，我什么都无所谓。"

梅霍披上自己的球衣，踩高跷似的回到了战壕里。除了在太阳底下打盹的无线电报务员塞约和三名玩多米诺骨牌的伤员以外，战壕几乎是空的。"天哪，这儿到处都是脏东西！一定要好好地清理一下，不然我们怎么在这儿生活？"他皱起眉头，在这条被垃圾填满的战壕里四下观望，好像第一次踏进去一样。一个空的香肠罐头被扔到梅霍跟前，这个空罐子被舔得干干净净，甚至没有一只苍蝇对它表现出兴趣。梅霍从战壕里捡起这个空罐子。他仔细地用一个白色塑料桶里的水擦洗着自己，冲刷了屁股，用干净的裤腿把大腿内侧擦干净。

"乔拉，我可怜的乔拉，当我现在这样有点 O 型腿的样子站在垃圾桶一样的战壕里，在上帝那发了霉的脚后面，当我现在这样把水泼到自己的手指上，我就一直在想：梅霍，不要浪费太多水，如果一定要的话，用点草和叶子。说实话，当我在毛发间擦去褐色液体时，我会突然激烈地号啕大哭起来。乔拉，我曾经觉得，我的眼泪不是往下流过脸颊，而是直直从眼睛里出来，向前平射出去的。我和你说，今天真的和屎一样，我得借你的裤子穿，希望你能理解。你别怕，我们这儿外边不冷，太阳照着。说实话，我在林子里的时候，太阳正可以用自己在地上的光线精准地指示我可以去哪儿！如果光着身子，我可绝对打不了切特尼克，我们已经二比零落后了，我说乔拉，今天真的和屎一样烂，但我这是在和谁说话呢？"梅霍把乔拉尸体上的头发捋到一边，把他的迷彩裤解开。"单纯为了比赛，乔拉，"他说，"比赛以后就还给你，以少先队员的名誉担保！"

到赛场还有大约五十米，梅霍快步跑过。最后十步足以让他明白，他这屎一样的一天还远远没有结束。他的小队整整齐齐地站成一排，和冷杉树构成的球门齐高，有些人的双手放在后脑勺上。在这些人前面，十名塞尔维亚士兵站成一个半圆，拿着机关枪，保持着准备射击的姿势，其他人来来回回地在林间空地上穿行，搜罗着剩下的武器。而足球则放在一边，无人注意，在高高的草丛里，足球看起来仿佛就是一块石头。梅霍眨巴眨巴眼睛，悄无声息地动了动嘴唇。

米卡多将军示意来个拥抱。梅霍身上的味道使米卡多不由得叫道："嚯，这味道，这可真是适合穆斯林用的香水！"

正当梅霍背着枪搜寻武器，然后被驱赶到队友那边去的时候，远处传来了隆隆的炮声。炮火的齐射零零星星，在距离和阳光的温柔过滤之下，听起来显得衰弱，甚至有些疲惫。边防军的无线电发报员——那个胖子塞约在战壕边缘翻滚着笨重的躯体，脸上带着一种恐慌的表情。塞约还没把消息宣告出去，每个人就都从战斗的声音中听出了一个事实，那就是停战已经结束了，而塞尔维亚的守门员已经一连向塞约射了好几枪。塞约倒了下去，先是一条腿跪在地上，然后倒向一边，四肢扭曲、姿态怪异地躺下了，膝盖仍旧抵在地面上。

"你他妈的猪猡！"迪诺·佐夫迎着那几声枪响叫道，从俘房堆里跳起来，发誓似的挥舞着守门员的手套，"我们已经投降了，我们已经不反抗了，我们已经不反抗……"迪诺·佐夫没能继续说下去，米卡多将军赶上了他，用手枪先抵住他的后脑勺，然后把他踹倒，又用枪抵住了他脖子的一侧。

"蠢货，我看到的可不是这样！"迪诺的脸颊和嘴巴立刻就被唾沫弄湿了。"我看到的是你们一直在顽固地反抗，要战斗到剩下最后一个人！很遗憾，我还没有见过任何一个圣战者能活下来去讲述那充满荣耀的最后一战。"米卡多将军把迪诺推开，用枪指着他的胸膛。米卡多的士兵——一支多达三十个人的行刑队——已经在战俘面前排好了位置。

"行啊！"迪诺奋力将一只手臂举过头顶，"行啊，那我们就战斗，让我们继续打！"

"什么？"米卡多将军的厌恶之情扭曲了他的面孔。

"你竟然要杀死手无寸铁的人？好吧，我相信，你连更糟糕的事也做得出来。如果更快拿到武器的是我们，我根本不知道自己会多快地把我的人拦下来，不让他们开枪。但是比赛还没结束！"迪诺的嘴里正积聚着唾液，"我们还有半场！如果你还算个球员，我们就继续踢。如果我们能扭转比赛局面，而你也够男人，那就不要在这儿处决任何人，任何人！如果你们赢了……"迪诺看着自己的人，直起身来，"如果你们赢了，那你就一辈子是个该死的、可悲的杀人犯！"

曾被学校开除的迪诺·萨斐洛维奇——因为对一个年轻人而言，拉丁文和古典学是重要的，而酗酒显然不是——把手套更紧地戴在手指上。自愿报名参军的西塞罗崇拜者迪诺·萨斐洛维奇——因为前线没有什么酒，而他一定要戒酒——拍着双手，灰尘飞扬起来。迪诺·萨斐洛维奇，又叫迪诺·佐夫，这只特雷贝维奇[1]的猫，正直直地盯着米卡多将军的眼睛，咆哮着："来吧，伙计，来吧！"

在下半场的第四分钟，基科用头球打出了二比一，而就在同一刻，山谷里发生了一次比较大的爆炸。五分钟之后，基科又用头球打出了第二个二比一，但这个球也因为所谓的越位而被判无效。"我的额头，"基科拍着自己的后脑勺说，"没有越位。"

但基科的解释没有用。米卡多将军逗乐似的接受了迪诺·佐

---

[1] 特雷贝维奇（Trebević）是波斯尼亚和黑塞哥维那中部的一座山，位于萨拉热窝东南部。

夫的挑战，但是他有一个条件，那就是他本人不仅参与比赛，而且要作为裁判来指导比赛。将军说："我现在没有黄牌，要是有人抱怨，只给一颗子弹。"

在一次明显的守门员犯规之后，比分变成了三比零。迪诺·佐夫在发边线球的时候发生了一点意外，倒在了地上。塞尔维亚人的进攻是如此坚决和强硬，似乎这场比赛结果关系到的是他们自己的生命，而不是对手的死活。

在三比一的时候，科奇察毫无征兆地离开了第二排，足球也随之呼啸着进入了球门。但是，一个外场的士兵先是踢了科奇察的腿，又用枪托砸倒了他，于是一分钟以后，科奇察的额头上就带了一个撕裂的伤口。此后，边防军方面就不再越过边锋来进攻了。

在第十六分钟的时候，米老鼠和基科撞到了一起。他们都倒在了地上，而比赛继续进行。西边的太阳已经压到了树冠上，蚊虫在黄昏的朦胧里四处飞舞，发出阵阵的嗡嗡声。自从基科那两次进球失败以后，米老鼠就开始凭借自己两米零六的身高来防守边防军的这位最佳球员，于是基科就再也没有头球的机会了。两人撞到一起之后，都捂着胸口坐在了地上。基科的表情是扭曲的，"幸亏人还长着肋骨。"他说。米老鼠点点头说："不错，这些肋骨。"米老鼠的目光在基科的脸上不安地游移，他深吸了一口气，又呼了出去。这个大个子用拳头支撑着自己，已经想站起来了。但基科抓住米老鼠的拳头，悄悄地说："站起来吧，米兰，不要再坐着了，只要不坐着就好。"[1]

"难道不是吗？"米老鼠惊讶道，嘴巴张得大大的。在基科顶出下一个头球时，米老鼠虽然没有坐着，却像生了根似的站着。基科没有跳得很高，触地得分，三比二。

在双方比分逼近之后，米卡多将军开始千方百计地阻挠边防军接近对方球门的努力。每一次对抗都被判为犯规，每一次向前传球都被哨声打断，每一次发球，甚至明显踢到界外的球都被判给了他们自己。

比赛结束两分钟前，基科在左边锋的位置拼死抵抗。为了不给米卡多将军任何吹犯规的机会，基科避开所有身体接触，躲闪，拐弯，跳跃。他用尽最后一丝力气从边线跑到塞尔维亚的球门前——不痛不痒地一记射门，打在了球门的短柱上，塞尔维亚人的左后卫却打出了一个空位，米老鼠没有接住头球，剩下的无论是朋友还是敌人都从球的旁边滑过，或者震惊过度，完全来不及反应。足球骨碌骨碌地滚到了梅霍的脚边。在整个下半场，梅霍都跟丢了魂魄似的在草地上瞎跑，像被人催眠了似的喃喃自语："不会这么难的，我的奥黛丽，不会这么难。"人们把他从场上推开，因为他连自己人都妨碍，但是三名球员因为受伤——或者因为犯规，或者被残酷地挤到了边线外面——而不得不下场之后，梅霍又回到了场上。

言归正传，球刚好在梅霍的脚下，但他没有认真看，而是出

---

[1] 在德语中，"坐着"和"留级"是同一个词（sitzen bleiben），此处本为双关语，调侃米兰读书时经常留级的事。

神地望向东方。山谷里传来激烈的炮火声，破锣似的，苍白而空洞。梅霍的动作就像电视里重复的慢镜头一样，仿佛他的动作和他自己毫无关系。就这样，他把身体的重心移到左边，不紧不慢地把球从左腿的右后方弹进了球门。"为了你，"他穿着自己的球衣，用破碎的声音说道，"这是为你而进的一球！"他的眼里闪着光，把奥黛丽·赫本的照片放在嘴唇上，轻声地说："现在真的是好莱坞了，我的奥黛丽，给我一个完满的结局吧，随便把我怎样都行！"

1986 年，梅霍在美国，这是他唯一一次在西方国家的旅行。五年来，他节省下做泥瓦匠的工资，住在他父亲家，而且从来没有花过不必要的钱。他一夜又一夜地看美国电影，最爱看惊悚片、恐怖片和奥黛丽·赫本。他学着用英语骂人，还能用不带任何口音的英语在餐厅点咖啡。

射门之后，梅霍悄悄地溜过球场，缩头缩脑的，比赛仍在继续。有一次，足球砸到了他的后背，他竟不为所动，显然让他感兴趣的是天空，而不是足球。有人叫着他的名字，梅霍则用英语回答说："我们是冠军。"他来到自己球队的罚球区，站在那儿伸开双臂，看看有没有下雨。接着，他皱了皱鼻头，交叉双手放在胸前，仿佛真的有雨来了，而且这雨还是冰冷的。有人倒在了梅霍的跟前，不安，骚动，一声哨响，一阵齐射。

"为什么我的指甲是脏的？我好想打电话，我好想再打给某个人。"梅霍大声和天空交谈着，碍路地站在中间，被人推搡，踉踉跄跄。

米卡多将军身边聚集了一大群队员。直到有人朝天开了一枪，人群才拉开一些距离。"点球！"将军大喊道，一把抓起球。迪诺·佐夫摇着头，"刚才那样怎么可能是犯规！"可他也只能摆摆手，无奈地把球放好。现在，足球正位于用脚步测量过的罚球点上。米卡多将军之前活灵活现地扮演了遭遇犯规的样子，并且吹哨把点球的机会判给了自己，现在他登场了。

"闭上你的破嘴！"塞尔维亚的守门员在一边冲迪诺·佐夫叫嚷道。在刚才那次所谓的犯规之后，塞尔维亚一方的守门员从自家的罚球区跑过了整个球场，让球场边上的那个士兵给了他一把手枪。现在，塞尔维亚守门员正在左边那棵冷杉树那儿，把枪口对准了迪诺。"说不定你接得住点球，"他闭上眼睛，"但是你接得住子弹吗？"

米卡多将军阴森地笑着，朝自己队守门员的方向抬起了大拇指，开始助跑。

此时的梅霍早已背对罚球的球员，远离了罚球区，头也没回。"也许底下炮火连天，"他对自己的奥黛丽说，"只是在庆祝这场该死的战争结束了。"留着短发的奥黛丽看起来就像一个男孩。她穿着黑衣服，靠着一面白墙。梅霍把目光从照片上移开，漫不经心地看着几株围绕着这片平地的山毛榉，在悬崖尚未伸入山谷的地方，小推车轧出的狭窄小径在悬崖的左边画出了一条曲线。风从东边而起，越来越紧。已经到了树林附近的梅霍可以看到叶子怎样在风中颤抖。梅霍也在颤抖，而且抖得更厉害，在森林里，四周布满了地雷。大风把梅霍已然满是泪水的脸吹得冰冷。他的脸上之所以涕泪纵横，是因为当时塞尔维亚守门员在他背后放枪之后，又给了他一记响亮的耳光。这回的泪水并未像洪流一样喷薄而出，但是对于男性而言已算是很多了。"唉，去他妈的水龙头。"梅霍嘟囔着说，揉着自己的眼睛，脚步却没有停下来。

在梅霍的身后，众人都在窃窃私语，随后爆发出一阵欢呼，再接着是喊叫声和杂音。疲惫的梅霍可能根本就没有听到，而且也很难分辨出来，正如他分辨不出塞尔维亚人的欢呼和波斯尼亚人的欢呼一样，因为在这片土地上，人们高兴的样子原本就没有分别。退一万步说，即便他看到了大家为之欢呼雀跃的那个进球，但隔着这么远的距离，他也说不准球究竟是飞了六十米还是七十米，甚至是八十米才落进了塞尔维亚的球门。同时，梅霍可能已经走到林中空地尽头的几株山毛榉那儿了，他也许会往山谷里看一眼。尽管从数千米高的地方往下看，战争与和平之间的差别微乎其微，正如朋友的话语或笑声与敌人的笑声也无法分辨一样，不过这一片景象倒是令人印象深刻。"说不出来地美。"梅霍对奥黛丽耳语道，而就在下一秒，他就倒下了。子弹打中了红白球衣上的那个"10"字。穿过这件球衣的是 1991 年 5 月 29 日的德扬·萨维切维奇[1]——在那一天的欧冠决赛上，红星队用点球战胜了法国的国家冠军马赛队。那天，梅霍和他父亲一起看了这场比赛。信号很差，为了不让画面跑掉，梅霍的父亲不得不在整场比赛的九十分钟里以一个固定的姿势把天线举过头顶。甚至在中场

---

[1] 德扬·萨维切维奇（Dejan Savićević，1966— ），南斯拉夫杰出的足球运动员，被称为"巴尔干半岛的马拉多纳"。

休息时，他也不敢把天线放下来，所以只能让梅霍弄点香肠面包喂他。第二天，梅霍给自己买了一件 10 号的球衣，给他父亲买了一台新电视机。

那个塞尔维亚守门员用第一颗子弹打出了梅霍眼睛里的泪水，接着又用两颗子弹打进了梅霍后背。第一枪本来是打迪诺·佐夫的，差了几厘米，没有打中，打到了冷杉树。守门员太早地扣动了扳机，枪声让正在助跑的米卡多将军分了神，于是点球啪嗒一声撞上了右边的冷杉门柱，直接撞进了站着一动不动的迪诺·佐夫的怀里。迪诺不敢相信地看着一个个惊愕不已的枪手，又从一根门柱看向另一根门柱，最后看到球场另一侧空空荡荡的球门。然后，他用尽力气把球踢了出去。

"呃，让暴风操我吧！"如果梅霍在，他也许会用类似的话祝贺那摇摇晃晃的风的轨迹能把这个球带进球门。甚至给了迪诺·佐夫打进塞尔维亚球门的那一球必要动力的那阵狂风，恰好就是吹干了梅霍眼泪的那阵狂风。米卡多将军在边防军的欢呼声中呆住了，犹豫着，显然无法确定自己该做些什么。

"我们的球！球门发球！"他说。但没人听他的，为四比三而欢呼的声音震天响动。"球门发球，进球无效！"将军更加大声地喊道，"球门发球！"他叫起来，"不是进球！"他把手指伸进嘴里吹着口哨，但直到塞尔维亚守门员给了梅霍两枪之后，周边才安静下来。将军指着塞尔维亚那边，"不算进球！不算进球！"

加夫罗的单簧管包在酒红色的天鹅绒布里，肯定一直还在战争前加夫罗放置它的地方：父母客厅的柜子里。即便在冬天，即便在加夫罗的兄弟死去以后，父母的房子依然散发着薰衣草的味道。此时此地，在上帝的脚后面，加夫罗不需要任何乐器去诚实地赚取一些加演的曲目——他加入了米卡多那尖锐的哨声，把哨声抬升到 F 大调，再给它系上一系列轻盈、简单、童真的曲调，又出其不意地把调子转为华尔兹，在华尔兹欢快的六八拍之后，他又突然释放出一曲狂野的查尔达斯舞曲——正当他的谱曲开始呈现出色彩和速度的时候，德扬·加夫里洛维奇，人称加夫罗，贝尔格莱德一位杰出的单簧管乐手，栽倒在草丛里。

查尔达斯舞曲把米老鼠摇醒了。"别坐着了。"他用低沉的声音对在球门后面捡球的队友说。米老鼠把球从他手里夺走，大跨步地跑过球场。"别坐着！"他喊得更大声了。在加夫罗的旁边，又有两名塞尔维亚球员倒在了草地上，而且和加夫罗一样，没有表现出任何想继续踢下去的意思。

因为愤怒，米卡多将军的脖子冒出了一块块红斑。这位将军实际上只是少尉，他人生中大部分时间是贴瓷砖的工人，有四个女儿，所有女儿的名字都是以"Ma"开头的。当米卡多今天第三次要打加夫罗后脑勺的时候，加夫罗那只单簧管乐手的手抓住了将军那贴砖工人的关节。查尔达斯舞曲当中像火焰一般升起了西班牙的气质，"你再也不准这么干了。"加夫罗的目光说道，弗拉明戈舞曲给他这句话配上了副歌。加夫罗吹了口哨，米老鼠大步向前，马尔科打倒自己一方的守门员，缴了他的械。

"哎，去他的穆罕默德·阿里[1]！"梅霍也许会这样赞美马尔科那记朴素的左钩脚。于是，当己方守门员倒下，前锋甩手试图摆脱疼痛时，只有米卡多将军一个人在骂："现在是怎么回事？他妈的搞什么？"他叫骂了几句，照着加夫罗抓住他关节的手指就咬了下去，"你们要干什么……"他四顾着咆哮起来，牙齿上还带着加夫罗手指流出的血。"点球！"他命令正把球拿到场地中央的米老鼠。

　　米卡多的球员一个接一个地坐下了。"这是造反！这是……"将军笑道，"逃兵！"他拼命地抵抗，"叛徒！我要让你们上军事法庭！"边线外面的球员已经藏在草里了，几个士兵已经做好了射击的准备，只是还不确定是不是也要瞄准自己人。

　　大多数塞尔维亚士兵都低头看着地面，看起来并不是因为害怕自己的上级，而是因为这个背上长毛的暴躁男人使他们觉得尴尬。似乎他们在为什么事情感到羞耻，似乎他们没法回答刚才提给他们的那个简单的问题。米卡多将军在狂暴中大叫，脖子上的红斑变成了一整块，"全部炸掉！"他叫道，"把他妈的武器给我！"他退缩了，在小圈子里打转。没人拦得住他，没人回答那个简单的问题。边防军也站在那儿不动，好像自己只是这个舞台上的道具。而这个舞台上，只有一个强壮却矮小的男人赤裸着上身，盛怒犹如翻江倒海。

　　没有人回答得了这个非常简单的问题——除了米老鼠。对他

---

[1]　穆罕默德·阿里（Muhammad Ali，1942—2016），美国男子拳击手，有"拳王"的美誉。

来说，学校里的问题大多都太难了。在家里，米老鼠的父亲会用皮带当鞭子，在他背上抽打出惊叹号，而在这儿，在这被上帝遗忘的地方，却没有问题，只有命令。米兰·耶夫里奇，人称米老鼠，把球放在罚点球的大概位置，脚放在球上，大吼一声，犹如炸雷一般。这吼声越过了在场所有士兵的脑袋，越过了刚拿起武器却仍在犹豫的米卡多将军，越过了球场，越过了战壕，越过了梅霍的尸体，越过了山毛榉林，越过了风，越过了山谷。米老鼠这吼声无比洪亮，无比清晰，仿佛他要在这一声吼叫里回答所有自己未曾答上来的问题："四比三！他们四！"人称米老鼠的米兰·耶夫里奇就这样回答了这个简单的问题。"他们赢了，但也许我们在加时赛的时候还能抢回来一些，也许，"米老鼠往前努了努嘴，突出了下唇，"还是可以的。"

他的话让塞尔维亚的防守倍受鼓舞，塞尔维亚的中场崛起了，塞尔维亚的前锋倒了些李子烧酒，没有泼在令人痛苦的穆罕默德·阿里的拳头上，而是灌进了自己的喉咙。酒灌得很多，甚至迪诺·佐夫的眼睛也流露出渴望的神情。

米老鼠独自一人清空了后场，其余人则向前冲锋。加夫罗当了新裁判，给出了八分钟加时赛的信号。边防军投入了十个人来防守，每个球都被他们踢到了塞尔维亚的半场上。"不要这么用力，小心地雷！"球又过来了，米老鼠倔强地把球的轨迹拉得又高又长，踢回到前场。在最后一分钟里，边防军进行了一次反击，基科败给了米老鼠，因为米老鼠无处不在，球门处也不例外。米老鼠的回答立刻就来了，因为米老鼠学会了回答。他接到球，带球冲过一排排边防军，仿佛他不是和粪叉子，而是和马拉多纳一起长大的。他脖子上的青筋条条突起，紧紧地闭着嘴唇，粗暴地撞倒了两个波斯尼亚防守队员，在三十米开外硬生生地把球往迪诺·佐夫的球门撞击。这个身型巨大的男子把所有的力量都放到了这临门一击上，他的吼声惊起了森林里众多的飞鸟。而那个球，那个肮脏简陋的球，穿过林间空地，往迪诺·佐夫的球门钻去。

17点55分左右，加夫罗吹响哨子，比赛结束。米老鼠的射门是最后一次行动。球员们都筋疲力尽地任由自己倒在草地上。哨声逐渐消失。没有人鼓掌。没有人欢呼。一种沉重的寂静从山谷里升腾起来，到了平地上。人们平静地放下武器。马尔科拿着烧酒瓶，倾斜着瓶身，放在迪诺·佐夫的嘴巴上方，直到一滴滴烧酒沾湿了他的嘴唇，和他的血液混合在了一起。

"啊，好的李子烧酒是诸神的馈赠！"迪诺·佐夫咂巴着嘴，吐了一颗牙出来送给马尔科。阳光在这片位于上帝脚后面的林中空地上投下长长的树影，在上帝穿着军靴的脚后面，在上帝起了水泡的脚后面，在上帝带着球跑的脚后面。

我列了很多清单

在萨拉热窝的边缘，在林立的高楼大厦之间，有一个院子。院子里有一只猫正在我的腿边蹭来蹭去，尾巴高高地竖起，发出呼噜呼噜的声音。一个年轻的男人背对着我，做好了准备。他脱掉了外套。他伸展着自己。这需要一些时间，他不是最快的那个。他的脚边放着一只球。那只猫仍然在看着我。猫在舔着自己的爪子。男人把球抛向空中。球落到了他的额头上，又落到了他的额头上，然后又落到了他的额头上，四，五，他紧抱着双手，每一次，当球落在额头上时，七，八，都把脑袋缩回来，十一，十二。一个巨大的、剪得光秃秃的、波斯尼亚的脑袋正在把球，十三，顶到空中，让球，十四，在平坦的后脑勺上稍微停歇一下，十五，十六，脖子上有一块疤。十九，二十，上身周而复始的动作，二十三，二十四，头球，猫叫了，男人的拐杖在混凝土地面上打滑了，到第三十和三十一下的时候，宣礼的人开始吟唱起来。在接到球之前，男人把上身的动作幅度降到最小，三十五，三十六，我都不要看脸就知道我找到了他，三十八，三十九，拐杖在柏油路面上摩擦，四十四，四十五。在那个夏日，我和埃丁流着汗在操场上等待基科，汗水落在柏油路上，柏油在阳光下融化着。如果我是个能赋予事物超能力的魔法师，我就会夺走那一天消逝的能力，让那一天成为永恒，四十七，四十八，并且我要让那天骑车的女孩拥有杂技演员一样的平衡感。挂着拐杖的基科，穿着白衬衣和牛仔裤的基科，袜子下面的左腿被绑得紧紧的基科——9号球员，来自温柔的德里纳河畔的铁头基科，五十，五十一……

在基科那套位于十四层公寓楼的小房子里，他的妻子哈妮法用带花的茶托端来咖啡给我们喝。房子里没有用线钩织的桌布，没有摆在电视机前的彩色沙发，没有电视机。在大家沉默的时候，也听不到嘀嗒嘀嗒的时钟。房子陈设简朴却明亮，铺着木地板，摆着樱桃木家具。

"没错，"基科说，"我作为职业球员的最后一场比赛。我说过，我射了三次门，用的全是左脚。那个家伙放进来了第四个球，好赢得这次打赌，而我只是想从边线传球。所以我又打进去三个球。于是他们就掉到了淘汰的行列里。但实际上，那一年没有人被淘汰。国家都被淘汰了。谁还管什么足球。"

然后战争就爆发了，哈妮法逃亡去了奥地利，学起了设计。

然后战争就爆发了，和基科打赌的那个守门员参加了土耳其的乙级联赛，却只能坐在板凳上。1号球员受伤以后，他也曾被换上场，还在加时赛上接住过一个点球。

然后战争就爆发了，一位极其受欢迎的民歌歌手为士兵、伤员和政客们办了一场音乐会。音乐会还收门票。后来，据那些伤员说，音乐会办得跟屎一样，他们付了门票钱以后，就没钱买啤酒喝了，而政客那边显然是不会邀请他们喝酒的。

基科的儿子米兰坐到我旁边，给我看一坨巨大的鼻屎。"你有巧克力吗？"他问道。

"你在上幼儿园吗？"我问他。

"哈妮法是我在萨拉热窝第一个说过话的女人，也是第一个我吻过的女人。"基科说，走到一边去取他俩亲吻的照片。

"我也将是你最后一个吻过的女人，明白吗？"哈妮法在基科的身后喊道。

"如果我们下一个孩子是女儿的话，你就不是最后一个了哦！"基科答道，拿着相册走了过来。"我是自愿参军的，"他说，"你想想看，我完全可以留在城里。两年都没问题。但我很快就被派去了伊格曼山。有人告诉我说，伊格曼山关系着萨拉热窝的命运。不过我身边一直带着足球，一直带着。"

"你有糖果吗？"

基科把相册放到我面前的桌子上，走到哈妮法的身边，蹲了下去。不得不说，一条腿蹲着的样子有点怪异——我真的觉得：怪异，尽管我同时也认为，这样一种想法是绝对不允许产生的。

然后战争就爆发了，但没人管它叫战争。人们把它叫"那个"，或者叫"垃圾"，或者叫"马上就会过去"，仿佛在安慰一个正要打针的孩子似的。基科对哈妮法说："你走吧。"哈妮法回答说："战争一过去，我马上就回来。"但愿这该死的东西马上就过去，基科心里想，然后就被派到了伊格曼山。

"我曾经就在山上，在全世界最糟糕的狼操[1]的地方。"基科给我看了相册里坐在摩托车后座上的漂亮的哈妮法。前座上坐着基科自己，没戴头盔。"这是1991年的秋天，"他说，"我的摩托车！我的幸福！"

他把相册翻过去。米兰开始哭闹，揉着自己的眼睛。

哈妮法说："我在格拉茨的那三年里学了点德语。但是'狼操的地方'我不会翻译。你知道'狼操的地方'吗？"

"是说狼……相互之间……的地方。"我小心翼翼地说，看着米兰。

"那是在上帝的脚后面，"基科喊道，"我见过一匹马怎样栽到了一道深沟里，因为它拉不动我们的大炮了，力气用尽了，上山的路根本不是路。这匹马是自杀的……"基科神思恍惚地翻着相册，相册里可以看到他站在一个巨人一般的男子旁边。这个巨人穿着工装裤，戴着一顶在他那巨大的脑袋上看起来就跟消失了一样的便帽。他俩都荷枪实弹。基科在上衣胸前的口袋上佩戴了一枚波斯尼亚军队的百合花徽章，那个大个子的帽子上别着一枚塞尔维亚双头鹰图案的帽徽。他们俩互相把手臂搭在对方的肩膀上，眼含怒气，直直地看着前面。他们背后光秃秃的岩石也愤懑地高耸着。

"这是谁呀？"基科指着相片里的工装裤问自己的儿子。小男孩把自己的半个拳头塞进了嘴里。"米兰，这是谁呀？"基科又问

---

[1] 原文为塞尔维亚－克罗地亚语 Vukojebina，意为"狼交配的地方"，指偏僻之地，无名之地。

了一遍。

"米老鼠叔叔!"米兰欢呼似的叫起来,好像认出了一个每次来他们家都会给他带巧克力和糖果的人。哈妮法说:"狼操的地方,这个词确实没法翻译。"

"也不应该翻译,"基科说着把米兰抱到了怀里,"除了我们自己的语言,没有任何一种其他语言能够描述这样一个地方。"他说。

基科身边的那个士兵张着嘴,好像在努力地呼吸空气。"这张照片是怎么来的呢?"我问道。

"一次休战。那是米兰·耶夫里奇。"基科说。他儿子立刻喊出来:"米老鼠!"基科吻了一下儿子的后脑勺。"我儿子就是因为米兰·耶夫里奇才用了这个塞尔维亚语名字。"基科继续翻着相册。一张照片上,基科在狙击战壕里,浑浊的泥水没过了脚踝。"伊格曼山,在上帝的脚后面。"基科说,把这页翻了过去,"戴着绿色贝雷帽的那个是梅霍。一个疯子,说他是疯子,是因为他心太大。我还在这儿给战俘发了香烟。这是我和哈妮法在莫斯塔尔。米兰刚出生,七斤重。我们还得把这些照片分类整理一下。"基科一边说,一边翻页。最后一张照片上是一个球,一个被枪打得破破烂烂的足球,半掩在高高的草丛里。

我坐上了下午1点开往维舍格勒的大巴。有三个男人已经坐在了车里,其中一个在看报纸,另一个在睡觉,还有一个在看着我。我坐到最后一排,座位涂着褐色和黄色的图案,头垫上泛着油脂的亮光。到了 1 点钟。到了 1∶15。车门前有一个浅色头发、长着眼袋的男人在吸烟，吸完后又点了一根，抽完第三根烟以后，他终于上了车，坐到了方向盘后面。马达还没发动起来，大巴车就在呻吟。我能理解这辆大巴，在它这个年纪还要上路，确实不容易。我睡着了，脑袋靠在震动的车窗玻璃上。

德里纳河唤醒了我。当大巴到了一个小地方，拐进那条与德里纳河平行、直通维舍格勒的街道时，我睁开了眼睛。但我怎么也想不起来那个地方的名字了。大量的隧道频繁地截断了白天的光明，只有少数几个隧道安装了照明。我换到右边靠窗的座位上，左边耸立着层层叠叠的巍峨山崖，上面覆盖着一层薄薄的青苔，稀疏地生长着一些瘦弱的植物。而右边则流淌着我的德里纳河。我确认了我的想法，这是我的德里纳河，暖绿色的德里纳河，镇静地流淌，干净得没有瑕疵。钓鱼人，礁石，还有层次渐变的绿色。

我们行驶在弯曲的街道上，逐渐接近市区。我们开过大坝，大坝附近的水面上翻滚着浮木和塑料构成的团状物。山谷不断变得开阔，很快就可以看到大桥了。"师傅，可以在这儿停一下吗？"一个年轻人喊道。他肯定是半路上车的。大巴嘎吱嘎吱地响，停了下来。

当开过一段狭窄的弯路之后，视野逐渐开阔，大桥呈现在我们眼前。尽管我坚定地认为自己将看到的一切会和原来的一样，但我还是感到惊讶。我抗拒着不由自主地去数有几个桥洞的条件反射，桥是完整的。司机把一盒磁带插入音响，让我不由自主地想起了海象，也想起了自己永远不向磁带开枪的承诺。车里响起了麦当娜的音乐。

"呃，鲍里斯，看在老天的分上，每次都得听这个吗？"看报的那个男人说。司机听了以后，把音响开得更大了，跟着唱《宛如处子》，还用手指在方向盘上打着节奏。

大巴车站比我以前感觉的要小得多，但还是一样破破烂烂。鲍里斯把车开向那五个停车区之一，在另一边停着四辆已经报废了的大巴。我一眼就认出了里面那辆中心运输公司的欧洲客车——海象曾经开着这辆车跑遍了半个南斯拉夫。车身已经年久失修，铁锈龇着牙，灰色的杂草四处蔓延，从车厢内部爬到了车窗外面，轮毂上也缠满了杂草。我是最后一个下车的。

"小伙子，你要去哪儿？"鲍里斯喊道。我装作他不是在问我的样子，走进了汽车站楼里那间狭小的候车室。门已经不在了，尿骚味直冲我的鼻子，售票窗口空无一人，墙壁介于米色和黄色之间，墙皮已经剥落。

"有人吗？"我朝里面喊，里面飘荡着回音。我想招呼阿明——那个控制不住自己那条腿的车站站长，他是我某一张清单上的人。他还在城里吗？阿明是穆斯林吗？

"你找谁？"鲍里斯站在我身后，抽着烟，另一只手在裤袋里摆弄着钥匙。

"我找站长阿明。"我说完后转身就要走，但鲍里斯挡在了路中间，吸了一口手里的香烟，说："这儿从来就没有过叫阿明的人。"

我很惊讶，看着鲍里斯的周围，其他乘客都已没了踪影，剩下的只有我和鲍里斯，以及那五辆大巴，而且里面还有四辆连轮毂都锈迹斑斑的破车——在我们之间，必须做个了断。

　　"你想去哪儿？"他一边问，一边用烟指着我的旅行包。

　　在我脑袋里，一个念头一闪而过：听麦当娜的人大概不会是什么危险分子。于是我尽量装作漫不经心地样子，说："哦，我要去看我奶奶。"

　　鲍里斯皱起了眉头，用食指和拇指夹着香烟。"你奶奶叫什么？"

　　"卡塔里娜，"我回答的声音比预料的要大，"卡塔里娜·克尔斯马诺维奇，糖和糖尿病，"我结结巴巴地说，"最近她不行了。"我试着解释道。这时我发现大巴司机脸上的表情已经发生了变化。他的目光从急切转为好奇。他让我说完了话，吸完最后一口烟之后，用鞋底按灭了烟屁。

　　"你认识米基·克尔斯马诺维奇吗？"他问道。

　　"认识，他是我叔叔。"

　　"叔叔？"鲍里斯四下看了一圈，把裤腰拉得更高了，还戴上了一副巨大的太阳镜。他伸手就来拿我的包，我抽回了手，往候车室里退了一步。"我们刚好同路。"他说。

　　"您不是要继续往前开吗？"

　　"要啊，"他说，"但是我不爱饿着肚子开车。来吧，我帮你拿包。"

　　"不用了，这包不沉。"我趁机从他手里夺过包，"您认识我叔叔？"

"不认识，"他说，从牙缝里用力地吐出一口唾沫，"谢天谢地，不认识。"

我列了很多清单。绰号。那个控制不住自己腿的男人。礼帽。我那伤心汉。六点人。台风。那个唱着歌进山，然后再也没能回来的男人。海象和瓢虫。土豆阿齐兹。大屠杀。那个嘴里有金子的男人。

鲍里斯和我经过了室内足球场，青少年在里面练习头球，我想到了基科的额头。一个留着长辫子的男人在给学员发球，学员则要把球顶进网里去。辫子男穿着西装，系着丝巾。没有守门员。鲍里斯和我一言不发地并排跑着，我们身后是足球撞击横梁的啪啪声。鲍里斯耸了耸肩。我们走过拉扎河上的那座桥，士兵轮舞那天，我和埃丁曾经在桥上吐口水喂过鱼。现在河水很浅，白色的浮沫像小岛一样随波逐流地翻腾着。我吐着口水。这座桥经受住了一切洪水的考验。

我列了很多清单。鲃、欧鲹、多瑙河拟鲤、鮈鱼、雅罗鱼、鲑鱼、鲤鱼、小赤梢鱼，还有留着小胡子戴着眼镜的鲇鱼。

我们没有再聊米基叔叔的事，听到我问他的时候，鲍里斯就会摆摆手，说些无关的话。他用城市的颜色和气味转移我的注意力，问我当时几岁，住在德国哪里，能不能搞到签证，以及麦当娜和盖·里奇的绯闻到底是什么之类无关痛痒的话。当我们在卡塔里娜奶奶住过的高楼外面互相道别的时候，他说："我没有恶意。我告诉你，如果你什么都不知道，那你就是个傻子。如果你懂得很多，而且还承认自己懂得很多，那你就一辈子都是个傻子。"

在高楼前的院子里，六个黑头发的男孩用书包做门柱，在踢球，球滚到了我的脚边，我放下包。在刚开始的尴尬之后，他们就发起了进攻。"谁是我这边的？"我喊道，"谁和我一起？"一个男孩向左跑动，甩掉了防守，"叔叔！"他叫道。我把球传给了他，他面前只有一个守门员，然后做了个假动作。一群欢呼的黑发男孩。

楼梯间里没有灯光。电灯的开关已经从墙体里扯出来了。蓝色和红色的电线从坑洞里突兀地伸出来，犹如没有了脑袋的脖子。过道更窄了，楼梯比以前更短了，空气里弥漫着浓重的面包味，好像所有人都同时在楼里烤面包似的。全世界最好的面包师阿梅拉阿姨曾经住过的那个地方，门牌上已经没有了名字。房门关着，奶奶在门后面咳嗽，门牌上写着"斯拉夫科·克尔斯马诺维奇"。我没有敲门，我走了进去。

我列了很多清单。清真寺。两座清真寺，至少有一座要重建起来。关于这个事，有具体的计划，也有具体的抗议。那座更大的清真寺，塔尖直指天空，在离此处不远的地方有许多栗子树，树上和从前一样挂着许多讣告。绿色讣告的边缘写着阿拉伯文字，黑色讣告的边缘则是十字架。穆斯林和基督徒的比例是十四比一。只有很少的穆斯林再度回到了家园。

"亚历山大，"卡塔里娜奶奶说，"我烤了面包，马上就把牛奶热上。"

拥抱是短暂的。奶奶只有到我脖子这么高，她吻了我的脖子，我被她吓到了，也被自己吓到了，因为我感到有些恶心——因为奶奶湿润的嘴巴，以及她上唇边缘令人刺痒的绒毛。"来吧，"她说，"你累了，让我看看你。对，那是你爷爷。"

奶奶的头发是染黑的，发根那儿逐渐露出了白色。奶奶散发着如同潮湿的玉米般的干净味道，试着抬起我的包。"你还喝咖啡吗？"她问道。

"不用了。"我说着就扛起行李进了卧室。门框上还看得到我在1992年4月6日的身高：1米53。那时，第一批手榴弹落下来，爸爸正在削铅笔，叫我过去，"时间还早，你站到那儿去看看。"今天我自己量，踮起脚尖，就像当年骗爸爸一样，多报了两到三厘米。在和我头发差不多高的地方，我用铅笔在门框的木头上画了一条线。厨房里飘来牛奶的味道。我等待着，1米8，十二分钟，我喝着热牛奶。

我列了很多清单。那座有着怪异房顶的绿房子依然是一座有着怪异房顶的绿房子。在房子唯一的大窗户那儿，摆着一个盆栽。

怪异的房顶上放着一个卫星信号接收器。房顶倾斜得厉害，几乎要碰到地面了。我偷偷地透过窗户往里面看。在小房间的中央，一个女人盘腿端坐在竹席上。她闭着眼睛。她的双手很放松，手心朝上，放在双膝上。拇指和中指捏在一起。

　　在离这座房子不远的小公园里，那个老火车头还在那儿，经过修复，又重新油漆了一遍。我抚摸着火车头的正面：光滑冰冷的钢铁。拉菲克外公，灰色，火车头。一对年纪稍微有些大的旅客夫妇请我给他们拍一张站在火车头前的合照。他们戴着巴拿马草帽。他们买了木头做的纪念品，大桥模型、清真寺的吊坠、伊沃·安德里奇的手办：我的想象力真是无边无际。

　　我打开行李。糖尿病人可以吃的樱桃果酱。卡塔里娜奶奶笑出声来，"只要不是我自己做的果酱，我都不吃的！"她把玻璃瓶重新包起来，叫我把它放到储藏室去。气味种类的清单。地下室：豌豆一锅炖和煤炭的气味。维勒托沃的墓地：新割的草味。佐兰的婶婶德莎：蜂蜜的气味。士兵：钢铁和烧酒的气味。德里纳河：德里纳河的气味。储藏室、餐厅：酸面团和烂木头的气味——里面是面包桶、罐头、白糖、面粉、袋子套袋子、蛾子、深不见底的盒子、生了锈的捕鼠器。架子后面藏着我的渔具，自从我们逃亡之后就留在了那儿。鱼竿的线圈已经需要上油了，鱼钩也已经锈了。"奶奶，"我从小房间里向外面喊，"什么时候开始，老鼠连软木塞都吃啦？"

　　"我们现在到处喝咖啡。"奶奶说，然后就要出门。"我对聪明的老鼠怀有敬意。"她在楼梯间里大声说。

对奶奶来说，咖啡不仅仅是一种饮料，咖啡意味着：赞美女邻居的白色窗帘，把它捧上天，因为窗帘洗得非常干净。我人生中的第一杯咖啡就是和奶奶一起喝的，在五楼的玛格达阿姨家里。我列了很多清单。高楼的居民。据说，我是在玛格达怀里学会走路的。既不需要甜食，也不需要李子和碎肉来引诱我。玛格达的长脖子和长鼻子使她看起来活像一只鹳鸟。五楼的玛格达是一个已经疲倦的神话形象，她不得不将自己的脑袋支撑住，因为这颗脑袋好像不想端正地坐在她肩膀上，她不得不把手放在下面，支撑着头颅，很快就表现出沉迷梦幻和精疲力竭的样子。她的两颊已经凹陷，细细的头发犹如用银灰色的铅做成的线束。"我的卡塔里娜，"玛格达说，"什么东西都能让我给睡坏了。哟，亚历山大，你已经长大了。"她用绿色的眼睛打量着我。

"您很漂亮。"我回答说，却不知道她什么意思。

"没错，没错，"她拂去额头上一绺铅灰色的头发，"那个时候，你在我怀里，你现在早就不记得了。"她说。这时，我和奶奶都靠在了椅背上，因为现在玛格达那破碎的声音将要吟唱传说了，"那个时候，你在我怀里迈开了脚步，踏着小步子，不停地朝我走过来，脸上带着笑，你的占领就这样开始了。你好，大世界，我准备好了！你为自己的力量欣喜若狂，平衡找到了你，你扑到了我的怀里。"

二楼的米洛米尔，他们家的咖啡煮得很浓。"在战争中，"他说，"我最大的忧虑是会不会有一颗手榴弹扔到我头上，或者会不会被狙击手打中。可今天，我要担忧的实在太多，甚至我都不知道我最大的忧虑是什么了。"脸上带着痘痕，身上带着关节炎，背在身后的那双手夹着一根点燃的烟——就这样，米洛米尔弯着腰，吻了奶奶的手，告别了这儿。"卡塔里娜，"他对奶奶的手说，"不久以后要过来看我啊。"

两口下去，就只剩下咖啡渣了。

我列了很多清单。小酒馆，饭店，旅馆。拉扎河与德里纳河的河口处有一家饭店，叫河口饭店，可以同时望见两条河。我回想起带着宽阔露台的圆顶，回想起偶尔几个夜晚只有我们三个人——爸爸、妈妈和我在河口饭店吃晚饭，乐手来到我们桌边，以及那几个夜晚的蚊虫叮咬和青蛙困倦的呱呱声。爸爸卷起一张钞票，塞到乐手的手风琴里，拉手风琴的人则坏笑着朝妈妈的方向鞠了一躬。

废墟、石头、钢筋、熏黑了的阳台、折断的木板——这些围绕着河口饭店仅存的圆形地基，编织成了一个花环。中间站着的是我，向左看见德里纳河，向右看见拉扎河。在我的脚底下，一个装食盐的调味罐的碎片吱呀作响。青蛙仍旧呱呱地叫着。

卡塔里娜奶奶和我坐在客厅，看着电视剧《伊莎贝拉》。我今天喝了太多咖啡，我在发抖，完全无法想象自己还能够睡着。这个电视剧其实不叫《伊莎贝拉》，只不过里面那个人美心善又受苦的主人公叫这个名字。奶奶每天要追三部电视剧：下午4点一部，晚上 7 点一部，还有晚上 9 点的《伊莎贝拉》。播广告的时候，她就给自己打胰岛素，我不能往她那儿看。她一边卷起上衣，一边说有一个炸弹落在了一对新婚夫妇的桌子底下，爆炸的时候，新郎正在切蛋糕。新娘被炸死了，桌子底下趴在新郎脚边睡觉的那条狗，也给炸死了。人们给狗打了一具金子做的小棺材，装了尸体，沉到了德里纳河。新娘被大家安葬了，穿着婚纱下葬的，但是没有穿鞋，因为鞋子是借来的。

奶奶给自己注射着胰岛素，大声地用嘴呼吸着。我不能看她。我不能听她的声音。

我知道的故事越多，说话越大声，把电视机的声音开得越大，我就对自己感到越陌生。

奶奶直勾勾地盯着电视机。"伊莎贝拉，"她一边说一边用食指和中指压着针口，"不能这样盲目地相信后妈。"

我以后要把这句话写进自己那本叫《一切还如当初一般美好》的书里："一定要发明一种诚实的刨刀，能把故事里的谎言刨去，能把回忆里的欺骗刮除。"我是个收集刨花的人。

我列了很多清单。音乐教授波波维奇先生。我摁响了五楼的门铃，波波维奇夫人莱娜开了门。她是一位衣着华贵的太太，发髻梳得高高的，戴着金耳环，散发着麝香的芬芳。看来她已经做好了出门的准备，正要去什么地方。我不需要向她解释什么，"卡塔里娜，"她微笑着说，"已经告诉我说您在城里了。快请进来！"

当我走进客厅时，波波维奇先生关了电视，站起身来。他好奇地盯着我看，向我伸出手来。直到他太太介绍我的时候，波波维奇先生才想起我来："亚历山大！这真是太惊喜了！快坐快坐，孩子，快坐下。说实话，我真差点没认出你来。"

我们围着一张玻璃桌子坐下。波波维奇太太一下就消失在厨房里，一分钟以后，她就端上了一盘奶酪，满得都快装不下了。她递给我一杯啤酒，然后给了波波维奇先生一杯水和放在银托盘上的两粒红色药片。

"对，"波波维奇先生说，"我想起来了。上大学的时候，我和你爷爷是好朋友，后来我们还成了政治上的好伙伴。斯拉夫科真是个有天赋的演说家，党内只有少数人理解他的想法，而赞成的几乎没有。那真是些杰出的想法。"

我点点头，享受地听着这个老人深沉而从容不迫的声音，他那平和淡然的样子，我看着他在说话时会变大的眼睛。他太太坐在我们对面，合拢双手放在膝间，专注地打量着波波维奇，好像自己的丈夫也是客人似的。

"如果没有斯拉夫科的努力，"波波维奇先生继续着他的小型演讲，"市图书馆就永远都不可能扩建。而且直到今天，不仅是学校，甚至整个城市都还在享受着图书馆扩建带来的好处。这都过去多少年了……"

我用牙签叉起一小块奶酪，奶酪是冷的，吃起来有辣椒的味道。波波维奇的房子里有镶着花边的柜子和五斗橱，一座青春风格的大台灯，一张深色木头做的写字台，台子上放着铁托的肖像。乐谱和唱片搁在架子上，落在地上，到处都是。墙角那儿是钢琴，旁边是一台留声机。我又看着波波维奇先生，他眯起眼睛，向我伸出手来，"我是彼得·波波维奇教授，您是？"

"抱歉，您说什么？"

波波维奇太太清了清嗓子。"彼得，"他说，"这是亚历山大，斯拉夫科的孙子。"

"斯拉夫科·克尔斯马诺维奇？"波波维奇先生喊道，脸上放光，"真是惊喜啊！亚历山大，您真是变化太大了！您知道吗，您祖父过去经常带着您一起来我们家。我和你爷爷可好了，他这个维舍格勒的西塞罗和我。您那个时候才……我估计您那个时候大概最多才……"波波维奇先生又一次陷入了沉思，手放在下巴那儿。我看着波波维奇太太，她还是一直保持着微笑。

"你会想起来的，彼得，"她小声地说，"你会想起来的，慢慢想。"

波波维奇先生皱起了眉头。"莱娜，"他对太太说，"这位先生是谁？"

"亚历山大·克尔斯马诺维奇，"这回我接过了话头，站起来，再一次向这位穿着灰色毛背心，分头梳得整整齐齐的老先生伸出了手，"我是来看奶奶的。您以前送过我一本音乐百科作为生日礼物。"

波波维奇先生笑了，同样站了起来，把我的手紧紧攥在他自己的两只手中间。"啊，当然了！"他喊道，"《世界音乐百科》！您是斯拉夫科的孙子！您坐，您坐，莱娜，可以给我们拿些啤酒来吗？您是喝啤酒的吧？"

"非常乐意。"我说，波波维奇先生友好地看着我，坐在乐谱和唱片之间微笑着。斯拉夫科爷爷总是夸赞波波维奇的钢琴演奏，把他称为我们这个城市唯一的真正的知识分子。在太太去了厨房之后，波波维奇先生把我的手抓得更紧了，信任地对我耳语道："我这辈子都是这么草率地对待我太太的美丽和可爱，就像我对待历史和对待死亡一样。"

波波维奇先生喝了一口水，近距离地观察着自己的杯子，杯壁起雾了。波波维奇解开衬衣袖口的纽扣。"假的。"他用银色的谱号指着袖口金色的扣子。

他那可爱的太太端着啤酒回到了客厅，恰好看到自己的丈夫向我伸出手来，她说："彼得·波波维奇，这位先生是？"

我介绍了自己之后，波波维奇先生起身问道："克尔斯马诺维奇先生，来点音乐？"顺便吻了一下走过来的太太。"巴赫？我记得您懂得塞巴斯蒂安·巴赫的价值，不过他在我们这儿被低估了。《我不让你离去，除非你祝福我》[1]。"他建议道。"我感到喜悦，"他唱道，"今天得以放下这个时代的悲苦。啪——哒——哒。"他站在留声机的前面，而且一直站在那儿。

"也许这样更好，"波波维奇太太说，就着瓶子喝了一口啤酒，"你可以躲在回忆里，不让这个令人憎恨的当下一天又一天地扇你耳光。"

波波维奇先生离开了留声机，走向书架。短暂地思考了一下

---

[1] 巴赫的一首教会颂赞曲（BWV 157）。

之后，他从架子上取出一本乐谱，翻动着，仿佛在寻找特定的哪一处，"啪——哒——哒。"他唱着唱着就坐到了钢琴前面。

从家里到卡塔里娜奶奶家的路程：2349步。我列了很多清单：脚步丈量的距离。我家在德里纳河的另一边。奶奶还在睡觉，平静地打着呼噜，我可以叫醒她，问那边住的是谁，但我已经不知道她喜欢怎样被叫醒，而且我对自己不知道答案感到不舒服。

今天从奶奶那儿到家里是2250步，门牌上写着：米基。我站在混凝土上，花园已经被混凝土浇筑了，那些蚯蚓怎么样了？我没有摁门铃，直接喊："米基。"

我列了很多清单。我们的街道。我从一栋房子跑到另一栋房子，我认识这个阳台，认识那个轮胎做的秋千，认识从花园里偷走的黄李子的味道，却不再认识任何一个信箱上的名字，除了达尼洛·戈尔基。

达尼洛和我坐在他家游廊上，桌子，摇椅，一切都保持着原来的样子，和我在关于弗兰切斯科的回忆中保留的一样。花园荒芜了，樱桃树被砍掉了，达尼洛的妈妈米蕾拉已经去世了。达尼洛一个人住在这所大房子里，每天早上5点就起床去钓鱼，如果渔获卖不掉，就自己吃。他的冰箱里装满了鱼。每天去钓鱼，什么也钓不到，也好过每天去干活，却什么也存不下。今天很多人都认为有一份工作就可以很幸福了，就算没有报酬都行。我鄙视这样的幸福。

我问达尼洛知不知道他在河口饭店的那个同事流落到了哪儿，我们小时候都管那个人叫医生叔叔。清单：传说。我讲述着皮衣摩托车手的柠檬水的故事。

达尼洛说他知道。我等着他继续说下去，他却不说了。于是我问："哪儿？"

"我和你叔叔在同一个队，"他边铺桌子边说，"所以你才来的这儿，对吧？"

医生叔叔切开了一个男人的腿肚子，因为这个男的把医生叔叔妹妹的牙和一匹马的牙相提并论。

"鱼如果太多，"达尼洛说，"就再也闻不到鱼的气味了。"

外面传来玩耍的孩子们的呼喊声，声音已经减弱了。达尼洛一边问我有没有结婚，一边往平底锅里放油，再放进去两条鱼。

"没结婚挺好，"他说，"女人就是皮囊好看的魔鬼而已。"

"没错，就是这样的，"达尼洛·戈尔基说，打开了临街的窗户，"我知道。"

从家里到学校：1803 步。这是我在有数学作业那天数的。为了写数学作业，我像英雄一样地学习，但交上去的作业一道题也没有做对。今天我从家里走到学校只要 1731 步。学生们在小组里站着，叽叽喳喳的。我用脚步测量着小足球场的罚球区，球门已经没了。就是在这儿，我和埃丁跟基科打赌，基科赢了。我跑过院子去找楼管科斯蒂纳。这个干瘦的男人穿着蓝色的工作裤，耳朵后面夹着一支笔，背靠着墙。

"科斯蒂纳先生，"我说，"球门都没了。"

"球门都没了。"他重复了一遍，沿着自己下臂粗大的静脉抓痒。操场里传来女孩的笑声。

"那我在墙上画一个球门怎么样？"

"不怎么样。"科斯蒂纳先生嘟囔着说。

叮叮当当的声音响起来了，像放慢了速度似的。我想是瓶瓶罐罐撞到一起的声音。孩子们像潮水一样冲刷着我们，一股书包形成的花花绿绿的洪流嘈杂地涌入大楼。

"新的上课铃？"我问道，因为除了谈这件显而易见的事以外，也没什么可说的了。

"和三十年前的上课铃是同一个，就是变得懒散了。"科斯蒂纳缓慢地说，就和刚才的上课铃声一样凝重。

礼堂还是散发着受潮的纸板和巧克力酱的味道。我在礼堂大门口站住了。

"科斯蒂纳先生，您告诉我，菲佐还在这儿吗？"

"回来的人，嗯？某个星期一休息的时候，他出去就没再回来。"科斯蒂纳先生吃力地从墙上支起身来，悄悄地走进了大楼。现在操场上安静了，只有一个不愿迟到的男孩正在没了球门的操场上拼命赶路。

我列了很多清单。我坐在六楼拉多万·本达家里，他太太为我端上了我在维舍格勒第二天的第一杯咖啡。清晨，时间还很早，我之前不得不和他约这个时间，7点钟是他唯一的空闲时间。拉多万曾是维勒托沃我太爷爷家里办庆典时一位很受欢迎的客人，他总是一身使不完的力气，从来没有生过病，也从来不因为别人骂他的话而感到尴尬。1991年的冬天，他离开了自己那个害怕电力、牛仔布和满月的村子，搬到了维舍格勒。到了城里的第一天，他就卖掉了羊，用这些钱在六楼租了个房子。他那两头牛太大，挤不进楼道，于是也被卖了出去。他用卖牛的钱买了一把椅子和一张桌子，还有他人生中第一台吸尘器、第一台冰箱和第一瓶气泡矿泉水。他在顶楼养了鸡，在宣礼员的声音响起之前，公鸡的啼鸣就把整栋楼里的人叫醒了。后来，维舍格勒周边爆发第一次战斗的时候，一颗手榴弹落在了楼顶，再也没有一只鸡发出"咯咯"的声音。当看见自己那些沉默的母鸡时，拉多万决定逃离维舍格勒。他把鸡放进冰箱，把冰箱扛在背上，开始了漫游。拉多万在自己的咖啡里放了点糖，告诉我，除了自己曾经居住的那个村子，他当时想不到还有其他更安全的地方。他看着杯托说："我的村子已经不是村子了，因为有人才能叫村子。我一户一户地去看，没有一家的门锁没被撬开。人们在卧室里，不是在睡觉，而是躺在那儿，死的。躺在床上，躺在鲜红的枕头上。全是塞尔维亚人，我们的人只剩下一户，全是塞尔维亚人。剩下那一户是好心的穆罕默德，我敲了门，开门时他说：亲爱的拉多万。他向我张开双手，像兄弟一样拥抱我。"

拉多万停顿了一下，搅动着咖啡，喝了一口。"街上传来摩托车的轰鸣声，像要钻进我们的耳朵似的，喊叫声，一股哨声。最可怕的一个夜晚，"拉多万说，紧紧地抿了一下嘴唇，"他们把汽油浇在狗身上，把狗绳点着了。我奶奶夜里睡不好，疲惫地坐在阳台的秋千上。他们一来就把老人家吊死了。其他人都被开枪打死了，我奶奶被吊在秋千架上晃荡。他们这是要做成自杀的样子吗？奶奶自己是绝对不会上吊的，她要是活着，肯定会说：'真是蠢事，我可只有这一条命！'"

拉多万埋了全村的人，带着鸡踏上了回来的路，他要报仇。他在路上捡了七块锋利的石头，每一块石头为了一个遇害的村民，拉多万哭了七天。他六个夜晚没有合过眼，到了第七天夜里，他终于承认自己没有办法做一个杀人犯。"我懂得仇恨，但我害怕流血。我对自己说要变得有钱，然后就走着瞧吧。于是我又搬回了这栋楼，说实话，我跟任何东西都离得远远的。音乐教授波波维奇先生教会了我写字，我还在他那儿学会了怎么更好地讲话，更快地思考，更巧妙地拍马屁。有一年的时间，我天天在波波维奇先生家，告别的时候，他总会弹钢琴。后来，他忘了莫扎特，接着又忘了勃拉姆斯，然后又忘了维瓦尔第，最后就只记得巴赫了。'亲爱的拉多万，你要是想富起来，就得掌握修辞术！'这位音乐教授先生曾告诉我，那时候他身体还不错。"

除了那些母鸡，拉多万把什么都给卖了。他用那些钱请走私犯和盗贼吃晚饭，偷听政客和告密者聊天，观察一个医生和三个维和部队的士兵打扑克，然后给医生做了个手势。

"了解到足够的信息，知道事情该怎么办以后，"拉多万说着就张开双臂比画起来，"我就拦了一辆货车，和司机吵了起来，不算太厉害。车上全是药品，要送到某市长那儿去，市长拿到以后还想继续卖。我把货车交给手下一个走私犯看管，然后对打扑克那个医生说：'下面该怎么办就看你了。'"

今天，拉多万的冰箱已经换成一个美国大家庭用的冰箱了。放了冰箱以后，剩下的客厅空间，只够勉强通行。拉多万的金发女人的紧身吊带衫上写着"浪荡公主"，银色的字，闪闪发亮。第二个女人进来了，是个红头发，直接亲了拉多万的嘴——这种复杂的关系不由得让我深思起来。拉多万向我介绍了这两位名字最后一个字母听起来都像是"y"的女人，然后摸了她们的屁股。浪荡公主和红发女人在窗边吸烟，身体伸出窗外，伸进了维舍格勒的清晨里。

"他们抹掉了我们整个村子，"拉多万说，"但我还有一条命！我投资了药物，然后投资了废铁。总有一天，一切都会变成废铁，这个城市，整个烂国家都是废铁，废铁一文不值。我租过一间房，卖咖啡和烤肉，给店面起了个名字叫'麦当万'。小酒馆千千万，但我是第一家可以赌钱的。他们都来了，我的医生们、维和部队的士兵们、难民们、政客们、发明家们、走私犯们。但唯一能赌赢的人只有我——麦当万·本达。"

拉多万是个健壮敦实的男人，皮肤被太阳晒成了棕色，但胡子刮得很干净，头发有一股苹果的味道。说长单词的时候大多把重音放在第一个音节上，这是他的方言残存的最后一点痕迹。拉多万不抽烟，谈到钱的时候，他会用双手在空中画圈，手指张得很开。整个六楼都是他的。他把隔墙都打通了，把各个房间连到一起，弄出了一个广阔的空间，而且把对着街道的那一面都安上了玻璃。他搞了一个办公室，一间豪华的卧室，床有天盖，镜框都是镀金的，还有两间是客房。他说："我们这样的宾馆，你在哪一家都找不到。"拉多万把什么都给我看了，他觉得墙上的画太俗气，但是员工喜欢。拉多万微笑着。"我的女孩们在唱歌。"他说。音乐还没做好，但光碟已经有了。他放给我看，浪荡公主和红发女郎在跳舞，拉多万在里面戴了个帽子，本色出演。

当年阿西娅藏身的储藏室，现在成了一个清理过的仓库。拉多万一打开仓库顶上的天窗，我们就听到了母鸡的咯咯声。"这些鸡不知什么时候从惊吓中恢复过来了。"他一边说一边撒了一把玉米粒出去。拉多万·本达站在高楼的边缘，望着这座不断生长的城市。

我列了很多清单。佐兰·帕夫洛维奇。我的佐兰。海象的佐兰。斯坦科夫斯基师傅理发店的主人。我坐在那把旧理发椅上，佐兰站在我的身后，左边是一个发夹，右边是一把大剪刀。佐兰长长的手臂，佐兰薄薄的嘴唇，佐兰那严肃的、毫不动摇的表情。

"你这些都是在哪儿学的？"我问道，用手将着自己的头发。

"这儿学点，那儿学点，大部分是跟斯坦科夫斯基学的。我开始干了，好吗？全都剪掉？"

"全剪。"我把手缩回来，藏在围布下面。佐兰用发夹把我的头发扎成一束，开始动剪刀。

"亚历山大？"

"嗯？"

"天哪，天哪，天哪……"

"什么？"

"你看看我们自己！你看看镜子里！"

佐兰的手里攥着我的发束，我们的目光在镜子里碰到了一起。"如果这有什么问题的话……"我说。

"什么问题，伙计。都剪掉？"

"剪吧，不然我又要重新考虑了。"

我的佐兰。海象的佐兰。剪刀打开了，他给我看了剪下来的发束。在帕纳萨米格牌刮胡刀的嗡嗡声中，我们都沉默着。我是佐兰最后一个客人。他关了店门，把外套的领子竖得高高的。"你今天晚上在我们家吃饭吧。"他说。我摸着头，佐兰把手插在兜里，肩膀也因为夜晚的寒冷而耸了起来。外面风刮得很紧，天空没有星星。

红色的墙壁，黑色的窗架——这当然是米莉察的主意。在装修完之后不久，但凡经过海象他们家门口的人，没有一个不站在那儿摇头或者捧腹大笑的。"我得掩盖住这丢脸的事儿，"海象逢人便说，"其实我们把内墙也刷了。"海象回来的第一天就把德莎家的短工扔了出去，然后就和佐兰以及佐兰的继母搬进了这所房子。佐兰请我吃了肉末茄子饼和冰激凌，吃的时候，米莉察笑着说："德莎还是到处去干蠢事，然后我就和她聊了一次。"米莉察穿着一件伐木工的红黑相间的衬衫，一条黑色牛仔裤，大大的蓝眼睛下面仍然没有一道皱纹。

"都是新的，捣蛋鬼。"海象对我说。他站在那儿，嘴里不停地嚼着，在客厅中间张开双臂，"就三个月，我和米莉察就让整栋房子发生了翻天覆地的变化。"海象的小胡子已经剃掉了，我盯着他鼻子和上唇之间空荡荡的地方，总觉得少了些什么，我几乎说不出话来。

"在三月一个雾气蒙蒙的清晨，佐兰要跨过奥地利边界的时候被抓住了，于是他不得不在格拉茨的监狱里度过了三个月，等待着被驱逐。"海象在讲这个故事的时候，佐兰正在往土豆里放盐，目光没有离开自己的盘子。海象讲着当时佐兰想要藏身的雾有多厚，讲着佐兰差一点躲过边界岗哨时多么惊险，讲着监狱的伙食有多糟糕。"又是雾，"海象用面包擦干净嘴巴，"我们的故事里总有雾。"

"厚得像水泥一样的雾。"佐兰喃喃自语，把同父异母的妹妹埃莉莎搂到怀里。埃莉莎才两岁，却已经有了和爸爸一样下垂的脸颊。米莉察打量着我，跷着二郎腿，晃着脚。佐兰则帮着妹妹玩拼图游戏。

"你不会相信的，捣蛋鬼，"海象说，"你还记得弗兰切斯科吗，那个我在玩地滚球时狂虐过的意大利同性恋？你待会儿可要忍住！"

海象从一个装满了照片的饼干箱里——我很快就在里面看到一场篮球赛，还有站在大巴车前面的海象和米莉察——拿出了一封信。满满的半页都是弗兰切斯科那破碎的塞尔维亚－克罗地亚语。他在信里面问海象过得好不好，说自己很担心，一直在向维舍格勒寄药品和食品，不知道有没有哪些已经寄到了等等。我的名字也出现在了弗兰切斯科的希望里。随信寄来的还有一张照片，上面不仅有弗兰切斯科，还有一个年轻女人和一个小女孩，他们都站在大坝上。"简直不敢相信!"海象敲打着照片。照片的背面写着"我妻子克丽斯蒂娜和我女儿德里纳"。

"奥地利……"佐兰说。夜已经很深,我们走进寒冷的夜里,戴上了帽子。"安基察不愿意一起来。我把她吓得太厉害了。"

夜晚闻起来就像是烧过的煤炭,我搜索枯肠地想给佐兰出一个差不多能行的主意。"你可以来德国找我。"我说。佐兰用鼻子吸了一口气,拍了拍我的背。

画廊咖啡厅。清单上写着:小酒馆、饭店、旅馆。极速民谣[1]、埃米纳姆[2]、梳着中分的男孩,下巴上有一个疤,上面起了皮屑。男孩在每张桌子上放了一个心形布偶,心的下面留了一张解释自己身体残疾的纸条。心有红色的,也有粉红色的。男孩没有正眼看任何人,在醉酒的歌声里,他几乎是不可见的。在画廊咖啡厅里,人们都记得歌词,那个男孩专注地收着心形布偶,好像在清理一间没有人的房子。天很热,咖啡厅人满为患,玻璃窗上都起了一层水雾。

"奇怪,"我对佐兰说,"这是我第一次在维舍格勒外面逛。"

这儿也有电子显示屏,播放着即时的比赛结果。埃森对多特蒙德:一比一。我赢了。

佐兰说:"你总是什么都不会错过。"

---

[1]　极速民谣(Turbo-Folk),又称塞尔维亚浪潮,起源于塞尔维亚的音乐流派,1990 年代曾十分流行,批评者认为其与塞尔维亚民族主义,甚至是战争意识形态有关。
[2]　埃米纳姆(Eminem,1972—　　),美国著名说唱歌手、词曲作家、唱片制作人、演员及电影制作人。

我们俩面对面地坐在咖啡厅最角落的位置，我几乎听不到佐兰说话，音响就在我们头顶上。佐兰大多数时候都是沉默的，我提问题，但得到的回应往往就是摇头，很少有更多的反应。和佐兰一起沉默真的永远都不会令人不快，更多是这样一种感觉，就是我不知道说些什么才能引出他的话来。今天晚上也差不多，无论我聊战争，聊战后的时代，聊女人，聊学业，还是聊足球——佐兰仍然波澜不惊，毫无涟漪，他的回答极其简短，大多只是手势，连话都没有。在喝了第三杯啤酒以后，我放弃了，我不想再像一个记者一样冲着佐兰的耳朵大声喊叫某一个话题，而是躺倒在椅子里，伴着音乐点头。佐兰点了两杯啤酒，向我招手，好像我们之间离得很远，他要把我从另一个房间招呼过去似的。他靠近我的耳朵，突然大声地喊叫，吓得我整个人都缩了起来："你看看身边，亚历山大！看看你旁边！你认识任何一个人吗？你甚至连我都不认识！你是个外来的，亚历山大！"佐兰从近处盯着我看，"开心点！"

　　我对着另一边说："我只想拿我的回忆和现在比较一下。"

　　佐兰的眼睛红了，他不再眯缝起眼睛。"我告诉你怎么比较！"他叫道，声音里透着愤怒，不单单是因为他叫得很大声。

　　"亚历山大？"

　　"喂？"

　　"亚历山大？"

　　"谁啊？我听不清您说话！"

"是我是我，这么高的树，这儿很健康，很好，树很高。"

"外婆？法蒂玛外婆，是你吗？"

"我路上看见他的，在月亮上，他有修长的脖子，我明天想上去，想上去。"

"外婆，你在哪儿？什么……"

"两个黑人帮我搭了帐篷，他们很礼貌，但是我睡不着，太冷了。明天我们走那条风最大的路，到中午我就坐到火山口上。"

"根本就不可能，妈妈知道……"

"哎，孩子，我还等什么，是我，雪会落在圣海伦火山[1]上，他们说，我希望自己有些可以让人感到骄傲的东西，有些别人不敢相信的东西。"

"外婆，让妈妈接电话，妈妈在旁边吗？"

"总在寂静里真的不能让人感到快乐，孩子，我现在有一个很好的理由，我在，孩子，我坐过飞机，要系安全带，但我没系。"

"外婆……"

"亚历山大，我从来没有比今天更幸福过，我要往一个火山口里扔一块石头。"

"你给妈妈打电话，你马上给妈妈打电话，好吗？"

"别担心，她会理解的，黑人听不懂我说话，我说想在小屋里睡觉，我现在要走进去什么的，孩子，孩子，这么高的树，这么长的呼吸，一轮没有瑕疵的月亮。"

---

[1] 圣海伦火山（Mount St. Helens），位于美国华盛顿州的活火山。

"外婆……你可以帮我一个忙吗？"

"我的孩子，你的声音和你外公拉菲克一样。"

"你能帮我也扔块石头到火山口里吗？"

"没问题，孩子，我要扔一整座山进去，我在这儿的。"

法蒂玛外婆咯咯地笑起来。法蒂玛外婆像男孩一样的笑声。我试着尽可能地保持安静，通往花园的门嘎吱嘎吱地响，我在一张以前还不在这儿的小桌子旁边坐下来。这扇门不是我们的，花园也不是。只有从前的时光还属于我们，属于我和外婆。当外婆编辫子的时候，她花园里的向日葵都把脸转向她。

房子里的一切都一动不动。甚至德里纳河的风光都不属于我们了：杨树和板栗树开花时，房子附近的河岸上在夏天里都像下雪。外婆站在树下，散开头发编辫子。一棵栗子树上绑着一根粗绳，粗绳上有一个轮胎在摇晃，轮胎上有一个男孩在摇晃，颤抖着，既因为寒冷，也因为欢乐，白絮被风播撒在空中，随之舞动。

大桥的风光也不属于我们了。在第五个桥洞那儿，我曾经抓着光滑的石头，第一次，也是唯一一次对斯拉夫科爷爷生气。他强迫我游过桥洞，但我觉得水太冷，浪太急，我害怕，但又不想让他失望。我游得越来越远，穿过桥洞，逆流而上，直到德里纳河用她平静的坚持接纳了我，仿佛我的身体是她的一部分。我鼻腔后面开始有燃烧般的感觉，从水下往上看，光从水面折射下来，这是最令人恐惧的光。爷爷伸手来抓我，我正在滑走，正在消失，爷爷拖着我，我正在咳嗽，正在骂人，我仰面朝天地回到了岸边。他说："你马上就七岁了，到那之前，你一定要游过所有的桥洞。"

杨树和栗子树已经不见了，当柴火砍了。光秃秃的斜坡上，一条狗正在翻垃圾堆。一个钓鱼的人站在下水道的入河口旁边，用面包喂着鱼。"爷爷，我从来就没能游过每一个桥洞，但外婆会替我扔一块石头到岩浆里。"

"亚历山大，我知道人被绑在车上，在城里的地上来来回回拖几个小时以后，皮肤是什么样子的。"佐兰冲着音乐喊道，"你还记得塞亚德叔叔吗？有人说，他们把塞亚德叉起来了，像烤羊羔一样把他给烤了，就在去萨拉热窝的路上的某个地方。如果你记得塞亚德叔叔，那你一定还记得哈桑大爷。他在战争之前捐了82升血，他一直在炫耀这件事。他们一天又一天地把哈桑大爷运到桥上，让他把处决掉的人的尸体扔进德里纳河。哈桑把死者的手臂展开，让死者的身体靠在自己身上，在放开他们之前，让他们在自己身上休息。就这样，他在德里纳河里安葬了82位死者。当那些士兵命令他扔下第83位死者的时候，哈桑抓住桥上的护栏，自己张开双臂。'够了，'他应该是这样说的，'我不想再干了。'"

我列了很多清单。哈桑大爷和塞亚德叔叔。

波科尔不在我的任何一份清单里。从法蒂玛外婆家里回来的路上——986步——我碰到了一位警察，他正在把那个装满了洋葱的巨大网兜往警车的车门里塞。波科尔又成了警察。他在和洋葱的搏斗中摘下帽子，我根据那乱糟糟的红头发认出了他。波科尔在战争之前就是警察，我经常在钓鱼的时候碰到他儿子，和他儿子一起沉默真是绝妙。据谣传，波科尔升官了，从和气的警察晋升为暴力的游击队长。这个消息甚至传到了德国，连我们都知道了。人们给他起了个绰号叫"波科利"先生，也就是大屠杀先生。[1] 据说大屠杀先生本人多次下达命令，要别人尊敬他这个名号。

　　大屠杀先生站在解放广场上。这个地方今天已经不叫解放广场了，而是被冠上了某个国王还是英雄的名字，又是只有波科尔一个人，还是穿着蓝色的警服。他很努力，但是那个网兜就是塞不进车门里去。整辆警车装满了洋葱，洋葱的外皮纷纷往下落，飘到了街上。其他车辆缓慢驶过蓝色的弯道，我就站在那儿。波科尔把网兜摔到地上，火冒三丈地踢着地上的网兜。他沉重地呼吸着，看着四周，把裤子拉得高高的，绷得紧紧的，连屁股沟都给勒了出来。他的裤兜里也塞了洋葱。他挑衅地冲我站的地方点着头："看什么？有什么好看的？"

　　"我能帮您吗？"我问道。

　　"你是哪个的儿子？"他反问道。

　　我没有立刻听懂他的问题。过去这么多年，早就没人再向我提这样的问题了。慢慢我才明白过来，他说的"哪个"是指我的父母亲——这个问题是问走失儿童的。我把我爸爸的全名告诉了他。

　　"你是亚历山大？"他重复着我爸爸的名字，也说出了我妈妈

---

[1]　"波科利"（Pokolj）一词在塞尔维亚－克罗地亚语中意为大屠杀。

的名字。妈妈的名字他说了两遍，第二遍的时候带上了疑问的语气。而我一定要立刻说"是的"。我一定要立刻用坚定的语气重复他俩的名字，必须自豪地承认我妈妈那漂亮的阿拉伯名字，还得向波科尔解释说，我妈妈名字的含义是船、春天，或者享受。我必须要当着波科尔的面说，在这个国家，杀人犯竟然还能逍遥法外，甚至还能穿上警服，这是一件多么可怕的事情。但我没有，我犹豫了，我的目光从这个穿着肮脏的蓝色制服的男人身边游移过去，看到了填满整辆车的洋葱。我犹豫了，我下意识地吞咽了一下，想装作没有听见波科尔的问题。可是我嗓子眼儿里升起的耻辱感却咽不下去。

波科尔抖动着身体，好像感到寒冷似的。"米基在城里，是不是？"他问道，随后招呼也不打就挤进车里，仿佛料定我不会回答他。对于这样一个男人和这么大量的洋葱来说，这辆车实在是太小了。

在一个被人用"大概"和"有足够的证人"来描述的塞尔维亚警察面前，我感到害怕。也许这只不过是一种无来由的恐惧，但已经足以让我不敢在这个小个子警察——这个近十年来胖了六十斤、散发着洋葱的臭味的波科尔——面前承认我的妈妈是谁了。波科尔把最后一网兜洋葱留在了柏油路面上。他抢先拐进了一条街——和我所处的广场一样，这条街也换了个新名字。一个国王还是一个英雄的名字。而我，还因为羞耻而站在广场上，脚下像长了根一样。

我列了很多清单，但这不是重点。

我列了很多清单。女孩。埃尔薇拉。达妮耶拉。亚斯娜。娜塔莎。阿西娅。不，玛丽亚，你不能参加。玛丽亚太小，太女孩子气，我们想搞的一切恶作剧都不适合她。

玛丽亚的妈妈为我开了门。这位女士长着深色的头发，绯红的脸蛋，头发卷卷的，和玛丽亚一样，围裙上还沾着面粉的手印。她忙不迭地道歉，指指围裙，又奔回到厨房里。"快进来，亚历山大！"她用德语喊道。锅碗瓢盆，叮叮当当，锅里的油滋滋地冒着烟。"看起来不错！"她大声说，"奶奶说你要来的，你要找玛丽亚吗？她在楼下呢。"

"是的，我想来打个招呼。"我用德语大声地回答，为这相逢的简单而如释重负。

"她在地下室，"玛丽亚的妈妈从厨房探出头来，"煎猪排一会儿就好。"

一楼有只猫吓了我一跳，它蹦跳着，发出呼呼声，我站住，它也站住，绕着我踱步。音乐声从地下室里升起来，灯光把栏杆的阴影投射在墙上。我跟着那只灰猫走到底下，玛丽亚在这儿干什么呢？音乐声越来越大，我没有循着回忆的阶梯拾级而上，而是向下走进了地下室，只是一间普通的地下室。

我父母曾在这里争吵。

我曾是这里最快的那个。

被吓坏了的阿西娅曾坐在这里。

一个士兵曾在这里用枪管摩擦栏杆上的一根根立柱：咔拉——咔拉——咔拉——咔拉——咔拉。

这就是一间普通的地下室，我最近几天做完了足够多的事，我对鸽子感兴趣，它们只做鸽子做的事情。地上放着一台小小的CD机，我熟悉这欢快的节奏：斯威扎克[1]。

"斯威扎克。"房间另一侧的一位年轻女士读出了我的心思。我在慕尼黑认识了詹姆斯·泰勒，他告诉我，不管他梦见什么，都有狗来冲着他叫。他感到非常不安和害怕，不知什么时候给自己买了一条短毛猎犬。他和短毛猎犬睡一张床，于是梦里的狗就把安宁还给了他。"你好！"玛丽亚腰间系着布裙，头发上也扎着布条，把前额的头发挽到后面。她递给我一把细得像螺丝刀一样的刮刀，指着自己拇指上的伤口说："这该死的猫，吓了我一跳！"在昏暗的灯光下，玛丽亚的眼睛呈现出黄绿色，她低下头，眉毛上还有灰尘，嘴唇压在伤口上。

"你好，"我说，"我是亚历山大。"

"我们现在要认识一下吗？比如握个手之类的？"玛丽亚微笑着。

我在自己的口袋里翻找手帕，想给她包扎一下手指，尽管我知道我没有手帕。想想看：这是怎样一种绿色！想想看：我写了清单。玛丽亚关掉了音乐。"我什么都给你看，"她说，"但我们先吃饭，你和我们一起吃吧？好的。"

---

[1] 斯威扎克（Swayzak），英国电子乐二人组合。

猪排是裹了面包糠的，玛丽亚和她妈妈向我描述着慕尼黑。玛丽亚说"施塔恩贝格湖"，说"拜仁慕尼黑就是天然招人喜欢"，说"我当然是要回去的，我只是要先了结这里的事"，说"没有好的音乐，我就什么都搞不成"。她们俩在慕尼黑附近生活了八年，她们回来是因为玛丽亚的祖父去世了，祖母生病了——玛丽亚的祖母坐在我们旁边，摇来摇去，听到自己的名字时就微笑一下。我聊着饭菜讨自己喜欢的地方，对鲁尔区赞不绝口，玛丽亚却认为蒸汽机船毫无魅力，我们聊方言和心态，聊德国。"不，"我说，"叙尔特岛[1]真的不像传说的那么差。"玛丽亚问我有没有撂倒过正在睡觉的奶牛，她笑着把双手放到下巴前面，好像要捉住自己的笑声似的。

到了晚上，"小伙子们，"她后来说，"我就知道你们会说：'玛丽亚，你不准和他们一起！'"

第二杯葡萄酒尝起来也是一股焦糖味，我们躺在地下室里的黄色沙滩椅上。玛丽亚在贝尔格莱德学艺术，第二年就开始研究雕塑作品。她把在地下室里诞生的这些东西称为自己的第一件严肃作品，她不会为比四季更宏大或更抽象的事物花费更多的思考，她做日常生活中的人的石膏雕像，给他们穿上网球袜、戴上兔子耳朵的耳套，或者穿上带有风湿药广告的 T 恤。她给地下室两个最大的空间都装上了挂毯，天花板上挂着铝制的螺旋线圈、塑料的飘带、彩色玻璃的马赛克、混凝纸做的玩偶，整个空间的中央

---

[1] 叙尔特岛（Sylt），德国第四大岛，位于大西洋东北部边缘北海之上，是旅游和疗养胜地。

还有一幅风景油画。"还停留在概念画阶段,"玛丽亚说,"画的是普罗旺斯!"一台发电机制造出一些光,以前破碎的灰墙在我看来如此不真实,就像:

靠着长墙的胶合板桌子,

我们的母亲充满忧虑的声音,

角落里的炉灶,

我们围着阿齐兹叔叔的康懋达 64 电脑,而外面的城市里到处都是殴打,

通风口栅栏下的黄色秋海棠,玛丽亚如今在那儿堆放着刮刀、小刀和锉刀。她用胶合板做了砂箱,用饰板贴着正方体的架子。

"我最后一个男朋友,"她说,"是塞尔维亚的跆拳道亚军。我们一共是十二个大学生。然后他对我说,他是塞尔维亚跆拳道亚军。"玛丽亚停了一下,"亚历山大,你真的过得好吗?"

"也不是一直都好,不过现在还不错。"我说,然后举起了酒杯。

"为大家干杯,"玛丽亚说道,一饮而尽,"你有埃丁的消息吗?"

"他在西班牙。"

"还有呢?"

我非常仔细地观察着葡萄酒的颜色。醋栗色。说实话,我不知道。我只知道埃丁在西班牙,或者曾经在西班牙。我给他打过电话,但是他不在。我在电话应答机里留下了自己的电话号码。

"就这样吗?亚历山大!我不相信!你们俩总是难舍难分!只

打过一次电话……"

"我向萨拉热窝打了三百次电话。"我说。

玛丽亚等待着我继续说下去。"你还好吗？"我问道。周围变得更冷了，酒瓶也几乎空了，我今天晚上不想回忆任何过去，哪怕是三个小时之前的过去。

"我给石膏人像穿上男式短裤。"玛丽亚喝干了杯子里的酒，"明天一起吃早饭吗？你来接我？"她问道，顺便在纸条上记下我的电话号码。她拿走纸条，摘下头巾，一步跨两个台阶地上去了。

我关掉音乐，发电机还在嗡嗡地响着。我深深地吸了一口气。石膏。我在楼梯上坐下来。

那儿是沙滩躺椅。

那儿是挂毯。

那儿是空酒瓶。

那儿是一个牧师穿着人猿泰山图案的围裙在煎鱼。

那儿是一个穿着三角短裤的男孩在抹面包。

那儿睡着一只灰猫。

这儿坐的是我。游戏规则：上楼——停战。楼梯上曾经坐在我身边的是阿西娅，她在哭泣。这儿坐的是我，今天晚上不想再有任何回忆的我。

这儿，在一张胶合板桌旁，博拉叔叔曾经一支接一支地抽着烟，告诉我几天前他就把烟戒了。"以少先队员的荣誉担保！"这张胶合板桌是我们自己做的，为的是能更舒服地吃饭和玩多米诺骨牌。那时，我学会了"暂时"这个单词，两个男人抬了一具炉灶到地下室来。现在那具炉灶已经不在了，那边有个穿人字拖的男人在割草。我叔叔曾经发誓说自己对待誓言都是很严肃的，比如他说周日是最适合放弃一些东西的日子，周一是最适合开始一些东西的日子。他说自己在午夜之前会很快地抽完最后一包烟，然后开始用火柴棍仿造世界闻名的建筑：埃菲尔铁塔、埃及金字塔、柏林墙。清晨，当第一批细长的、抛光过的东西打进维舍格勒的时候，博拉叔叔的房顶被打中了。台风婶婶吓得手里放早餐的盘子都掉在了地上，两个咖啡杯的把手摔断了，而博拉叔叔则极力地称赞胶水的质量：火柴棍粘的柏林墙岿然不动，房顶的砖头和房间里的瓷器却纷纷碎了。

自从博拉、台风和他们的女儿埃玛来了奶奶的地下室以后，博拉叔叔就又开始抽烟了。他形容着炸弹把房顶上的瓦片一块块揭下来的时候发出的声响，描述着一切都在颤抖的样子。他在膝盖上摆弄着一个火柴做的四四方方的小盒子，每次说到柏林墙的时候就指着它。

台风婶婶坐在博拉的对面，在给埃玛喂奶。我听到妈妈对卡塔里娜奶奶说："戈尔达娜脸色难看极了，苍白得厉害。"

这让我的心里翻腾不已。不是因为台风婶婶面无血色，或者异常地安静，而是因为妈妈叫了她真正的名字。我画了一朵没有花茎的洋甘菊送给婶婶，因为我知道洋甘菊茶可以让人平静。埃玛伸手要去抓纸。我可以用拳头把她的小手完全包住。

在第五十次炸弹袭击之后，我就不再数爆炸的次数了——我宁愿数数小猫有几只：在最边缘的角落里，一只母猫舔着自己四只灰色的小崽。博拉叔叔给在场的每个人说了两遍咖啡杯、房顶和胶水的故事，"把手"这个词一共出现了六十次，"民主德国就是个笑话"这句话出现了二十次，而"我的上帝，这儿到底怎么了？"这个问题则刚刚出现了三次。

地下室足够大，从角落到另一个角落，到另一个角落，再到另一个角落要走三百步。没人叫我们这些孩子去外面玩，大家说什么都是悄悄的，好像不能让我们听到似的。我们开始感到无聊了，玛丽亚蒙上眼睛以后谁都找不到，摸着乱走，穿过了楼道。内绍在那儿，埃丁也在那儿。我和玛丽亚说话的时候总是不由自主地看着她的头发。玛丽亚的卷发和我认识的任何一个人都不一样。还有她的酒窝，我也总忍不住看，因为玛丽亚笑起来的时候，两个酒窝就像两个小漩涡一样在脸蛋上转动。我还会看她眼睛，因为她的眼睛又黄又绿。地下室里，玛丽亚大多数时间都独自一人在通风井里的秋海棠下玩耍，用黏土捏成瓶瓶罐罐和勺子，还有一张桌子，然后和看不见的客人一起，用黏土做的杯子喝着看不见的咖啡。

越来越多不住在这栋楼的人也像潮水般涌入地下室。我特别开心的是海象和佐兰也来了。米莉察，那个穿得像瓢虫的女人，也穿着高跟鞋，踩着小碎步来了。海象还提了满满一袋的水果。"山上滑坡得厉害，那座屋顶诡异、有日本人消失在里面的绿房子，差一点就被淹没了，还有街角那家蔬菜店。我把钱留在了保险柜里，真的。我们需要维生素。"他掰开一个苹果，给了佐兰一半。

蚊子会从我们的血液里吸走维生素吗？

米莉察穿着红黑相间的衣服，坐在台风婶婶旁边。"真漂亮。"她对着埃玛蓬松的头发说，然后又对大家说，"我希望我们能在这儿待着，等这一切都过去，应该没问题吧。"

我早就开始喜欢米莉察了。

下面这些问题我是不会提的：

谁在开枪？

谁在向谁开枪？

为什么？

这一切什么时候能过去？

维舍格勒的房顶会和奥西耶克的房顶一样燃烧吗？

足球赛季会继续吗？

学校会继续开下去吗？

谁在保卫我们？

这一切什么时候能过去？

如果炸弹打中斯拉夫科爷爷的墓该怎么办？

为什么台风婶婶不能在他们重新填弹之前就站起来，飞奔过去，把他们都给缴了械？

如果有一个细长的、抛过光的东西打中这栋楼房，这栋楼会不会塌下来压死我们？

那些鱼儿现在都还一切如初吗？

我们现在需要什么？

随身带的小折叠刀是干什么的？

那五十马克是干什么用的？如果我们被分开了，究竟意味着什么？

我的天，这儿到底怎么了？

这一切什么时候能过去？

法蒂玛外婆到底在哪儿？

"我妈！"妈妈大叫着冲出地下室。爸爸在楼梯上，半道截住了妈妈，尽管妈妈已经有些神经错乱了，"我妈，天哪！等会儿！我把我妈给忘了！不管她是不是聋了，让我出去！不管她是不是听不见外面怎么了，就是这样我才要出去，放我出去！"

但是爸爸不放手，紧紧地抱住了她。

"我要去找她。"妈妈说，平静了一些，试着从爸爸的控制下挣脱出来。爸爸抓住妈妈的肩膀，想把她从楼梯上推回去，一阵无声的拉扯，妈妈悲叹着。

我的父母让我觉得很尴尬。他们把外婆忘了，所有人都盯着他们看，这些都让我感到不舒服。我坐在那儿，装着博拉叔叔的声音问自己："天哪，这儿到底怎么了？"现在是炸弹时间，而我爸爸妈妈看起来却像在打架。妈妈的反抗慢慢地不再那么激烈了。"我把她给忘了，"她说，"我自己的妈妈。"她痛哭着，用大拇指的外侧压在眼睛上。米莉察安慰着她："不会有事的，他马上就会找到老太太的。"米莉察说的"他"是指我爸爸。没人在楼梯上拦他。

我的天，这儿到底怎么了？

我的天，这儿到底怎么了？

我的天，这儿到底怎么了？

阿齐兹叔叔因为脚趾很大，又被我们叫作"土豆阿齐兹"。他头上绑了一块白布，接上了自己的康懋达 64 电脑，要发表一番演说。阿齐兹在臂弯里夹着枪，枪口朝着天花板，上衣口袋里插着一副太阳镜，嘴角叼着一枚牙签："所有人都过来！"

大家都过去了。如果我和阿齐兹一样大，那我也会有肋排，我会是持枪牛仔的领导同志。我会令人瞩目地用掉许多牙签，然后无比清楚地说出"所有人都过来"这句话。

"阿齐兹，你说实话，这儿到底怎么了？"二楼的米洛米尔叔叔问他。米洛米尔是个烟鬼，连睡着的时候都在抽烟，整个人就是一股烟味。阿齐兹的目光直接越过了他，也越过了所有人，他把皮带往里拉了一个扣，系得更紧了。阿齐兹的白色背心外面罩着一件大开领的衬衣，下身穿着卡其布的裤子，像个临时的兵，但他是我们这儿唯一拿着正经武器的人，甚至海象的猎枪都不在这儿。阿齐兹住在四楼，他的康懋达 64 电脑上装着最令人难以置信的游戏。他对着我们头顶的空气说："现在，所有人解散。但谁要是愿意为了保护这个阵地，为了保护阵地里的人而和侵略者面对面，就跟我来。"

谁是侵略者？

他为什么侵略？

一座大坝能经得住多少细长的、抛过光的东西？

阿齐兹能拯救我们吗？

更糟糕的是：如果一颗子弹打中了你，从你的肋骨穿过去，从后背穿出来，或者一颗子弹打中了你，留在你身体里，比如在喉咙里，或者如果三十个细长的、抛过光的东西打中了一座大坝，然后洪水来了？

维舍格勒会像弗兰切斯科说的瓦伊昂湖下面的那个村庄一样吗？

要把牙签飞快地从一个嘴角推到另一个嘴角，需要什么样的技术？

法蒂玛外婆在花园里播撒着向日葵的种子。法蒂玛外婆聋得像大炮一样，连在我们城市上空播撒炸弹的大炮都听不见。我没有用魔法去除外婆的耳聋。她总是看着我，好像她每个单词都听得懂，好像对每个问题她都知道最聪明的回答。有一次，她在电视播报了第四个彩票中奖数字之后从厨房跑到客厅来，结果她说的四个数字全是对的。从厨房那儿是看不到电视的。

然后，一个炸弹从外婆的小屋上空飞过去，打到了山里。外婆呢，丝毫没有感觉，继续淡定地做着手里的活计：用锄头松土，往地里撒向日葵种子。枪炮、战火、警报声，法蒂玛外婆把水管接到龙头上，在屋后静静地浇地。

外婆是在拉菲克外公脸朝下和德里纳河结婚的那一天变聋的。这桩婚事是没问题的，因为外婆和拉菲克外公离婚已经很多年了——这在我们这座城市里还是件稀罕事。据说拉菲克外公下葬以后，外婆在他墓前说："我没有做菜，没有带祭品来，也没有穿黑衣来，但我记了满满一本子需要我原谅你的事情。"据说外婆拆开了大量的纸条，开始念起来。据说她在坟前站了一天一夜，一个单词一个单词，一句一句，一页一页地原谅。然后她就什么都不说了，也不再对任何一个问题做出反应。

法蒂玛外婆的眼睛像隼一样精准，啾——喀——喀——，她戴着头巾，在我拐进街道之前，她就能认出我。外婆的头发一直是个秘密。夏天我们在她小屋前面吃布雷克卷，喂德里纳河吃碎肉的时候，外婆透露给我说，她的头发又长又红又漂亮。冷酸奶、盐拌洋葱、外婆盘腿坐着摇来摇去时那种温暖的无言。面团闪烁着油脂的光。当我吃饱时，外婆就在秋千上摇来摇去，点起一支烟。为了不打扰她的清静和我们的日落，我是这个世界上最安静的外孙。闷热的湿气在河面上聚集起来，专注地看着外婆。她一边哼唱着歌曲，一边把自己的秘密编成一条长长的辫子。和外婆在一起，我会把自己笑坏，但是和谁在一起我都没有笑得这么安静，而且我也没有给外婆之外的任何一个人梳过头。

法蒂玛外婆在爸爸的陪同下来到了地下室。她在最后一级台阶上停住了，就像阿齐兹在自己演说的时候停住了一样。外婆把头巾戴正，额头上留下了一长条泥土的痕迹。"她刚才在花园里干活。"爸爸说。妈妈又生气又高兴地拥抱着法蒂玛外婆，好像外婆是走失的女儿一样。外婆用拇指在嘴边做了个手势：我渴了。我在一个水杯上写下"法蒂玛"。所有的杯子都有我们的名字。我管其中一个杯子叫"斯拉夫科"，另一个叫"塞巴斯蒂安·巴赫"，还有一个叫"疱疹"，最后一个叫"摩托骑手于尔根"。米莉察觉得这么叫太奇怪了，却在自己的杯子上写了"瓢虫"。法蒂玛外婆一饮而尽。第二杯水她用来洗了手。大家都看着她。她张开嘴，吸了一口气，好像她要解释一下。但是她只是打了个哈欠，享受似的呷巴呷巴嘴，亲吻了埃玛的额头。

埃玛是个接吻装置。

"外婆，"我悄悄地说，"开心一点！"

当你整天都听到噪音，然后噪音突然消失了，你就会问自己：噪音去哪儿了呢？士兵不是三班倒的吗？弹药用完了吗？还是说一切都已经过去了？尽管夜晚很宁静，我还是得在地上睡。妈妈说："最重要的规则是：远离窗户。"我睡在茶几的底下，妈妈在我头的上方放了一个枕头，以免我夜里被惊吓起来撞到头。她给我盖上被子。

一栋高楼，所有人都睡在地上，因为睡在床上离窗户更近。大家都躺在地上看电视，电视里只有消息、新闻发布会和一列一列排得长长的人群。我学会了什么叫"有组织的抵抗"，谁是边防军，还有路障是干什么用的。

我闭上眼睛，听着斯拉夫科爷爷的声音。在客厅里，在我头上的枕头里，还有窗户外面。我集中注意力，想找出这声音是从哪里来的，我一点也听不懂这声音说的话。这是爷爷去世以后第一次活过来，可我却错过了。要再睡着是肯定不可能了，我从厨房里拿了一根牙签，但也破坏了最重要的规则：不知是谁背着一台冰箱，穿过了大楼前面的十字路口。是六楼的拉多万·本达，他一次都没有歇过，一直背着冰箱往上走，消失在街道的一片黑暗之中。我又爬回茶几底下，等着爷爷的声音再次出现。到了半夜，我已经学会飞速地把牙签从一个嘴角推到另一个嘴角了。第二天清晨，爸爸叫醒了我。

"亚历山大，博拉叔叔把火柴做的柏林墙留给你了。"

"叔叔要去哪儿？"

"他走了。"

博拉叔叔、台风婶婶和埃玛连夜从城里逃走了。没人觉得他们这样做是明智的，也没人觉得他们这样做是不明智的，当然也没人拦着他们。

如果我是个能赋予事物超能力的魔法师，那我就让大家都像台风婶婶这么快，可以躲过每一颗子弹。还有，我要让云朵像蜘蛛网一样有黏性，这样炸弹飞在空中的时候就可以被云朵粘住，不能往下掉了。我还要让火焰能够有自己的想法，可以自己决定是烧还是不烧。

我要画一堆没有烟的篝火。我要画一锅没有豆子的一锅炖。我要画一挺没有狙击手的狙击枪。我要画一张没有折痕的白纸。

妈妈今天急切地不想忘记任何一位家庭成员，第二次爆炸以后，她就把我从那扇门旁边拉开了。就在刚才，我和爸爸，还有音乐教授波波维奇先生还在门后面偷听。"他现在也许正在上面，"爸爸对波波维奇先生说，"如果有人命令他：米基，开枪！他会怎么做？他到底会怎么做？"

"他会拒绝的，"那位优雅的老先生说，"米基是个好小伙子。他应该已经抵达安全地带了。他是个聪明的小伙子。"

在第三次巨响的时候，一个细长的、抛过光的东西打过来，楼梯间里的灯光跳动着。人们穿着睡衣从过道跑到地下室。玛格达阿姨把大托盘上的咖啡抢救了回来。她骂得很厉害，好几次用脚尖踢着阿梅拉阿姨家的房门，"阿梅拉，拿着糖过来，愿上帝保佑你好运！阿梅拉！"

阿齐兹像个交警似的冲我们挥手，指挥大家通过楼道，我站在那儿问他："阿齐兹叔叔，晚上睡觉的时候嘴里放一根牙签，不会有点儿危险吗？"说着，我飞快地把自己嘴里的牙签从左边移到了右边。

刮了胡子的阿齐兹看起来更加不像个士兵。

地下室的胶合板桌边全都是陌生人。他们没问是否能获许留下来，其实没关系，因为我觉得留下来是理所当然的。米莉察在照顾他们，和他们说话，甚至脱掉了红色的高跟鞋，光着脚帮他们整理行李。

佐兰说："你们跟我来，不，玛丽亚，你不要来。"

大家合力把通风口的栅栏顶起来，推到了一边。"你们害怕吗？"佐兰问道。谁会承认自己胆小呢？我们已经到了外面，穿过院子，停在了铁托大街的报刊亭那儿，街上看不到一个人。远处只有——爆炸。

"不错。"佐兰指着报纸上的那个版面说。上面除了四个金发女人穿着迷彩的三角裤之外，什么也没有。佐兰把用来砸开香烟店门的石头藏在裤兜里，"你们这些卖烟的贩子，只要附近有一只海象，你们就叫苦吧！"

埃丁读着昨天的报纸标题。"报纸上没有战争，只有路障和体育。人真的得有一台时光机，闪电一亮，我们就回到上周，就可以向大家发出警告。但没有人会相信我们，因为我们甚至都不知道路障是干什么用的。"

"我知道。"我说，但我还没开始解释，我们头顶上就传来了尖锐的哨声，真的有闪电，玻璃爆裂了，背后有一股推力，我一下子被按倒在地上。我把脸埋在双手里，玻璃碎片哗哗地掉下来，一阵玻璃的冰雹，有人在喊叫。

柏油路面上升起了烟雾。佐兰和内绍伸开四肢，瘫倒在街上。埃丁还站着，报纸拿在手里，手却不停地颤抖着。埃丁苍白极了，他苍白极了，鼻子里流出血来，我甚至感觉到他脸上所有的血色都通过鼻孔流失了。我试着爬起来，后背一阵冰凉，我眼睛里不知道进了什么东西。

"操这些女水手。"佐兰愤愤地叫起来，把那本画着特殊职业女性的手册塞到衬衫下面。内绍慢慢地支起身来，手上流着血，他数着自己的手指，看看手指有没有少。对面房子的一扇扇窗户都被震碎了，甚至一楼鞋店的展示柜橱窗都未能幸免。埃丁说："我突然什么都听到了，又什么都没听到。"他用舌头舔着上唇的血，身后香烟店的窗户被打出了无数个洞，无数纤维一样的裂缝就像是被吸入了玻璃中一样。

我用膝盖支撑着身体站了起来，佐兰拉了我一把。

一个尖头朝下的巨大的三角从橱窗的空架子中间射出来——显然是延迟发射了——然后爆裂成碎片崩到人行道上，这是发令枪：我们要开始跑了，四个卡尔·刘易斯，两个穿着睡衣，两个流着血。"你们害怕过吗？"佐兰又问。尽管刚才发生的一切令人恐惧，还是没人愿意在佐兰面前承认自己害怕。

"我背上还插着玻璃碎片吗？"我问道。

埃丁用手指敲打着自己的太阳穴。"我听到这样一种声音，"他说，"我听到一种非常非常高的声音。"

我口袋里的柏林墙倒是还完好无损。

我们偷偷溜回地下室，坐下来，就像什么事都没发生似的。我没有问："埃玛还好吗？"

我要用颤抖的手画一个苗条的博拉叔叔。

我在流血吗？

我要画一个没有血的伤口。

如果那个男人真的像他在收音机里骂的那样，要把我们的大坝炸掉，那该怎么办？虽然另一个男人对他说："说真的，这事儿千万别干！"但是要炸大坝的那个男人连公园里和桥头的伊沃·安德里奇雕像都没有放过，用大锤砸得稀碎。这个男的什么事儿都干得出来。

我要画一条有尾巴的蜥蜴。

要是有人知道我们闯进了香烟店该怎么办？

要炸掉那样一座大坝，需要多少炸药？德里纳河，还有河里的鱼会怎么想？

我要画一个宁静的片刻。

在这宁静的片刻里，一个婴儿穿着军装在看报纸。

一个镶了金牙的男孩给自己戴上劳力士。

一个独眼巨人用脖套上的一具十字架和腕带上的一轮半月在锅里搅动。

一个牙医穿着迷你裙，拿着钻头在干活儿。

而在这儿，在通往地下室的楼梯上，只有我。这儿，在我旁边，只有阿西娅，还有阿西娅那长长的指甲。

在那儿，一个穿着围裙的妇女在用一幅微型画喂狗，那画上也是一个穿围裙的妇女。

在那儿，一个没有雕琢过的人像在吮吸，在这儿，阿西娅一边说"你的画很让人讨厌"，一边用头发在手指间绕来绕去。"我叫阿西娅，"她说，"他们把妈妈和爸爸带走了。我的名字有一种含义。从前有个男的来我们村，他要回答一切问题。他瘦得像一根纺锤，秃顶，而且只有一只耳朵。你得冲着他的耳朵喊，才能让他听见你的问题。村里每个人都可以向这个'一只耳'提一个问题，得到回答以后，他们就送给那人一箱十只小鸡，或者一瓶烧酒，或者一个信封作为回报。那个'一只耳'还有一匹马，那马也只有一只耳朵，拉着一辆车。车上堆满了人家作为回报送的礼物。我拿了一块木柴给他看，我在木头的年轮里刻了我的名字。'阿西娅这个名字是什么意思？'我冲着他的耳朵喊。'不知道！'一只耳说，'你为什么问这个？'他身上散发着一股苔藓和马的味道，我和他说完话以后不得不到小溪里去洗脸。一年以后，军队来到我们村，让大家排成一列，都抓走了。易卜拉欣叔叔和我藏在森林里。一个士兵大声地念着我们护照上的名字。另外一个在胸前画着十字，往我们的房门上泼着汽油。"

在那儿，一个戴着单片眼镜的先生在刷牙。

在那儿，一个戴着礼帽的妇女在刮腿毛。

游戏规则：走上楼梯——唤起回忆。我站起来，关掉发电机。灯灭了。清单：寂静。和阿西娅在楼梯间里那多少秒黑暗的寂静。寂静龇着牙。我爸爸。卡门科射门之后的寂静。弗兰切斯科和阳台的寂静。外婆法蒂玛的寂静。我上一个十年的寂静。

那个纸箱子还放在奶奶卧室衣柜的后面。我把一幅幅画放在五斗橱上展开，我把一幅幅画放在床上展开。我把画放到窗台上，放到桌子上，放到桌子下。29 张未完结的画，每幅画的背面都写着：我会把每一幅都画完。但是里面没有一幅画是关于未完结的童年的。我和那天在流光潟湖上看到的那只隼一起俯冲，我仍然还是 [1]

---

[1] 原书在此处没有标点符号。

"未完结"的领导同志

俯冲的隼。

我们的优格车没有排气，停在开往维勒托沃的路上。

包含斯洛文尼亚和克罗地亚的南斯拉夫。

法蒂玛外婆没有梳好的头发。

不建丑陋的新桥的德里纳河。

没有大坝的年轻的德里纳河。

没有切开的南瓜。

穿着 T 恤的铁托。

没有梳头的铁托。

眼睛没有被打出一个洞的铁托。

迎着一个晴朗白天敞开的窗户。

爸爸的《温柔的小提琴高手 B 的肖像》，但是没有小提琴。

不带烧酒瓶子的拉菲克外公。

光脚。

没有人的路灯下面人的影子。

没有烛芯的蜡烛。

周五下午，没有周一、周二、周三、周四和周五上午的周六和周日。

埃丁在学校外墙上用粉笔画的球门，没有楼管在场。

没有尾巴的蜥蜴。

武科耶·武尔姆没有被打歪的鼻子。他是我同班同学，曾经四次要打破我的鼻子，但总是被横插一脚，不能如愿。这是武科耶本人画的，在一个出人意料的温柔的时刻。

爸爸的偶像凡·高，长着两只耳朵（很大）。

没有蒙尘的书本。

日出（很红）。

一头倒下的母牛。斯拉夫科爷爷和我在母牛上下着棋。

红星消失之前南斯拉夫的国旗。

万里无云的瓢泼大雨。

肩膀上还有脑袋的伊沃·安德里奇的雕像。

太阳底下没有维舍格勒人的伊加洛沙滩。

米伦科的米莉察，穿着黑白色的衣服，没有化妆。

维勒托沃的墓地，没有斯拉夫科爷爷的墓碑。

没有金牌的卡尔·刘易斯。

远离金牙兵的埃米娜。

一个没有吃完的布雷克卷。

没有完成的拼图：铁托与外星人握手。

没有星星的星空。

机尾不冒烟的飞机。

尽情小跑的花椰菜，没有篱笆的束缚。

留声机附近没有士兵跳轮舞。

没有血的伤口。

没有镰刀的锤子。

包裹着碎肉的没有核的李子。

十名正在睡觉的士兵。

十名没有武器的士兵。

没有牵狗绳的狗。

那辆漂亮的川崎大摩托，上面没有坐穿皮衣的于尔根。

宁静的时刻。

约翰·塞巴斯蒂安的假发。没有约翰·塞巴斯蒂安。

妈妈的脸，微笑的，开朗的，无忧无虑的。

不冒烟的篝火。

没有手枪的庆典。

没有上膛的手枪。

长着小胡子、戴着眼镜的鲇鱼，从德里纳河里跳起来，在空中最高点的时候离水面四米。

没有命运线的手掌。

太爷爷年轻得光彩耀目：皱纹是沟壑，耳朵是树丛，胡子是灌木，头发是草地，眼睛是湖泊，手臂下面夹着一把犁耙。

没有尼尔·阿姆斯特朗的尤里·加加林。

没有月球的尼尔·阿姆斯特朗。

二楼拉多万·本达的母牛。

没有狙击手的狙击枪。

足球赛，鸣笛开赛。

射门。

抛球。

没有得艾滋病的魔术师约翰逊[1]。

投三分球时的德拉任·彼德罗维奇，没有出车祸。

---

[1] 魔术师约翰逊（Earvin Johnson Jr., 1959— ），NBA 联盟职业篮球运动员，他在 1991 年向公众宣布感染了艾滋病毒（HIV）并将在不久退役的消息，使艾滋病危机受到大众重视。

1989 年的计分表。红星队还是占据领先地位。

没有洞的奶酪。

我给弗兰切斯科的告别信的回信。

嘴唇边没有烧酒瓶的斯波克叔叔。

没有豆子的一锅炖。

一场叫作海象的风暴，正在把博戈柳布·巴尔万的香烟店一扫而空。

没有车厢的火车头。

洛梅牌，所有牌都在手里。

没有面包桶的面包。

苗条的博拉叔叔。

没有衬衣的衣架。

正在争吵的哈桑大爷和塞亚德叔叔。

一张没有折痕的纸。

没有履带的坦克。

兰博一号。

刮胡子之前的卡尔·马克思。

半轮月亮。

还不被称为法兹拉吉奇先生的法兹拉吉奇同志。

一根没有字的路标。

没有针头的青霉素注射器。

下雨之前的操场。

没有杂草的花朵。

赤裸的德莎婶婶，旁边没有大坝上的那些男人。

一阵扫射，但是没有人倒下，也看不到流血。

还没有变凉的牛奶（十二分钟）。

没有留下脚印的白雪。

世界上最好的面包师阿梅拉阿姨手边的面团。

还没有告别的弗兰切斯科。

没有裂缝的玻璃。

手在按灯光的开关。

和爷爷及外公在一起的自画像。

镜像。

一切还如当初一般美好。

空白的纸张。

顽固的、坏掉的留声机。

阿西娅。

天已经很晚了，而大多数画仍然没有完成。我不得不长时间地思考应该怎样给马克思刮胡子，没有星星的星空到底有什么好，空白的纸张指的是什么，以及拉多万的母牛要放在哪儿。我面前摆着的是埃米娜，一张女人的脸的轮廓。

"亚历山大？"卡塔里娜奶奶敲着门走进来，"你饿不饿？"

"奶奶，我马上就好了。"

"矮个子更适合你。"她说，然后转身要走，却在门那儿停了下来，用手指抚摸着我小时候长了多高的标记，"明天做安魂弥撒，我们要去维勒托沃看爷爷。"

自从爷爷去世以后，这是她第一次提起斯拉夫科爷爷。"你多久去一次墓地？"我问道。

"只要我能去，我就总去。路都已经被杂草长满了，走路又很远。太爷爷和太奶奶在照看你爷爷的墓。你还记得斯拉夫科下葬的那天吗？我把你从墓穴那儿拉开，你说爷爷现在会想要我干什么，我问你这是什么意思。"

"我是怎么回答的呢？"

"我不知道，"奶奶说，"但就是这事。你会一起去，对吧？"

"你没有忘记他，你什么都记得清清楚楚：报纸上写着什么，人们说什么，你看到什么，你听到什么。你每个周日都和我一起去看他，平静地告诉他一切。他在那边应该不需要报纸、眼镜和散步就能知道发生了什么。你在制造真实。然后你就离开了，让我们独处了一个小时。我接过了讲故事的任务。"

奶奶拉着我身下的床单，要叫醒我，好像要连我带床单一起倒出去似的。闹钟显示 6 点，奶奶身边站的是米基。"早上好，亚历山大。"

我梦见了一个好像是阿西娅和玛丽亚两个人混合起来的女人，浅色的卷发。我叫她阿西娅玛丽亚。我给阿西娅玛丽亚拿了一份煎蛋饼做早餐，送到她的床边。"早上好，叔叔。"我说。我输掉了床单之争，只穿着一条短裤躺在奶奶和叔叔面前。奶奶穿着一袭黑色连衣裙，叔叔穿着黑色正装。米基把脸转向窗户，隆起的鼻子，眉毛高高地扬着。"现在还早，"他说，"我们小伙子再去兜一圈。"我在他身上看到了爷爷的侧脸，爷爷那漂亮的嘴。

米基发动车子，我坐了上去，两人默默无言。过了一会儿，我问道："你过得怎么样，叔叔？"米基直直地看着前方，街上没有人。"我们马上就到了。"他说。他开着车载我去桥上。我们下车，我跟着他，他跑到桥的中央，往德里纳河看去。风从山谷中吹过，寒冷，天空中的云飞快地飘着。

米基载着我到了先锋队大街的一所房子里。房子的外立面是崭新的黄色，和相邻房子的脏乱景象形成了鲜明的对比。窗下的长凳上坐着一个戴帽子的老人，拐杖搁在怀里。"你毕业以后打算干什么？"米基问我。那老头把嘴里的口香糖吐到手心，手指颤抖，再用铝箔纸把嚼过的口香糖包起来。老头花费了许多时间做这件事，当他终于包好口香糖时，米基拿走了这团皱巴巴的纸。"我帮你扔了，行吧？"米基往老人的耳朵里喊道。

"咳咳咳，"老头说，"好，好，好。"

米基载着我去比卡瓦茨宾馆，不过那儿已经不是宾馆了。狭小而衰败的小别墅已经成了那些身无长物之人的住所。

"你有女朋友吗？"米基看着天空问道。"空气里闻着有雨水的味道，"他说，"你打算什么时候生孩子？"他敲着一扇又一扇门，其中一扇门开了，一个苍白的女人仍然睡眼惺忪，没好气地问我们要干什么。

"我们来跟你说早上好。"米基说。

米基载着我去弗拉斯度假村。大概在半路上，在科索沃波尔耶[1]，我们在一处被烧毁的遗迹边停了下来。米基拾起一块石头，用拇指擦去上面的煤灰。在弗拉斯度假村附近的停车场上，米基递给我一支烟，我没要，于是他就把剩下的半包给扔了。

在回来的路上，我们穿过城市，他在警察岗亭那儿拐了弯。他没有敲门就走进一间小办公室，办公室里的波科尔立刻把脚从桌子上抽走，把桌上的报纸推到一边。"钥匙给我。"我叔叔说。波科尔递给他一大串钥匙。

"没事儿吧，米基？"波科尔说，但是米基叔叔连看都没有看他一眼。

度假村的房间里空无一人。米基打开最大的那个房间，把从

---

[1] 科索沃波尔耶（Kosovo Polje）是科索沃中部城市，科索沃战争期间，这里发生过大规模冲突。

科索沃波尔耶拾来的那块熏黑的石头放到狭窄的躺椅上。他说："你赶快上完大学，争取挣到钱。"

米基也列了清单。米基和我一块儿去了消防站。在车库门那儿，他蹲了下去。那门的后面曾经停着两辆巨大的红车，我小时候对这些车子完全产生不了天真的兴奋感。米基把手拢在怀里，从下往上看着我。我也蹲了下去，但他的视线仍旧停留在我脑袋不久之前所处的位置。"你爸爸和博拉觉得没必要去看他们自己的亲妈，"米基说着激烈地往鼻子里吸一口气，"也许他们认为给她寄钱就够了，可寄钱是不够的。她是我们的妈，要没有我，她就只剩下自己一个人了。这年头一个人过日子不容易。"米基平静地说，把手摊开，然后又合了起来，"你爸爸和博拉对我有意见，但这是我们兄弟之间的事，和我们的妈没关系。你把这句话告诉他们。"

"爸爸说过，他们计划……"我刚开始说，就被米基打断了，他立刻看着我的眼睛："你爸爸已经七年没和我说过一句话了。你爸爸寄钱，寄游泳池的照片，寄你妈妈穿泳装的照片。我对他来说还没有一块嚼过的口香糖有价值。"米基心平气和，我看着地面。"但这不行！"他突然间大叫起来，"这样不行！"他大叫着"不行！"，大叫着"不能这样！"，米基的拳头捶在停着消防车的车库门上，这是一记散拳。

我不相信自己的身体愿意去反抗。我不信任自己的嘴巴会去询问，不允许自己的眼睛流露出挑战的目光，不允许自己的面孔呈现出严厉的表情，不允许自己的手握成愤怒的拳头。我是个描写姿态的高手。

米基开车和我一起回家。奶奶正和女邻居们喝着咖啡。波波维奇夫人和玛格达阿姨都穿着黑衣服，对正在升起的云朵品头论足。波波维奇夫人过来感谢我去拜访她，我问为什么，她说她先生整个早晨都在弹钢琴，《雨中曲》。我说："那和我没关系。"——"和我也没关系。"她说。

奶奶想继续往前开，米基从停车场里退出来，她说："斯拉夫科曾经为了我，让房子花团锦簇；曾经没在中央委员会上做报告，而是读了自己重写的《小红帽》；曾经预言如果我们大家只有理想，却没有理想之外的选择，就不会有好的结果；还曾经想过要欺骗我，但我从他的吻里尝出了他的心思。"

我们还没有离开柏油马路，前面就没法再开车了。"那就这样吧。"米基拉上了手刹。地面上的坑又多又深，连走路都困难。刺莓的藤蔓和野生的灌木丛在路的两侧朝我们伸过来，长刺的树藤，甚至玫瑰的刺茎，只留下一道窄窄的树墙，几株小橡树的枝条在上方交缠在一起。在这个由植物构成的通道里，空气很快就变得温暖起来，风吹过来，带着甜美的腐败气息。在我们头顶上，雨云聚到一起，形成一片沉重而灰色的马赛克。

"简直不敢相信，"我用手挥去头顶上的嗡嗡声，"三月份竟然有这么多虫子。"

"是啊，不敢相信。"卡塔里娜奶奶喘着气，指着我们前方的灌木丛说。我站住了。就在我们前面两三米的地方，在密集的树

<u>丛里</u>：一辆黄色优格车的车身。车身完全靠藤蔓、树枝和木质化的藤本植物支撑在半空中。奶奶和叔叔从这辆抛锚的车边上跑过去，我却小心地靠近这辆缠满了刺的车。为了看清车牌，我把一些树枝推到一边，小臂被刺藤划出了一道道血印。我们的优格老爷车——每次无一例外地在路上抛锚，被爸爸骂成汽车中的驴子、蠢货、白痴——终于找到了最终的归宿。一辆车爱上了一条路——不然我没法解释自己看到的这一切。

各种植物蔓生缠绕，形成了一道墙，向着一片草地敞开。路就在这儿停止了延伸，从不曾有人到了这儿还继续向前，这儿有露水，山巅有冰雪。往山上走，去太爷爷家，就会经过李子园。李子树已经很久没人收拾了，菌斑和苔藓在年轮上吸着营养，树桩的根部也生出了蘑菇。

牲口棚和房子之间的院子里摆着一张桌子，一块白色的床单铺在桌子上，石头压着床单的边缘。太爷爷尼古拉坐在桌子的上位，抓着头发。"风，孩子们，有风，"他唱着，用他骨节粗大的手摸着我的下巴和脑袋，"亚历山大，我的太阳。"他沙哑地唱着。"米基，你过来，抓紧我。"他叹道。

太爷爷的身形变得异常地长，他光着脚，在潮湿的草地上寻找身体的支撑点，对抗着吹来的风。他的大衣又破又脏，几乎连他的屁股都盖不住，他黑黑的脸上长满了苔藓和蘑菇——不过这些只是幻影。太爷爷唱着歌欢迎我们，声音却不成曲调，他的声音是一把沙哑的锉刀，磨去了词语的力量。

太奶奶编织着自己的头发，把辫子绕着脑袋围成了一顶暗银色的王冠。她穿着自己睡觉时也不脱的皮大衣，一条花罩裙，脚上穿着羊毛长筒袜和橡胶靴，叉开两腿，坐在空猪栏旁边的大石头上。我向她打招呼的时候，她还是坐着，我拥抱她的时候，她也还是坐着，她很软，我把她搂到怀里，该怎么去拥抱一个轻如羽毛、老态龙钟的人？抱得多紧合适？

"太奶奶？"我碰了一下她的肩膀，"太奶奶？"她依偎在自己那块石头上，大张着嘴巴，不知在嚼着什么东西，还用指甲往石头里抠，一双褐色的大眼睛看穿了一切。

当我背对着她的时候，她会喊叫"我永远是你的公鸡警长！"，然后戴上独眼眼罩。此时此刻，我又背对着她，山的那边响起了雷声。

切得又厚又歪的熏肉片、表面起了硬皮的羊奶酪、又热又软又甜的面包、暗色的李子果汁、塞尔维亚奶酪酱，卡塔里娜奶奶又在刷洗餐具，但我们最终还是用手抓着吃，煮土豆、煮土豆上还有残留的土豆皮、七根牙签。米基叔叔正在切面包，奶奶把他手里的刀夺了下来。带着油渣的猪油、盐、两个洋葱、包了肉馅儿的辣椒、酸黄瓜、德国产的低糖果酱、烧酒和甜葡萄酒，太爷爷用沙哑的声音说："喝了这些酒，盲人就可以复明。"然后举起酒杯，"为我的斯拉夫科干杯！"他说完这句，把酒一饮而尽，站在那儿。太爷爷一直站在桌子的上位，太奶奶在自己那块石头上吃饭，怀里抱着餐盘。"爸，你的坐骨神经痛怎么样了？"奶奶问道。"坐骨神经痛是个什么东西？我没跟你说过吗？"太爷爷反问道，"我1914年那会儿跟奥地利人打仗是多么英勇，结实得像一座桥!"有煮过的西芹,有一种我无法缓解的饥饿感,这儿没有邻居。奶奶说:"他们相互喂东西,听天由命,任由疾病来决定死活。"墙上有裂缝,猪栏里没了猪的哼唧声,院子的中间是牧羊犬佩塔克的墓。

"米列娃和我会比老天活得还久。"太爷爷说。

我们提着几篮子吃的,走着去了小小的墓地。"做安魂弥撒一共要吃两顿,"奶奶解释给我听,"先我们自己吃,没有死者,然后再和他一块儿吃,后一顿有葡萄酒。"

"如果爷爷还活着,他肯定对这种习俗不以为然。"我说。

乌云密布,犹如一块厚厚的毯子,沉沉地压在李子林的上方,李树干枯的枝丫朝着闪电伸展着。奶奶说:"没关系,做这场弥撒就是为了陪伴。"

太爷爷的白头发在风中飘动,就像一道面纱。我追上他,想知道太奶奶到底怎么了,因为她和那块石头就像不能分开似的。

"我的米列娃有着全世界最轻的脑袋。"他说着突然跳到旁边,双手四处乱打,弯起手臂,好像正在卡住什么东西的脖子,然后风一下子就停了。"我的米列娃,"他上气不接下气地说,好像还在和什么很庞大的东西扭打,"只在有重要的事儿要做或者夜幕降临要睡觉的时候,才会从她那块石头上站起来。"

墓地周围篱笆上的木条是歪的,木头开始腐烂,出现了裂缝,钉子已经被铁锈侵蚀。电闪雷鸣不断,仿佛非要把云层撕开一个口子,让天空开始下雨似的。没有人说话,米基却摇着头,笑着。

头几滴沉重的雨珠落了下来。

爷爷的坟干净而坚固，是整片墓地里唯一白色的地方。我把吃喝的东西放下来，土豆、烧酒、葡萄酒和玻璃杯，大理石反射着雨水的光。"已经没有游击队员了。"我对米基说。但他没有听我说话。

一张椭圆形的照片被框在墓碑里：黑白的爷爷看着我，看透了我的内心，用眼睛偷听着，已经知道了一切的结局。

在我想象爷爷的头部所在的地方，奶奶用勺子在土里挖了一个洞，插了一根烟在上面。

"可是爷爷从来都没抽过烟。"我说。

"偷偷地抽过。"奶奶说。米基给自己的父亲和自己点上了烟。坟墓是一张宴会桌，雨下得越来越大，我们坐在坟边，又吃了一顿饭。爷爷那根烟上的灰弯了下来。雨落在洋葱上，落在土豆上，打在辣椒罐上。我吃着饭，就像好几天没吃过饭似的。有时候会有人在坟上放些什么东西，比如一根黄瓜或者一片抹了塞尔维亚奶酪酱的面包。我在面包里放盐，顺便在土里也放了盐，然后钻一个洞，倒上烧酒。"不错，克尔斯马诺维奇家族四口人聚在一个地方，"太爷爷看着天空说，"雨啊，你知道你这是在和谁找别扭吗？你这蠢驴！"

可惜雨并不知道，它翻江倒海似的从我们头上倾泻而下。奶奶说："我丈夫配得上多少幸运？"我说："我爷爷讲了多少故事？"太爷爷说："烧酒还剩下多少？"米基用淋湿了的面包喂着爷爷，说："爸，我们没有什么值得共同自豪的东西，也没有犯什么共同的过错。"在我们说这些话的时候，没人能知道是谁哭得如此激烈。我也不知道太奶奶是什么时候加入我们的，我只看到她在坟前跪下去，吻着爷爷的照片，每个眼睛上都吻了一下。

"我的孩子，我的孩子，就算我生了一千个孩子，也不会再生下一颗你那么成功的心。"太奶奶吻着潮湿的坟墓，接着又用沾着泥土的嘴去吻自己的丈夫。太爷爷在雨中变得越来越长，太奶奶踮起脚尖只能吻到他的肩膀。她用木梳梳理着自己潮湿的头发，一次又一次地触碰着一缕缕被风吹乱、打了结的头发。

我又吃又喝又吃又喝又吃，雨水顺着我的脖子往下淌，爷爷的那根烟已经燃尽。太奶奶把魔法帽和魔法手杖递给我。帽子我倒是还戴得上去，手杖却和整个世界一样，比我记忆中的样子小了很多。米基冲着我阴笑，我朝他走了过去，我们的胸口碰到了一起，我看到他脸上的毛孔，我摘下帽子，想给米基戴上，他把我的手挡开了，有人相互推挤，帽子和手杖掉进了烂泥里。我的上下左右都是隆隆的雷声。"你给我安静一会儿！"太爷爷唱道，向着云端挥舞拳头。太奶奶戴上眼罩，米基解开领带。

爷爷，我没有记住你所有的故事，但我写下了几个自己的故事。只要雨停了，我就念给你听。我的创意来自法蒂玛外婆，声音来自拉菲克外公，我要念的这本书来自奶奶，我小臂上的青筋来自你现在正在画椰子树的儿子，忧郁来自我妈妈。我缺少一切把我的故事讲成一个我们的故事的条件：我没有德里纳河的勇气，没有隼的声音，没有我们山峦的坚硬脊梁，没有海象坚定不移的精神，也没有我从心底里怀念的那个人的热情。还有阿明，那个车站的站长，也不在了；永远在争吵的哈桑大爷和塞亚德叔叔，基科的腿，忘记自己正在学狼叫而被自己的声音吓到的埃丁，河口饭店，都不在了；我们的花园也用混凝土给硬化了；花椰菜，那些树的名字，喝烧酒的胃，操场上的球门，都没有了。你也不在了。我最想念的是那些真相，在那些真相里，我们不再是倾听者和讲述者，而是坦白者和宽恕者。现在，我要打破我们永远都要把故事讲下去的诺言。

你会说，一个好的故事就像我们的德里纳河一样：她永远都不是一条静静流淌的小溪，而是一条宽阔湍急的大河。支流汇进来，丰富了她，她漫过河岸，滚滚向前，翻腾不已。在有的地方，她会变得更浅，而后又成了激流，成了深渊的序曲，不再发出淙淙的水声。但无论是德里纳河，还是故事，都不可能回头。水不会倒流，去选择另一条河道，就像现在已经没有诺言可以遵守。淹死的人不能再浮起来问手帕在哪里，消失的爱不能再复归当初，已经存在的烟店老板不可能尚未出生，已经射进咽喉的子弹不能飞回枪膛，不管大坝是否坚守得住，德里纳河也不会再有三角洲。

因为没人能使时光倒流，所以也许你想象出了自己和我们，想象出我们坐在你坟上吃饭的样子，想象出雨的景象，想象出奶奶往你那尘土做的嘴巴里塞上第二支烟，还有要和我决斗的太奶奶：走着瞧吧小子，看你十年后能不能最终在西部拓荒时代胜过我。

雨下得沉重而冰冷。我们已经被淋透了，拖着餐具和泡软了的面包回家。我头很晕，已经看不到天空。太爷爷也已经压不住风了，风溜走了，变得更烈了，压桌布的一块石头在院子里滚动，桌上的床单已经松开，飘起了一角。太奶奶站住了，"事情不好，"她喃喃自语，"事情不好。"太爷爷摸着后背，痛得笑了。床单在雨中飘过，"这么湿的布怎么会飞起来？"我问自己。这时，床单落在了太奶奶脚边，米基把她裹到床单里避雨。

我的电话响了。太爷爷弯下腰去，好像要捡起什么东西，但一只手还是放在背后。我接了电话，听到的是尖锐的呼啸声和落雨的沙沙声，还有一个女人的声音。"什么？"我喊道。什么都没有。沙沙声变成各种声音汇成的瓢泼大雨，我好像同时在接听两百万个电话，却一个都跟不上。电话里传来回响，原来的声音没了。米基推着太奶奶到了桌子底下，我用一只手压住耳朵，走到檐廊里。我头上的顶棚似乎突然间截断了电话里的一切声音。我退回到雨里，咔嚓声，我跑过院子，滑下斜坡，女人的声音又回来了。"阿西娅？"我最初小声地问道，然后提高音量，"阿西娅？"一阵嘈杂，但我真真切切听到电话那头传来的回答："亚历山大。"

"你是谁？"我问道，我的声音变成了尖锐的啸叫，"你是谁？"当回声传来的时候，我不得不坐下来。我吃得太多，喝得太多，简直不敢相信，而且还吃喝了两次。现在我真的吃不下了，现在我要让自己倒下去，我就躺在这儿，在这各种声音组成的、一场雨水那嗡嗡的甜蜜中间躺下去。"你在哪儿？"我用两百万倍的声音叫道，有点想吐，我不行了，在我上方——也许只有两米——就飘着云。雨水灌满了我的嘴，耳朵里的声音像苍蝇在嗡嗡地飞。

"是我，"我说，"我现在就在这儿。"

"亚历山大？"那个女人的声音说。我躺的地方已经是一条河了，我得到了一条由雨水汇成的、自己的德里纳河，我说："我在这儿。"

文景

社 科 新 知　文 艺 新 潮

Horizon

士兵如何修理留声机

［德］萨沙·斯坦尼西奇　著

史敏岳　译

出 品 人：姚映然
责任编辑：杨　沁
营销编辑：杨　朗
装帧设计：连莲连
美术编辑：安克晨

出　　品：北京世纪文景文化传播有限责任公司
　　　　　（北京朝阳区东土城路8号林达大厦A座4A　100013）
出版发行：上海人民出版社
印　　刷：山东临沂新华印刷物流集团有限责任公司
制　　版：北京百朗文化传播有限公司

开 本：850mm×1168mm　1/32
印 张：11.625　字 数：235,000　插页：2
2023年5月第1版　2023年5月第1次印刷
定 价：59.00元
ISBN：978-7-208-18036-9/I·2055

图书在版编目（CIP）数据

士兵如何修理留声机 /（德）萨沙·斯坦尼西奇著；
史敏岳译. -- 上海：上海人民出版社，2022
书名原文：Wie der Soldat das Grammofon
repariert
ISBN 978-7-208-18036-9

Ⅰ.①士… Ⅱ.①萨… ②史… Ⅲ.①自传体小说 –
德国 – 现代 Ⅳ.①I516.45

中国版本图书馆CIP数据核字（2022）第207690号

本书如有印装错误，请致电本社更换　010-52187586